Karatani Kojin

柄谷行人

柄谷行人対話篇 Ⅲ
1989-2008

Kodansha Bungei bunko

覚え書き

柄谷行人

この巻は、一九八九年から二〇〇八年にかけてなされた対談を集めたものである。つまり、それらは、「ベルリンの壁」崩壊とともに「歴史の終焉」が唱えられたころに始まり、約二十年後に「リーマン・ショック」と呼ばれる国際金融危機が起こった時点で終わっている。実はそのあと、世界は「歴史の終焉」どころか、世界戦争の再開、すなわち「歴史の反復」を見るにいたったわけである。

しかし、この『対話篇Ⅲ』は、『Ⅰ』や『Ⅱ』も同様であったが、この時期の政治・経済的状況に直接対応したものではない。ただ、そのような歴史的状況が背景にあったこと、また、これらの対話で扱われている問題が、この時期、私自身が取り組んでいた問題とは別であったことを、念頭においていただきたい。

たとえば、私は一九八八年には『季刊思潮』（のちに『批評空間』）を刊行するようになり、また、一九九八年から翌年まで『群像』に連載したエッセイを『トランスクリティーク　カントとマルクス』として、二〇〇一年に批評空間社から刊行した（のちに岩波現代文庫）。さらに二〇一〇年には、そこで提起した交換様式論を全面的に展開する『世界史の構造』を刊行するにいたった。ところが、この『対話篇Ⅲ』では、そのような変化の過程について、ほとんど語られていないのである。

じっさい、これらの対談の内容は、私がその間取り組んでいた事柄とは違っていた。一つには、これらが、学者ではなく主として文学者との対話だったからだ、といってもよい。今日私の著作を読む人たちには、そのことに留意していただければ、と思う。私自身、最近『対話篇Ⅱ』を読みなおしたとき、一九九〇年代の終わりに唱えるようになった「交換様式」という概念に似たことを、すでにここで、言語論として語っていたことに気づいた。たとえば、このとき言語に関して、通常、哲学でも言語学でも「語る―聞く」という観点から考えられるのだが、私はそれを、「教える―学ぶ」という観点から見直そうとした。いいかえれば、言語を、個人の内省からではなく、他者とのコミュニケーション、すなわち「交換」の形態として見直そうとしたのである。その意味で、このコミュニケーション論は、交換様式の観点を先取りするものであった。

また、『対話篇Ⅲ』では、特に三浦雅士氏との対話を読み直して、私の発想の根がもっと初期、つまり私がまだ文芸評論家だった頃にあったことを思い知らされた。したがって、私は、狭義の文学の世界から離れた後も、「文学」から離れたわけではなかった。それどころか、交換様式論のような考えは、文学批評の延長として生まれたのである。

（二〇二二年一二月）

目次

柄谷行人対話篇Ⅲ　1989–2008

「意識と自然」からの思考

――三浦雅士

『探究Ⅱ』の現在

三浦　『探究Ⅱ』が出て、さっそく拝見しました。たいへん刺激を受けました。デカルトとスピノザのことがよくわかったというか、今まで考えていたのとまったく違った（笑）というか、しかもわかりやすい。率直にいってショックだったんだけれども、デカルト、スピノザについては、この雑誌の特集で他の方が発言なさると思うから、ここでぼくがまず言っておきたいことは、この『探究Ⅱ』は、「文芸批評は文学批判だ」ということなんですね。そのことがとても強烈に印象づけられた。

簡単にいうと、文学は自明じゃないっていうこと。つまり自明であるかのように装うところに、文学界とか文壇とかの、文学の共同体が成立する。だけど批評というのは、それを疑うところにあるんだってことです。今日の文学状況を考えるにつけても、そのことの意味を強く感じました。

翻って考えてみると、夏目漱石にしても二葉亭四迷にしても、同じようなことをしていたんじゃないか。二葉亭の場合には、文学を論じるときに、文学ぶってないのね。つまり実業っていうと違うかもしれないけれども、文学と違うところから論じている。根本のところで、文学は男子一生の仕事であるか、今こんなことやっていていいんだろうか、とたえず考えているところがあるでしょう。

漱石の場合も、前に柄谷さんがお書きになってらっしゃることだけど、漢文学とか英文学とかというところから文学を問題にする姿勢がある。もっとつき詰めていけば、漢文学とか英文学どころじゃない、科学なら科学の視点、あるいは形式、科学的に形式化していく視点から文学を論じる。つまりあえて言ってしまえば、少なくとも、明治の二十年代とか三十年代は文学は自明じゃなかった。そのころは外部的にしか文学を論じられなかった、そういう段階があったんじゃないか。

それが今では文学は自明であると考えられていて、かえって隠蔽しちゃっているわけです。そのことを強く感じました。『探究Ⅱ』で具体的な問題になっていることは、デカルト、スピノザ以降の展開ではあるんだけども、そのことを、たとえば国文学の分野とか、ぼくら評論をしている側に引きつけて考えてみると、どうしてもやっぱり柄谷さんの最初のころに戻って考えざるをえないんですよ。

柄谷　ぼくにとっても、かなり少年期から〝文学〟は自明でした。しかし、純粋に文学青年にならなかったのは、もう一方で、数学とかそういうものに惹かれていたからかもしれない。

文学の自明性を疑うということを本気でやるようになったのは、一九七五年にアメリカに行ったときですね。そのときたまたま、漱石がロンドンに行ったときと同じ年齢だということを発見したわけですね。

三浦　三十四歳。

柄谷　そうです。それでべつに自己同一化したわけではないけど、漱石があのときにこういうことをやらざるをえなかったということは実によくわかる、そう思ったわけですね。ぼくがそのとき授業をやりながら考えていたことが、あとで『日本近代文学の起源』になるんです。ぼくは漱石を意識してたし、現に漱石のことから始めています。

三浦　なるほど。『起源』第一章の「風景の発見」ですね。

柄谷　そうです。ただ『探究Ⅱ』みたいな仕事は哲学の仕事なのか、文学の仕事なのか、自分でもわからない。それはそうなんだけども、なぜこういうことをやるようになったかという発端をたどっていくと、むろんぼく自身の中にあるけれども、三浦さんとの関係がかなり大きいのです。だから、まあ今日は昔話でもしたいと思ってね(笑)。

三浦　いや、ぼくはさっき言ったことが本当にショックでした。それでその後で読み直したんです。『探究Ⅱ』は、文学の仕事じゃないところがあるにもかかわらず、それが文学という場で行なわれている。ということは、文学という場をズラしているわけですね。そのことの意味を考えると、柄谷行人という人間が見えてくる。

それは、二葉亭や漱石の場合でも形を変えてあった。二葉亭の場合には「小説総論」みたいなものがあるし、漱石の場合にはなんかF＋fとかやったりするというふうなのがある。それで、これはと思って翻って考えてみたのね。たとえば『内省と遡行』のあとがきで、柄谷さんが「この十年間、私は何をめざしてきたのだろうか、一言でいえば、それは《外部》である。」と書いているんだけど、『内省と遡行』が刊行されたのは八五年だから、七五年からのことを言っているわけだ。そのころから外部って言っているわけです。

ところが、さらに遡ってその先のことも見てみると、すごく初期の段階ですでに意識としての私、つまり他者としての私と、他者として対象化できない私、というのを考えているんだよね。

柄谷　そうですね。

三浦　これは簡単に言っちゃうと、外部のことをやっているんだよね。しかも、外部のことをやっているだけじゃなくて、そこで言われていることは『道草』の健三なら健三のことを例に出せば、どっちにも行けない状況、つまり他者が他者として感じられない状態、所属感がない。共同体に対しての所属感、家族なら家族に対しての所属感、あるいは学界なら学界でもいい、そういうものに対する所属感をどうしても持てない。しかし持たなきゃいけない、そういう状況について書いているんですよ。

その情景を具体的に思い描いてみると、ゾッとするような荒寥たる風景が出てくるんだけど、それはどう考えても、現象学的還元を経た風景としか思えないんです。柄谷さんには、健三であれ、あるいは漱石自身でもいいんだけども、彼らが見た風景は現象学的還元を経た後の風景みたいなものだという認識があって、しかも、もうちょっとその一段上を求めてしまったようなところがある。

これはもっと後の話になりますが、そのゾッとする風景に関連して、柄谷さんはサルトルの『嘔吐』に言及している。嘔吐を催させるようなそれと同じだってことを言っているんだけど、サルトルの『嘔吐』は、いろいろに批判はあるにしても、現象学的還元を小説化したものであることは確かでしょう。

ぼくとしては、あまりの符合に考えこんでしまったんですよ。ふり返ってみると二十年近い昔になります。一九六九年だから、八九年で、まるまる二十年、それが一挙にワープしているような感じがしてね。

柄谷　ぼくはね、自分の漱石論をちゃんと読み返したことがないんで(笑)、感じとしてしか憶えてないんだけど、倫理的な位相と存在論的な位相ということを言ったと思う。それ以後はそういう言い方はしていませんが、この問題をずっと別の形で考えてきていると思うんですね。

『探究Ⅱ』でいえば、特殊性―一般性という回路と単独性―普遍性という回路を区別してますよね。いわば、前者が倫理的位相で、後者が存在論的位相なのではないかな。どっちの言い方がいいかわからない。ただ、齢をくって、自分が昔から感じていた問題を、それなりに明瞭化しうるようになったのではないかと思いますけど。

漱石論に始まる

三浦　柄谷さんにとって、何人かポイントになる作家を押さえていくとすれば、漱石とシェイクスピア、それからそのヴァリエーションとしての鷗外、まあ他に何人かいるでしょうけど。で、漱石に関してもシェイクスピアに関しても、まったく同じところを問題にしているんですね。そしてまた『探究Ⅱ』で問題にした、それは結果的に問題になっちゃったんだと言ってもいい。そこですごく歴然としてきたわけですが、その萌芽的な状態っていうか無意識の先取りというふうなことは、明瞭に漱石論の中にあるといえますね。

そこからもうちょっと突っこんでいくと、柄谷さんは漱石論を何本か書いてらっしゃるけど、それを跡づけていくと、たとえば六九年に群像新人賞を受賞した「意識と自然」、七一年に「内側から見た生」、それから七七年に「地底の世界」、七八年に「漱石と文学」――これはすべて原タイトルだけど――となるわけです。

一九七八年の「漱石と文学」は『國文學』に書いたものだけど、この直後に『日本近代文学の起源』の第一章の「風景の発見」が書かれる。つまり「風景の発見」という論文とこの「漱石と文学」とは同じなんですよね。最初の出だし、展開はほとんど同じっていうか、つながっている。

よく考えてみると、この四つとも「風景の発見」も入れれば五つだけど、ぼくの印象でいうと全部が外部論になっているわけです。そしていちばん最初のは他者論といっていいと思う。今おっしゃっていた倫理的な位相と、存在論的な位相、そのどっちにも入らないところがある。そこでくり返し話題になっていることは、他者という問題です。他者と自然といってもいい。

「内側から見た生」は、自己の内部の他者を問題にしているわけです。それから七七年で一転して、七七年の「地底の世界」は『坑夫』を問題にしているんだけども、簡単にいっちゃうと、科学技術というか、産業なら産業というものがどういうふうにいろんなものを決定していくかというようなことで、前の二つとはまるで違う形での外部論なわけです。

それは明らかに外部論ですよ。たとえば文学に即していうと、漱石の文学を何が決定したか、ということなんだ。最初のところは漱石自身における他者意識という問題だった。しかしそれは、どこかわからない、変だけどもわかんないものとしてある、ということだった。それはまたマクベス論に流れていくテーマであって、「言葉と悲劇」という最近の講演（『言葉と悲劇』所収）でも、そういう問題を、マクベス論として展開しているわけです。

で、そんなふうに展開していくんだけど、七七年の段階で切断があって、大きく飛躍して、機械論的なパラダイム、それから熱力学的なパラダイムが、どういうふうに文学作品とか芸術作品を変容させたか、という方向へ行くわけですね。つまり、たとえば産業構造において、石炭以前から石炭へ、石炭から石油へっていう変化の流れがあるとすれば、漱石の段階では明らかに石炭以前から石炭へだった。その認識が『坑夫』を生んだ、と。そのことが決定的に重要だったというようなことを言っている。

だけど、いずれも文学に対する外部の問題ですよね。視点は違うんだけど外部のことを言っている。で、その次の「漱石と文学」は、率直にいっちゃうと形式論です。形式という問題から漱石を攻めた。だけど、これもぼくの考えでは外部ということですね。ことごとく外部の問題をやってたんだなって、つくづく感嘆しますね。

柄谷　うーん、そうか。人は『探究Ⅱ』のような仕事を見ると、ぼくが昔からそういうことを考えてきた人間のように思うかもしれないけど、二十代のころなんて、いったい何を考えていたのだろう。

ぼくは、ある意味ではすごくおく手だったんじゃないかな。哲学的にはおく手だった。ただ、何か直観的につかんでいたものがありました。それはほとんど変わっていない。これは勉強したからといって、得られるものじゃない。しかし、勉強しないとやはりだめですね（笑）。

ぼくが本気で勉強するようになったのは、さっき言ったようにアメリカに行った年からです。それまでは、たんに直観的に書いていただけですね。小さい文壇の中での仕事をやっていた。同時代の思想状況から外れた所にいた。そもそも文芸雑誌なんて人は読まないから。ぼくが思想的な仕事をするようになったのは、じつは三浦さんのせいかもしれないんですよ。

三浦　なんで突然そんな、ぼくのことなんか……。

柄谷　いや、この際だから全部言いましょう（笑）。

あなたは当時『ユリイカ』の編集長だったよね。若かったんでしょう。あのときは。ぼくより五歳下だから、二十四、五？

三浦　そうですね。せいぜい行っても二十三、四かな。

柄谷　そんなに若いのに、信じがたいね、今から見れば。ともかく、ぼくに原稿を頼んできたんですね、サドについて。

三浦　最初はこうです。七二年に「心理を超えたものの影」（『畏怖する人間』所収）を読んで興奮して、とにかく訪ねたんですよ。だから、ぼくは何でもよかったんですよ。

あのときもマルクスの話になって、あとでマルクスの連載が始まることになったんでしたよね。その前に、ぼくのほうはとにかく早く何か貰いたい。たまたまサドの特集をやろうかなと思っていましたので、じゃ書いてもいいよっておっしゃってくださった。それが最初になったかもしれない。最初の漱石に関しての、群像新人賞の論文「意識と自然」(六九年)は、そのときは読んでいなかった。

柄谷　「心理を超えたものの影」は吉本、小林論でしたね。

三浦　そうでしたね。今から考えてみると、当時の気持はちゃんと跡づけられないけれど、吉本(隆明)と小林(秀雄)のことがよくわかったっていうよりも、吉本と小林に対する柄谷さんの距離感がよくわかったという感じがする。実際にそうですよね、あとでふり返ってみると。むしろ、漱石のほうにウエイトがあるんですよ。

柄谷　そのとおりです。

三浦　漱石の眼から吉本、小林を見ている。それが驚きでした。

柄谷　あの人たちにはいわば存在論的位相がない、と思っていたんだ。なんか上っつらの自意識のレベルでの議論をやっている、と思っていた。なるべくそうでないように論じようとしたけれども。

三浦　そういうようなところが感じられた。表向きはそうじゃないって言ってるんです。なければならないはずだ、と言っている。だけど、あるかどうかってことに関して、はっきり言及していないんじゃないかな。

柄谷　あなたに頼まれてサドのことで論じたときに、ぼくはカントをからめてサド論を展開したわけですね。三浦さんはそれを読んで、これはすごい、ラカンもそれについて同じようなことを書いていますよと言った。そのとき、ぼくは逆に三浦さんはすごいと思ったね。

三浦　アハハハ（笑）。

柄谷　ぼくはラカンとかそんなこと何も知らないでやっていたから。そういうものですよ。

三浦　いま少しずつ思い出してきましたけど、どっちかと言うと、柄谷さんはうとかったね。

柄谷　うとかったでしょう。

三浦　つまりぼくのほうが、柄谷さんの考えはじめていることがすごいということを知っている。だから、すごい、すごいって言っても「ん、なぜだ?」という感じで対応してましたよね、柄谷さんは。

柄谷　ぼくは今も、うといですけどね。自分で何か考えると、夢中になってしまって、本を読まなくなるからね。心配だから、あとでいろいろ人に訊くんですよ。同じことを考えているやつはいないかと。浅田彰にもずいぶん教わってます（笑）。

そういうわけで、そのころは、哲学だとか思想だとかの雑誌でやられているものから見ると、自分がまったく無知な世界にいるような気がしましたね。だから幸か不幸か、ぼくがそちらの世界に引き寄せられていったのは、まあ三浦さんのせいでしょうね。

三浦　今はやりのファッションとしての思想みたいなのじゃなくて、当時は、いろんな人がいろんな形でやっていたという状況があったと思う。ぼくならぼくが、二十代なら二十代の連中が自分で一所懸命考えて、それで考えた果てに、あ、この人がこう考えてるのはこういうことだったのか、というふうな感じで思想家を発見するという形が最もいいわけでしょ。いいというかそういう形でしか発見できないわけなんだけど、そういう人が、柄谷さん以外にあまりいなかったんだと思う。

柄谷　ぼくは、それでいいんですよってあなたに言われて、そうかねっていう感じだった。

三浦　実際にさっきの話の、「意識と自然」についても、よく考えてみると、徹底的に重要な言葉として出てくるのは、ズレという言葉なんですよ。

七〇年代の半ばぐらいになって、宮川淳さんが亡くなって、亡くなったころの前後に、ぼくは宮川さんのものを『引用の織物』とかいろいろ遡って読み直してみて、びっくりしたことがあった。それで柄谷さんに、どうもあっちのほうの連中って柄谷さんと同じようなことを考えてるみたいだ、というようなことを話した気がするんですよ。柄谷さんがポール・ド・マンのところに行く前にね。向こうの思想家がいてどうのこうのっていう問題じゃ全然なかった。向こうの思想家の考えていることとどうも似たことを、こっちでも考えていたらしい、という発見ですね。

柄谷　そうです。

ポール・ド・マンとの邂逅

柄谷　今、ポール・ド・マンの話が出ましたが、ぼくがイェール大学に行った時は、ポール・ド・マンなんて、名前も知らなかった。それなのに日本にいたアメリカ人の友達が、彼にぜひ会えって手紙に書いてくるんですよ。会えと言われても、オレ知らないよ、と言ってたんですが、そのうちイェールの中で知りあったやつも会えと言う。それでとうとう会うことになって、話をすると、意外に話が通じるんですよね。それなら、ぼくがすでにやっていたマルクス論をここでやり直してもいいと思った。ド・マンに見せる論文を書いてみようということになって、マルクス論を本格的にやりだしたわけです。

三浦　やっぱり、柄谷さんは自分で考えているということです。「意識と自然」で漱石論をやるでしょ。その漱石の自然というものに込められているものは、曖昧だと言ってるんだけども、よく読みこんでみると、スピノザの神なんかにものすごく近いと思う。いま言うと、後からの解釈みたいになってしまうけれど。漱石論で、健三なら健三が見た風景とか光景を考えてみるという作業、それとほとんど同じ延長上でもっと激しい形でやったのが、マクベス論でしょう。マクベス論のポイントは〈意味という病〉ということなんだけど、簡潔にいうと、マクベスが最後に到達する認識があるでしょ。言葉の両義性に騙された、もうやめた、だけども徹底的に闘ってやる、と啖呵を切る。その前に、人生は白痴の語るお話だ、とかなんとか言うそこのところは、漱石のセリフとしておかしくないんだよね。柄谷さんふうに言えば。もっと敷衍してのぼくの印象をいうと、その後の鷗外論の「歴史と自然─鷗外の歴史小説」（七四年）でも、再び自然という言葉が出てくるんだけども、その歴史に関する考え方および自然に関する考え方というのは基本的に、『探究Ⅱ』ではっきり打ち出されるスピノザ的に見たデカルトの観点と、矛盾してないと思う。

鷗外がなぜ歴史其儘《そのまま》を問題にしたかというと、物語はパースペクティヴを持つことだからだ。そういうふうなものを取っ払わなくちゃいけないというのが鷗外なんだ、というようなことを言ってるんだけどね。鷗外論「歴史と自然」の中にこういう箇所がある。「鷗外の歴史小説は基本的に〝やってしまってから〟の小説である。ここでつけ加えるなら、漱石もまた乃木殉死に触発されて書いた小説『こゝろ』のなかで、〝やってしまってから〟を書いている。」として、「乃木さんの死んだ理由」が先生にはよくわからないとしつつ、

「漱石の『こゝろ』は、「心」というものの複雑さを書いているのではない。先生は自分が〝やってしまった〟行為をあとから考えているのだ。なぜやってしまったのかと問うているので、どんな意味づけをしてもよくわからぬ「行為」というものの謎を問うているのである。ひとのいうことはわかりやすいが、そのやっていることには解きがたい謎がある。乃木事件がこの意味で漱石と鷗外に共通した反応を与えているのはなぜだろうか。おそらくそれは、彼らがこれまでいわば無我夢中で歩んできた道筋をふりかえって、そこに内発的な意志の刻印を見出しえなかったからである。漱石は夢のように感じ、鷗外は自分を操り人形のように感じたことをそれぞれ晩年に記している。」と。

これは基本的にマクベス論の問題の取り方と同じです。そして、その問題が『マルクスその可能性の中心』にダッと流れこんでいった、というのがぼくの理解です。

柄谷　マクベス論は、連合赤軍事件のあと書いたものですね。しかし、事件については直接書

く気になれなかった。ぼくが群像新人賞をもらって書きだしたのは一九六九年ですが、ぼくはその時代の風潮が嫌いだった。新左翼に対して否定的だった。
　みんながマルクス主義は終ったとか言いだした時点で、ぼくは『マルクスその可能性の中心』を書きだしたのです。ぼくは六〇年安保のブントだったし、一回すでに左翼の解体を体験してたんですね。同世代の連中はみんな近代経済学に行ったし、イデオロギーの終焉とか何とか言われてましたからね。むしろ、それからマルクスを読みだした。
　だから、六〇年代後半になって新左翼が隆盛になっても、ぼくの中では、もうそういう物語としてのマルクス主義はとうに死んでいたんですよ。したがって、ぼくの考えたマルクスは、六〇年代の新左翼が言ったマルクスとは関係がなかった。自分がそういう急進派の運動の中にいたからマクベス論を書いた、というのではないんです。わかっていてもやっぱりこうなるのか、というふうに感じていたんですね。マクベス論の終りのところは、そういうことですね。
三浦　そういうことでしょうね。それは漱石の場合もそうです。
柄谷　ええ。
三浦　もちろん鷗外の場合もそうでしょう。
柄谷　だから、マルクスについてぼくが書きだしても、しかも『群像』に書いたりしていますから、人は読まないし、日本の中での意義というのはまったくなかった、と思うんです。ぼくのやっている仕事に。
三浦　だから、ぼくがたまたま……。

柄谷　あなたが読んでたぐらいですよ。

三浦　いや、でも、ぼくに言わせると、その段階でぼくが読んでるということは、絶対それはもう読者の中心であるというか……（笑）。

柄谷　ぼくは、自分ではもうまったく孤立してやっていると思っていた。

三浦　それは、しょっちゅうそうおっしゃっていた。でもぼくの印象で言うと、そうじゃないんですよね。

柄谷　孤立といっても、対立した孤立というよりも、あまりにも人と離れてしまっているという感じ。

三浦　最底辺の闘いというか。

柄谷　そうですね。ただ、もの足りない感じがいつもあった。それでその後、アメリカに行ったのです。ぼくは何も書かないことにしていた。ただ気がすむまで徹底的に考えたいっていう気持があった。たんに批評のことだけじゃなくて、自分一個の問題にしても。他のことはどうでもいい。そういう気持になってきたのは、やはりアメリカへ行ってからですね。

三浦　で、実際問題としてその段階のアメリカというのは、ポール・ド・マンが全面に出てきたというか、イェール・スクールがほぼ完成されたというか。

柄谷　まだ形成されていなかった。

三浦　外側から見ればね。だけど実質的には、萌芽状態には至っているわけですよね。

柄谷　そうです。

三浦　八〇年代の兆候みたいなものじゃなくてね。実質的な知的なコアみたいなものができたときで、ちょうどいいときに行ったわけですね。

柄谷　ぼくには見えているけれども、他の人にはまだ見えないというやつだね。

三浦　そういうふうな形だったと思う。それはまた、場所的な意味で、日本から見ても外部だったけど、ヨーロッパから見てもたまたまイェールは外部というか、結果的に外部として機能したといえますね。

柄谷　ぼくがいた東アジア学科にとっても外部だしね。

三浦　そうそう。いろんな形で外部だったということはあるでしょう。おまけにデリダとかド・マンのいる周辺は外部だったと思う。そのぶんだけ、かえってのびのびするということもあっただろう。だから七〇年代の半ばにイェールに行ったというのは、かなり決定的なことだったね。あとから考えると。

柄谷　ぼくは五ヵ月かけて論文を書いて、それでド・マンに褒められたんですね。それだけでもう、ぼくは納得したみたいな感じがありました。相手は西洋の知性を完璧に総合している男だからね。

三浦　しかも、アメリカにとっては外部のヨーロッパ人だからね。

柄谷　そう、フランス人でもドイツ人でもない。まさにヨーロッパ人。しかも、彼はめったに人を褒めないって聞いていたしね。ぼくの仕事を手伝ってくれたアメリカ人の友達なんか、だからなかなか信用しない。

三浦　あの男が褒めたって（笑）。

柄谷　そう。すごく嫉妬していた。

ぼくは今でも「ジョージ&ハリス」というレストランの前で、向こうからやってきたド・マンが左手にぼくの原稿を持ち、右手を高々と挙げてVサインをしてくれたのを思い出します。彼は、ぼくのマルクス論を、ジョンズ・ホプキンスから出ていた『GLYPH』という雑誌に載せようとしたのです。ところが、時間が少しずつ経つにつれて、ぼくのいつもの〝病気〟が出てきて（笑）、書き直すと言いはじめたわけです。

しかし、日本で書き直したものをついにド・マンには見せられなかったね。さらに書き直すつもりでいるうちに、ぼくの関心もどんどん移動していったので。ド・マンはぼくに本をくれるたびに、「君の仕事を読むことを希望して」と書いてくれたのですが……。彼が死んでほっとしたところもありましたけどね。

現代思想のなかで

柄谷　そのあと、日本に帰って（一九七七年）すぐ文芸時評を始めましたけどね。けれども、文芸時評をやるための仕事を向こうでは何もやってなかった。二年間というもの、まったく読んでいなかったから。日本にいる時でさえ、あんまり読んでいないのにね。最初は授業をやるために、テキストとして明治文学を読んでいたけど、それ以降は何も読んでいない。村上龍の『限りなく透明に近いブルー』だけ、たまたま読んだけど。

そのころ、帰国してまもないときに、あなたがぼくの所に来たんだよ。それで貨幣論の話をしたら、これはすごいとかなんとか言って、三浦さんが編集長だった雑誌『現代思想』で貨幣特集までつくっちゃった。そのときに、ぼくはアメリカで書いたものをまた大幅に修正したわけですが、それからだんだん理論的な事柄にコミットするようになりました。

三浦　そもそも、その段階では現代思想をやっていたって、ド・マンのことなんか知らない人が多いわけだからね。

ぼくは、同時代にものを考える人だっていう印象があるから、柄谷さんのことをすごいと思っていたわけです。それで、それを向こうでもそういうふうに褒めるんだから、向こうもすごいやつではないか、と思った。逆ですね。そんなことで、雑誌の路線を、柄谷さんにポイントを合わすというふうに自然となったんですよ。

柄谷　アメリカで論文を書いてるときでも、途中でだんだん、テルケルのグループなどが資本論を言語論として読む試みをやっているということを知ってきたわけです。知ったけれども、それをわざわざ読む気がしない。本当をいうと、やや焦った。しかし一方で、大したことないだろうと思っていた。そういうわけで、実はなんの文献も読んでいない。だから、ド・マンが褒めてくれて、やっと安心したんですよ。

三浦　基本的には、自分流に考えてやってるかどうかだよね。つまり、ある思想家なら思想家を、これはすごいというふうに思うとき、なぜすごいと思うかというと「あ、オレよりちょっと進んでる」とかいうので、すごいってことに気がつくわけでしょう。それ以外に気がつきようがないと思う。どこかで誰かに言われて読んでいくというのでは、実際にそのことを発見しようがないと思う。柄谷さんのようなタイプの人がとても珍しかったということですね、日本では。

柄谷　うん。珍しいでしょうね。ぼくは学者的ではまったくないね。ぼくは本を読んでいても、すぐそこから自分の考えに走ってしまうので、本をちゃんと読み終えたことがないのではないか、と思う。断片以外に憶えていないんです。その上、こんなことを考えていいのかなという疑いが、いつもある。

さっきの外部ということで言うと、そういうふうに自分の考えていることが、他人にうまく合致するんだなあっていう驚きみたいなものがあった。それがアメリカではド・マンであり、日本に帰ってからは三浦さんだったわけですよ。ぼく自身は、こんな仕事に何の意味があるのかといつも疑っていた。今もそうだけど。

三浦　いや、そう言うけど、実際には柄谷さんはそのあとで、ある段階から連載してもらうか、そうでなければ連続的に対談してもらってたでしょう。その場合もその問題意識で、ぼくのほうは柄谷さんが考えているものの延長上で対談してもらったんだよ。あれを違うところから対談してたら、本当に訳わかんない（笑）。

柄谷　あなたも言ってたけど、ぼくの話を聞いて、デリダが初めてわかったって。

三浦　そうそう。そういうことなんだ。

柄谷　七七年ごろね。ところがあなたはずっと前、六〇年代に『ユリイカ』のころから、すでに何度もデリダのことをやっていたのだ。ぼくはあとから読んで、おそれいった。

三浦　そういうことはいっぱいあるよ（笑）。だってマルクスの特集だって今までいっぱいあるけど、実際にマルクスがどう捉えられていたかということになると、まるで言えない。デカルトに関してだって、そうだと思うよ。

デカルトに関して今度の『探究Ⅱ』でも言われているように、神の存在証明といった場合「かくかくしかじかだから神が存在するに違いない」じゃないんだ。その逆でね。神がいるから、神がこっち側の存在証明になっているみたいなところがある。今ではそういう発想が全然ないもの。そういうふうに言われて、それが初めてわかるっていうことがあるわけでしょ。実際に考えてみないとわからないっていうか、そこで初めて通じるものがあるとか、「ああ、そうだったのか」ってことがあるわけでしょ。

柄谷　ぼくは二十代のころ、デカルトが好きだったんですよ。デカルト批判をごく普通にみんなやるけれど、そんなの全然違うと思っていた。

「意識と自然」からの反復

三浦　あえて言うけど、柄谷さん、オレ何も知らないとか、無知だからって言うけど、あなたの初期のころのを読むでしょう。そうすると、ほとんど『探究Ⅱ』と同じような形でスピノザも登場するんだよね。

柄谷　そうですか。

三浦　うん。それで、これは柄谷さんに話しておきたいんだけど、もしも後で柄谷行人論を書くとして考えると、今の段階だと、六九年から七二、三年までの幾つかのもの、つまり漱石論、マクベス論、鷗外論というあたり、マルクス論に到る前までに萌芽的に提出、提示されていた問題が、『探究Ⅱ』で、全面的に螺旋状を描いて回帰しているようにも見えるんです。

柄谷　うん。ぼくも半ばそういう意識はありますよ。

三浦　そう。そのへんのところをもうちょっと伺いたいですね。

柄谷　そういう意識は、わりあい近年のものです。

たとえば『探究Ⅱ』は、書き終ってからほぼ三、四ヵ月というもの猛烈に仕事を検討しました。それで徹底的に書き直した。そういうことを今まではあんまりやったことがなかったわけです。『隠喩としての建築』のときなどは、もういいやという感じでした。あなたに頼んだことがあったよね。構成・選択をすべて三浦さんに任せたことがあった。

三浦　光栄にも（笑）。後書きにもお書きになってますが。

柄谷　もう自分で選ぶと全部嫌だし、本当は全部やり直さなくちゃいけないと思うのだけれど、もうそんな気力もないというときだった。

今回は、そういう態度をまったくやめたわけです。かなりしつこく検討した。それはやっぱり今までの自分の思考をまとめようという意識があったからです。もともとは、そんなつもりで書いたわけじゃなかった。『探究Ⅱ』自体は毎月の連載でむしろ締切に追われて書いていた。こんなふうに書き直したり、検討していく過程で、今まで自分の考えてきたことや、いちいち憶えてはいないけど思い残していたものを総合的に書きたいと、そういうふうになったんだと思うんです。

スピノザは、思えばすごく読んだ時期があるんですよ。そのときは、スピノザ論を書こうなどと意識して読んでいない。すぐ書くための素材として読んではいないけれど、ぼくらはものを書くとき、結局昔の読書体験で書いているんですよね。むしろ読書体験が〝昔〟のことになったときに、はじめて書けるというか。

三浦　それはあるかもしれない。しかし面白いのは、さっきも漱石論の変遷を言ったでしょ、あれで言えば、いちばん最初の「意識と自然―漱石試論」が最も『探究Ⅱ』に近いよ。

柄谷　そうでしょうね。

三浦　たとえば『坑夫』における産業構造を問題にしたでしょう。それからぐーんと遠ざかっていって、そしてまたぐーっとこう近づいてきてるって感じがあるんですね。それでもう一度読み直してみると「意識と自然」で話題になっていたのは、たしかに外部性で、如何ともしがたく共同体に属していて、しかも共同体から出てしまう、その背景、つまり共同体にいるということですね。たとえば、これは「スピノザの『無限』」っていう最近の講演（『言葉と悲劇』所収）での発言だけれども、

「ところがスピノザは、共同体に内属するという人間の条件は超えることはできない、超えるとしてもそれは「想像」でしかない、と考えたわけです。それは、いわば「啓蒙主義」批判なのです。」と。

まったくこれだよね。これは、つまり夏目漱石も同じように考えたわけです。しかし考えてみると、ここにまた一つの大きい問題があって、それこそマクベス論の魔女の予言と同じなんだな。魔女の予言が、いったい何を指しているのかわからないのと同様、実際この反復自体が、あとになってどういう意味を持つのか、ぼくらにだってわからないわけだ。いずれにしてもそれは両義的であろうと言うしかないけれども、しかしこの反復は異常なくらいですよね。

それからもう一つ、『探究Ⅱ』で、ある決定的なところでキルケゴールの『死にいたる病』が引用される。単独性の問題に関して超越論的な主観が絶対神を要請しちゃうんだ、ということを論証するために引用されるわけです。第二部の「第九章　超越論的動機」です。それとまったく同じ文章が「意識と自然」に引用されているんだよね。

柄谷　そうですか。

三浦　それでね、眠れなくなったよ（笑）。少し興奮して考えこんだ。

柄谷　ぼくは昔の二十代までに読んだ本の記憶でやっぱり考えてるんだよね。

三浦　いや、ぼくはそういうふうな消極的なことじゃなく、もっと根本的なことだと思う。

柄谷　それはそうなんだけど。まだなにも発表していない時期に考えたことや読んだものがあるでしょ、ある意味で、そういうものの記憶で書いているわけです。

三浦　ぼくの今の問題提起でいうと、柄谷さんのそのお話はたぶん、あとから考えてみると、もっと深い意味が出てくるかもしれないと思います。つまり、昔読んだ記憶でしか書いてない、とおっしゃるのは……。

柄谷　記憶の中で、あれはこういうことではないかなっていうように、ふと思いつくわけですよ。

三浦　ぼくは、昔の段階ですでにあった気がするんですよ。

柄谷　それは、その時にはあまり考えていないと思うんだけど。

三浦　「意識と自然」の文脈はそうだと思うよ。

柄谷　そうか。でも、忘れるからさ。

三浦　ぼくは率直にいうと、むしろその前だと思うんだよね。六九年の前、「意識と自然」の前のことを考えたほうがいいんじゃないかと思うんだ。柄谷さんの六〇年代のことなんだけど、六〇年代という状況の中で、どうであったかということが一つあるわけだけれど、もう一つもっと大きい問題としてあるんじゃないかと思うのは、極端にいうと、柄谷さん自身がちょっとおかしくなっていたんじゃないか、とかね（笑）。

柄谷　そんなことはないけどね。

三浦　本当？（笑）

柄谷　うん。少なくとも病識はない（笑）。

三浦　つまりね、『道草』の健三なら健三を捉える捉え方に、その倫理的位相と存在論的位相のズレみたいなもの、あるいはぴったりとはならない、そういう問題が、ある意味では病理として出てくるということです。漱石の場合には、しばしば感じられる。そういうふうなことって自分でもなかった？

柄谷　それを言えば、子供のときからあったね。

三浦　それ、それ。

柄谷　それなら五歳のときからあるという気がする。

三浦　なんか阿部昭さんみたいな（笑）。

柄谷　うん。じつは阿部昭を読んで感心した憶えがある。そうだ、そうだと思って。五歳のころに持った漠然とした「生」認識以上に、その後何が付け加えられるのかっていうことね。

三浦　結局、それがあるんじゃないかと思うなあ。自分でわかんないんだよ。わからなかったと思うんです。だから、どうなってるんだというので悩む。自分も他人だからね。他人である自分をどうやってわかるかというときに、まさにこの問題のところに漱石が入ってきたんじゃないか、という感じがするわけです。

柄谷　ぼくは、いつも漠然とそういうことを考えていたと思います。ぼくは世間では一通り秀才としてやってきたことになるでしょうけど、どうもスマートにできないんです。

現在まで二十年くらいもの書きをやってますと、頭のいい人をいっぱい見た。じつに時代に対応して、うまく書けるし、シャープに見えるわけですよ。そういう人たちと較べると、ぼくは自分で鈍いと思っている。いつもグズグズしている。なぜかというと、世間でいうのと違う問題が自分にあって、それがどうも表現できない。しかも、表現に値するのかどうか疑うという感じがあった。

たとえば六〇年代、安保闘争でブントに行ったりしますけどね、そのことを全然ぼくは否定しないんです。しかし同時に、ぼくは違う所で生きていた。かといって、それは政治に対する文学とかいうようなことではない。文学も、これまた他人に流通する事柄だからね。万人に妥当する事柄だからね。

ぼくは『探究Ⅱ』では単独性ということを言ってるけど、本当はそれは先にも言ったように「存在論的領域」とでもいうべき事柄と、つながっているんだね。ただ、それを人に通じるように言いたかったわけですね。

いろいろ学問もやったし、タームにおいて豊富になったから、人に通じる言葉で言えるようになったっていう気がしているんだけどね。しかし、そうなると、ぼくが何でこんなことを書いているのかが、人には逆にわからなくなるかもしれないね。昔は批評という形でしかそれを言えなかった。ぼくは、とうてい理論家にはなれないと思っていたな。

三浦　それはそうだよね。言いすぎちゃうか、言い足りないか、正確でないか、後悔が必ずあとに残っちゃうんだからね。それがいちばん決定的でしょうからね。漱石の場合でも、シェイクスピアの場合でも、鷗外の場合でも、おかしなところに眼をつけていた。これは破綻しているんじゃないか、なんで破綻したのか、奴にも同じようなことがあったんじゃないか、そういう視線があるような気がする。

今ぼくが話していることは、話しちゃうと一般論になっちゃうけど、そうじゃなくて躓くのにまったく個人的なきっかけが必要だったというか、事故が必要だったというか、そこがぼくはたいへん面白いと思った。

柄谷　夏目漱石を論じていたころは、存在論的という言葉を使った。しかしそれは、いわゆる存在論的といわれているものでもなかった。いい加減なタームですよ。そのことで何を言いたかったかというと、どうしても他人と交わったり流通できないような領域がある、ということだった。

三浦　ただ、現実的にいうと、健三だけじゃなくて他の連中に関しても、あとになっては現象学的還元を言ってるようにしか見えないよね。

柄谷　そうですね。

三浦　それをいちばん正確に言ってるよね。

柄谷　ただ、ぼくはフッサールも読んでいなかったし、現象学についてよく知らなかった。

三浦　（笑）知らないんだけどさ、そんなこと言えば、鷗外論の「歴史と自然」だって、「鷗外の歴史小説は各所で右のような異和感をわれわれに与える。鷗外は世界は不条理だといっているのだろうか。そうではない。ただ世界は在るがままに在るといっているのだ。彼は、《物語化》以前のわれわれの経験をとらえようとしているのである。」と書いてある。これもまさにそうだとしか言いようがないわけだよ。彼が歴史其儘っていうか、あたかも資料をそのまま提出するとなると……。

柄谷　そこで「物語化」という言葉を使っていた?

三浦　そうだよ。

柄谷　じゃ、偉いね（笑）。

三浦　偉いですよ（笑）。偉いっていうよりもね、率直に言って、かなわないよ。

柄谷　物語批判というのは、蓮實重彥が言いだしたものだとばかり思っていた（笑）。

三浦　なに言ってるんだよ。柄谷さんのはすでに物語批判だよ。

柄谷　そうだよね。

三浦　いや、そうだよねって、自分のことでしょう。まさにそのとおりのことを書いてるよ。さらに引けば、

「歴史観は、いかに科学的な外見をもっていようと、一種の物語である。つまりわれわれの経験の《物語化》である。小説が衰退したのは物語を忘れたからだというような説は、あやまっている。なぜなら、小説は物語の上にきずかれた、いわば物語の自意識というべきものであって、物語そのものはけっして衰退していないどころかわれわれの生の最も基本的な場所に位置しているからである。「物語の回復」などというのは、人間の経験が基本的に一種の《物語化》の上にあるという事実を没却しているのである。この場合、物語を神話といいかえてもさしつかえない。」

今度の蓮實重彥さんの『小説から遠く離れて』なんかもぶっ飛んじゃいそうだ（笑）。

柄谷　意外に優秀だね（笑）。

三浦　優秀だよ。いま話しながら思い出したけど、初めて文章を書いたときがあって、柄谷さんが、三浦さん、君が言ったのと同じようなことを書いたやつがいるよ、と言われた。ぼくが

ペンネームで書いていた時でした。

柄谷　そうそう、思い出した。編集者だからといって、あんな剽窃を許してはいけない、と言った（笑）。

三浦　いろいろあったんだよね。その次に柄谷さんのことを書いたんだよ。マクベス論を引用して、柄谷行人にとってマクベスとマルクスとはきわめて似ている、と書いたんだよ。そうしたら、その後で柄谷さんが自分でびっくりして「言われてみるとそうだ」って言った。

柄谷　「マ」で始まってるし、四文字だし……。

三浦　（笑）まさにそれもあるんだけど、でもその時に自分で気がついてないんだよね。マクベスからマルクスを読むというのは、すごいことなんじゃないかなって普通は思うじゃない。当然びっくりするけど、本人はそういう意識じゃないのよ。

柄谷　ぼくはまたマクベスを忘れてましたからね、きれいに。

三浦　実にニーチェ的存在というか、物忘れの美徳を持っている……（笑）。

柄谷　そうか（笑）。忘れるから、反復できるんだね。

三浦　そうでしょうねえ。

こんど柄谷さんの著作を全部通読してみてわかったことがいろいろあるんですが、『日本近代文学の起源』の最後の「構成力について」の章（八〇年）では、構成力についての論争の話がある。あれは初めのほうが没理想論争だった。その没理想論争だって、書いていることもまさに鷗外論の延長なんだよ。

柄谷　そうです。そのことは自覚していました。
三浦　鷗外にとっての理想というのは、パースペクティヴを与えることだ。鷗外は最初、理想がなきゃだめだ、だめだって唱えてた。それは啓蒙主義のことなんですね。明治文学のあの段階では、啓蒙主義は絶対に必要だった。しかし彼は、歴史小説に自然に入っていく段階で、それを反転させてゆくわけだよね。やがて、そういうふうなことは決定的に違うんだと言うようになる。それは結果的に言うと、逍遙が言っているところに戻っていることになると、柄谷さんはそこのところを問題にしている。
柄谷　その時点では、たぶんその鷗外論の記憶があったでしょう。今はないだけで。鷗外論を書いたのが七三、四年。「構成力について」はそれから六、七年経ってでしょう。しかも単行本の『意味という病』が出たのは七五年ですよね。アメリカへ行く直前ですよ。

一九七五年の切断

柄谷　ぼくはどこかで言ったことがあるけど、自分の意識では七五年のアメリカ行き以前、以後っていうのは使用前、使用後というような感じがある。広告で太った状態と痩せた状態の写真を並べてやるあれです。そういう気持があって、気持の上ではすごく切れているんですね。切断した感じがするんだけど。
三浦　それはぼくも最初から感じてた。
柄谷　切断の感覚ばかりぼくの頭にあるんですけど、そのために連続性の面を忘れている。考えてみれば、そういう切断は何回もそれまでもやっているからね。

三浦　それもそうだけど、その時の切断はものすごく大きかったと思う。やはりポール・ド・マンに会ったことも大きかったし。で、その後の展開は、対応の仕方でいうと、ぼくは柄谷さんのかなり側《そば》にいたと思うんですよ。とくに七〇年代後半からは、家も近かったこともあって、よく遅くまで議論したね。

柄谷　そうだ、ここで三浦さんのために言っておかねばいけないことがある。今、日本で「交通」というとぼくが言ったみたいになってるけど……。

三浦　そうです。そうなんだから（笑）。

柄谷　あれは、たぶん夜中にぼくの家からあなたを送りに行って、自転車を引きながら世田谷の赤堤を二人で歩いているときに、三浦さんが「編集者をやっていてつくづく思うに、マルクスの『ドイツ・イデオロギー』にある交通という概念が今までよくわからなかったけど、編集者の仕事はあの交通じゃないかと思う」と言った。ぼくは「あ、それいいね」と言った（笑）。それからぼくは「交通」と言いだしたんですよ。

三浦　光栄ですけどね、そのこと柄谷さん書いてますよ。

柄谷　ぼくは『現代思想』の編集者をやめろやめろってあなたに言ったんです。そのときには最後のエッセイを書くよ、と言った。事実「現代思想と私」というエッセイを書きました。

三浦　いかに雑誌を私物化していたか（笑）。個人誌、同人誌以上ですね。いま必要だから、いま読みたいから、言語論から誰々、心理学から誰々とかね。

柄谷　それで、ぼくはそのころ、あの連中がなぜか急にみんな嫌になってきて。

三浦　一当り当ってしまったと思ったんでしょう。

柄谷　あなたが斡旋したようなものでしょう。

三浦　そうかなあ（笑）。

柄谷　ぼくはもうこんな連中と全部手を切る、君も雑誌をやめろ、と言った。

三浦　そのとき本当にやめるんだからすごいよね（笑）。

先ほどの切断ということでは、ポール・ド・マンの段階がすごいんだけれども、今日、ぼくはとくにこのことを柄谷さんに指摘したいし、訊きたいと思っていた。つまり、ポール・ド・マンとの邂逅の後は、たまたまぼくが『現代思想』をやっていたこともあって、比較的近いところにいて対応していたんでわかるつもりなんだけど、当時の私どもとしては世界思想を相手にしてたんだよね（笑）。ぼくらは、英語版を出そうとかなんとかって言ってたころがあったくらいだから。

柄谷さんが七五年にイェールに行って帰ってきてから後というのは、ぼくも興奮してたし、今まで漠然とジグソーパズルみたいだったのが、カタカタッと合ってきたわけですよ。鮮明に全体の図柄が見えてくる、そういう時期だったと思うんです。

だからその切断はすごく大きかったけれども、その前の段階はどうだったのだろう。漱石論、マクベス論、鷗外論があるでしょ。それは、世界を相手にするっていうより、むしろ自分というか、分裂的存在としての自分というか、そうしたことを相手にしているわけだけども、それこそまことに本質的かつ重大だったと思う。『探究Ⅱ』の中においてはっきりわかってきたことは、イェールに行く前に模索していたもろもろの意味が、細部が埋めこまれることによって、改めてくっきりしてきたことですね。

柄谷　そうかもしれないね。「現代思想」的なものが急に嫌になってしまったことも、それと関係がある。やっぱり〝自分〟のことをやりたくなったんだね。しかし、あなたに申し訳ないと思ったことがある。それは、ぼくは、もう『現代思想』は死んでいると言った。そしたらあなたは、編集者としての経験では、自分がもう死んだと思ったものが世の中では二、三年後に生きるんですよ（笑）と言った。事実、二、三年後に世間は「現代思想」ブームになった。本当にそうなったから、それが申し訳ないというか……。

三浦　全然申し訳なくないですよ（笑）。その段階で言えばそうだったけど、十年くらいのタイムスパンで考えると、柄谷さんの言ったことはまさしく当っているじゃない（笑）。

柄谷　当ってるんだよ。「現代思想」ブームの時には、今ごろ死骸に向かって何言ってんだって感じだった。それはぼくがアメリカに行ってた時で、八三、四年ですね。ワーッと浅田現象になったでしょ。

三浦　浅田君自身は、現代思想という死骸をチャートとして示したわけであって、死体処理という意識でやっていた。しかし、それが逆にブームになったわけさ。ぼくはウキウキするどころじゃなかった。

三浦　落ちこみに似た状況だったっていうか……。

柄谷　こんなくだらないものは潰すべきだってふうに思った。しかし、それもまた、その時期では……。
三浦　早いんだよ。そういうこと自体が。
柄谷　ポストモダニズム批判をあまりに早くやりすぎたと思った。なぜかというと、それに対するリアクションのほうが、また不当に元気づいちゃったから。ぼくの言いだしたことなんだけれども、よくないよね、そういうの（笑）。いま思えば、文壇はもうちょっと「現代思想」的にやってほしかったですよ。
三浦　それはやっぱり「人間は歴史をつくるが思うようにではない」を地でいっている話じゃないかな。
柄谷　だから、そういう「現代思想」ブームに結実するような知的な交通みたいなことが、ぼくがアメリカから帰った七七年以降にあったわけですよ。どっかで違うなと思いながらも、三浦雅士的交通の中でやってたわけでしょ。それがはっきり違うという意識が出てきて、そういう意味で、あなたが言ったみたいにぼく自身も七五年以前、つまり初期的な問題意識に戻ったのではないかと思う。
もう一つは、七〇年代前半は世界史的に戦後的構造が変わる時期なんです。七〇年から七五年までの間が、およそモダニティの最後なんですよ。
三浦　ちょうど石油危機があって、その段階でね。そうもいえる。
柄谷　文学の状況も、内向の世代が一応の近代文学の最後といっていいんじゃないでしょうか。それ以後は得体の知れない人が（笑）。

三浦　まあ、得体の知れないっていったら悪いかもしれないけど、村上龍が登場するのが七六年かな。

柄谷　だから、中上健次はその前に入りますよ。

三浦　登場順じゃなくて文学史的順番でいったら、中上、古井（由吉）の順だよね。

柄谷　中上健次は年齢は下だけれど、いわば内向の世代ですよ。

三浦　中上さんは、彼はある意味ではとても巨大だからいろんな言い方ができるけども、彼自身の問題意識からすれば、むしろ内向の世代の以前に位置するくらいですね。解体直前で支えきるというか。

柄谷　オイル・ショック、為替相場の自由化、ドルの没落とかが七〇年代前半に起こった。他方で、新左翼も崩壊した。いいかえれば、戦後世界の二元構造がガタピシしはじめたわけだね。米ソの二元構造に対して、第三の道を想像力の革命に見出すというのが新左翼だったから、それも終らざるをえない。だから七〇年代の前半が大きな境目、戦後世界の終りだったと思うんです。

ディコンストラクションというのも、この二元性・二項対立を、〝第三〟をもちださずに解体しようとするものだったと思う。その意味では、これも歴史的だった。流行しはじめた時点では、もう意味がなくなっていた。デリダはいいが、デリダ派はどうしようもない。

八三年に、サイードが『セキュラー・クリティシズム』（世俗的批評）という本を出しましたが、ぼくはあとで読んで同感でした。もっとセキュラーなレベルで考えるべきだと思った。実際、『探究I』でいう「他者」は、セキュラーなんですよ。「教える」とか「売る」とかいったレベルで語っているのだから。

さらに、かつては「形而上学批判」と言ったけれど、ぼくはむしろ今、形而上学のことを考えてますね。ここまでの十年間、十五年間は、仕方がない面もありますけど、特殊な問題設定の中で考えてきたんじゃないか。たとえば、言語論の優位みたいなことも、中世の哲学でいえば唯名論という形でなされている。だから、もっと大きな長期的な次元で考えないとね。ソシュールがどうしたとか、ラカンがどうしたとかのレベルではやってられないよ。

デカルト・スピノザ・シェイクスピア

三浦　それはあるでしょうね。もうひとつ面白いと思ったのは、デカルトとスピノザ、まあシェイクスピアも入れてもいい、あるいはモンテーニュでもいい。シェイクスピア、デカルト、スピノザで、この三人がおよそ百年くらいの幅でいる。イギリスからオランダ、フランスにかけて、シェイクスピアが一五六四年生まれで、デカルトが一五九六年、スピノザが一六三二年だから、かなり違いはするけれども、せいぜい一世紀間ですよね、やはり歴史的事件ですよ、あれは。

柄谷　ホワイトヘッドが十七世紀を「天才の世紀」と呼んでるけどね。ここ二十年はみんなマルクス、フロイト、ニーチェってことで語ってきたけれど、もうちょっと広い次元で考えると、十七世紀でこと足りるのではないか。日本のレベルでも十七世紀の仁斎とか徂徠とか、そういう人たちに関心を持ちました。

つまり十七世紀から十八世紀という時期の人間・思想家が今になってすごく身近になってきた。これは何なのか。一つには、彼らが「宗教戦争」の終りごろにいたからでしょうね。今でいえば、マルクス主義的世界観の終りということに当る。そうすると、根本的にすべてを考え直さないといけない。

三浦　考えちゃうよね。

今度の『探究Ⅱ』の場合には、最後のところで暗示的に、仏教に関しては改めてやると書いているでしょ。途中ずっと読んできて、仏教のことがすごく気になってきますよね。ニーチェにおいて、イエスだかブッダだか何とかってことがちょっと出てきたりはするけれども、でもそれ以上に、スピノザの光のもとに見たデカルトとか、あるいはスピノザ自身を考えると、必ずしもぼくらが理想型として考えているブッダ論みたいなものが見えてこない。すると、どういうブッダ論がこれから出てくるのか。なんとなく、期待するじゃない？　そういうことを考えます。そういうパースペクティヴで言うと、柄谷さんの枠組がすごく大きくなってきているね。

もう一つ訊きたいことは、その段階での歴史的必然性っていうのは——必然性って言うと変だけど、偶然性であったかもしれないけど——今から考えてみると必然性になるわけであって、十六世紀から十七世紀について柄谷さんはマクベス論において、マクベス論の最初は状況論ですから当然ですが、世界の覇権がスペインからイギリスに移って、しかもチューダー朝になって、エリザベスが即位して例のメアリーの息子のジェームズ一世がくる、そういう状況をダーッと説明しているんです。そして、シェイクスピアがなぜ登場したか。宗教、ピューリタニズムの問題と、イギリスということ、それが実質的な戦いの場だった。それがシェイクスピアに関係あるんじゃないか、と示唆している。

それからデカルトに関してもスピノザに関しても、あの段階のオランダの立場が、宗教のせめぎあいの場であるヨーロッパの中の、いわゆる特権的交通の場として成立した真空状態みたいなところがある。その必然性を言っているわけだ。そういう背景の歴史的必然性ってなんだろう。現代と関連させて考えると……。

柄谷　その当時の宗教戦争は、現代でいえば共産主義ということなんですね。

今において、「共産主義」は資本主義が到達すべき次の段階でもなんでもなく、ただたんに世界資本主義の中に属している国家資本主義的形態にすぎない、というふうな意識が行き渡ってきたわけでしょう。ぼくは一九六〇年ごろすでにそう思っていた。デカルトもスピノザも、宗教に対してそんなふうに思っていたにちがいない。

宗教というのは、キリスト教であろうと仏教であろうと、寛容を説くわけですね。しかし、それはその説かれた宗教や宗派の共同体の中だけの話であって、その外に対しては全然寛容じゃないんですよ。仏教がキリスト教よりも寛容であるというのも嘘だと思う。それは日蓮宗なんか見ればわかるでしょう。寛容というものは、一つの体系の中からは絶対に出てこない。つまり、体系がその外部の者つまり他者に対して持つ寛容こそが寛容なのですが、それを体系から原理的に演繹することはできないわけです。

自然法とかいうけれども、実際はそれは原理的に演繹されるものではない。どこかから演繹されてくるものではありませんね。フランス革命で基本的人権が叫ばれたけれども、表現の自由とかの根本は元来において宗教の自由にある、と思う。そして宗教の自由は、宗教の内部からは絶対に出てこないわけですよ、他人の宗教を認めるということはね。これは結局、殺しあった後で出てきたものです。スピノザが考えたのは、それを基礎づけることだといってもいい。各宗教（共同体）を超えた世界＝神をもってきた。それ以外に「寛容」を原理的に基礎づけることはできません。

だからその後、啓蒙主義とかロマン主義とかいろいろなものがあったとしても、ぼくは十七世紀のほうがずっと根本的だという気がするんです。それでスピノザの中において見られた、マルクスとかウィトゲンシュタインというような可能性を考えているわけです。たんにマルクス主義は終ったとか、そんな話ではすまない。しかし、今ぼくの言っていることはたぶん、七〇年代の初めでも同じようなことを言ったはずです。

三浦　うん、そうでしょうね。タイムスパンをとって言えばそうだろうけれど。しかし現実に歴史性として考えてみた場合、マルキシズムが実際に力となったのは二十世紀だからね。フロイディズムにしてもそうです。あれはやはり一種の宗教みたいなところがあるでしょう。そういうことで言えば、現代の宗教戦争は存在していますよね。

柄谷　ぼくは、科学も世界的運動だという意味のことを書いた。これも「対話」に参加しない者を排除しますね。科学哲学の先端では、いわば「寛容」を考えはじめていますけど。

ぼくが昔から変わっていないと言われれば、やはり六〇年代のときに孤立してた感じが、ずーっと続いている気がする。

三浦　資質としてあるかもね。

柄谷　そうですね。孤立といっても、何かに対立してということではないが、気分としてどうしようもなくそうなんです。

『探究』は批評だ

三浦　いちばん最初に言った話に戻るかもしれないけれど、『探究Ⅱ』なら『探究Ⅱ』を論じる場合に当然なされるやり方は、論じられている内容を論じる。これは素晴しいとか、ここのところで疑問があるとか、これはどうであるとかって話の進め方ができる。

しかし、もう一方で、柄谷さんが『探究Ⅱ』を今ここで書いたということの意味は何なのか、という論じ方もある。今日の話はこちらのほうをやったわけだけども、翻ってこれが文学の場で起こった事件であると言った場合に、これは何なんだろうということ。最初に言ったことですが、それを考えてみたいんです。

マルクスがやったことが経済学批判だとすれば、柄谷さんが潜在的にここでおっしゃっているのは、文芸批評というのはつまり文学批判なのであると、経済学批判と同じような意味での文学批判なのである、ということですね。もっと言うと、現代文学はかなり制度的な、あまりにも自明な共同体的要素が強いんじゃないのか、ということでしょう。二葉亭や漱石が文学やろうかなと言うのと、今、文学やろうかなと言うのとじゃ全然違ってるんじゃないか。

柄谷　ぼくは『探究』のような仕事を、〝文学的〟ではないけれど、文学だと思っているんだね。たとえば小説家は『探究Ⅱ』のようなものをどのように読むのか、ちょっと興味がありますね。

去年、大江健三郎さんに会ったら、彼はこういうことを言うんですよ。あなたは『探究』で日本にかつてない文章を完成させた、どうしてそういう文章が出てきたのかわからない、と。ぼくは、いや、小林秀雄とかいろいろいるんじゃないですかって言ったら、大江さんは、小林秀雄は詩を書こうとしていた、あなたは散文を目指しているから全然違う、と言う。あなたのような文章が日本に出てきたことの、原因がわからないとね。彼は一所懸命褒めてくれるから、ぼくは当惑したんです。自分では文章のことなんか考えていない。昔のほうがむしろ考えていましたよ。

三浦　そうかもしれない、文章のことは昔のほうが考えていたかもしれない(笑)。最近は、はっきりしたスタイルがいいっていう感じになってきたよ。カッコの使い方とか注の付け方とか、昔はもっとキザでした(笑)。美学的にしてたよ。最近は実用的ですよ。プラグマティックというか。

柄谷　ただ哲学者と文学者の差は何かというと、文章の問題だとぼくはずっと思っていた。こいつらはまともな文章を書いてないんじゃないかというのが、はっきり言って、日本の哲学者に対するぼくの軽蔑の最大理由だった。これは思えば、小林秀雄が三木清を軽蔑した理由でもあったわけですね。

三浦　あれはだけど、むしろ西田幾多郎でしょう。三木清の場合には、わかり易すぎてダメだっていう言い方。

柄谷　しかし、現在は、むしろ文章のことを考えなくなったな。明晰でありたいということだけを考えている。

三浦　それは柄谷さんの意識だよね。だけど、もっと違う面からいえば、一種の「ズレ」なわけですよ。つまり文章自体が目的の文章と、そうではなくて、このことをお前ははっきり知らなきゃだめだ、このことをちゃんとわかってくれ、という文章とは違うという言い方もできる。これは極端な話で、実際的にそんなことは言えないけどね。かりにそう言った場合、いわゆる文学的な枠からは外れることは確かです。それが文学の自明性に対する疑いとして、ぼくらには見えてくる。

柄谷　そうか。ぼくは、自分が考えることはいつも不透明で不明晰で、ボヤーッとしてるから、書くときは明晰にしたい。それが書くことである。しかも、ぼくは不明晰な事柄しか考えたくないし、わかりきったことでも訳わからないようにしてしまう癖があるからね。書いているうちに明晰になるし、わかってくる。そして自分のわかったことしか書きたくないし、したがって明晰であればいいのだ、と楽天的にそう思っている。わざわざ詩的に曖昧に書く必要なんかない。もう充分に不明晰だからさ。

三浦　不明晰だってわかってること自体、明晰なんじゃないですか。二葉亭四迷っておかしいね。ちょっと変わってる。本人は絶対おかしいと思ってなくて、真面目にやってたと思うんです。彼にしてみれば、文学を根本的に考えているからこそ文学を離れるしかない、と真剣に考えていた。それだけの真剣さって、文学をしゅるしゅるとやってる連中にはないという意識がある。それが明治の三十年代四十年代にかけて、いつのまにか文学が制度化されていくわけです、日本近代文学になる。

ほとんどの人が、それに関して疑いを持っていなかった。それに対して、漱石なり鷗外は、ある種の異和感を持っていた。逆にいえば、ほとんどの人が持っていなかったからこそ、大正のあのコスモポリタンの文学ができて、それがそのまま文壇を形成していった。そして自明性に対する疑いが、なくなっていくわけでしょう。さっきの大江さんの話にも関係すると思う。そのくらいのタイムスパンで考えたほうがいいんじゃないかな。一度、自明性が疑われてもいいんじゃないか。柄谷さんのようにね。

なぜかって言うと、現実に、文学なら文学の場が自明性を疑われるような場になってきてるんですよ。たとえば江藤（淳）さんが昔に戻って朱子学的なもの、儒教的なものを考えますね。戻ることで現代文学の自明性を疑おうとしているわけだ。

柄谷　『探究』を文学の問題として読んでくれる人は少ないでしょう。

三浦　いや、そんなことはないよ。『探究Ⅰ』もそうだけど、とくに『探究Ⅱ』の場合には、まあ平成になったからでもないけど、そういうふうな時代区分は全然信用しないけど、明治・大正・昭和ときた、その明治・大正・昭和における文学を形成している共同体の実質、つまり明治・大正・昭和文学史という共同体を自明と思うことに対する疑いが、根本的なところで要請されてきている、ということでもあるよね。

柄谷　哲学では昔から三つに分けて真・善・美といいますよね。別の言葉でいえば、知・情・意。情＝美は、カントでいえば判断力の領域ですね。

三浦　そういうことね。倫理が実行だから。

柄谷　カントの三つの批判というのは、およそ古典的に言って真・善・美に当るわけですね。むろん文学は美に入る。しかし、真や善とまったく離れてあるのでもない。漱石も、そういうことをものすごく考えていた。文学の文学性はどこで成立しうるか、そこには知の領域もある、道徳の領域もあるのだから。

およそこの三つの領域がからまりあって、優位を争っているという感じがします。知（真）に対する批判は、必ず善と美からくる。つまり哲学に対する批判は必ず善と美からくる。たとえばキルケゴールが宗教、ニーチェが芸術。キルケゴールの場合には美も混じるけど、最終的な段階としては善。知批判というと残る二つが出てくるように、宗教批判といったら、それは知と美の側から出てくるわけです。

一方、文学批判には善（意）と知が出てくる。たとえば二葉亭四迷みたいに行動が出てくるし、漱石みたいに「文芸の科学」ということになる。それらはいつも反転するようになっている。だからぼくの文学批判と言われているものは、別の面から言えば知に対する批判ですし、別の面から言えば善に対する批判になる。

　昔、学生のころに「思想はいかに可能か」というエッセイを書いたことがあるんです。三角形を描いて、その中点みたいなことを考えた。いわば真・善・美という三角形において、その中点にある空無が批評ではないか。その場合、力点が、ある一つに置かれれば、残りの二つを引っぱり出してくるであろう、そういう中点ですね。

　自分では、その三つのいずれかに立つという意識はないんです。まあ文学のレベルで言われたらそれは文学批判かもしれないけど、知とか道徳に対しては逆に文学の側に立っている。

三浦　でもそれは確かにそういうことなんじゃないかなあ。たぶんキルケゴールだって、そうだったんじゃないか。思想に関しては宗教の側から問い、宗教に対しては思想の側から問う。

柄谷　さらに、文学から問う。

三浦　そうそう。だからペンネームも必要になる。ペンネームがだめなら肩書が変わるとか、そういうことかもしれない。

柄谷　それをあえて呼ぶなら「批評家」であると。

三浦　むしろ、そういう移動性みたいなところに批評の根本があるんじゃないか。

柄谷　そう、だからぼくは、自分のことを思想家だとか哲学者だとか称するのは嫌だし、文芸評論家というのも嫌だけど、たんに批評家と言えばいいのだと思う。

三浦　クリティック。

柄谷　うん、クリティック。お前は何者なのかと言われても、私は何者であるのではない、という具合ですね（笑）。

〔『國文學』一九八九年十月号＝柄谷行人特集〕
本書註＝初出時表題「他者とは何か」

坂口安吾と文学のふるさと

島田雅彦

安吾はいつも懐かしい

柄谷　安吾は何歳で死んだんでしたっけ。

島田　四十八歳です。放蕩三昧のわりには、意外と長生きしましたね。

柄谷　ええ。

島田　柄谷さんは、七四年ぐらいに「『日本文化私観』論」というのを書かれましたね。

柄谷　そうです。単行本に入れる機会がなかったのですが。

島田　あれから新たに坂口安吾論というのを書いたんですか。

柄谷　特別には書いていません。

島田　あれが唯一の坂口安吾論という感じですか。

柄谷　そうですね。短いものなら書いたことはある。去年だったか、『新潮』にも書いたことがある。今、安吾が四十八歳で死んだというのを聞いて、ちょっとぼくはびっくりした。今、ぼくは四十八歳でしょう。三島を自分は通り過ぎたと思ったのに、まだ安吾が残っていたのかという（笑）。これを通り過ぎないと……という感じですね。

去年、島田君がアメリカにいたときに、ぼくの『批評とポスト・モダン』という本の文庫本の解説を書いてくれて、ぼくが安吾の生まれ変わりであるとか何とかっていう……。

島田　息子。

柄谷　息子ですか。

島田　生まれ変わりは野田秀樹です（笑）。

柄谷　安吾にかぎらず、誰かの生まれ変わりと思う人は一体どういうことなのかな。ぼくにはわからない。ぼくは、安吾の影響を受けたという気持は少しもないですね。だけど、いつも懐かしい人です。安吾のようにやろうとか、そんなことは一度も思ったこともないんだけれど、いつ読んでも面白いんですね。あなたは高校ぐらいから読んでたとかって書いていたでしょう。

島田　ええ、一応そうです。まあ、野田秀樹みたいに生まれ変わりだとは思いません。それは一種のナルシシズムだと思います。周りには太宰ファンが圧倒的に多かったし、太宰はナルシシストを養成する小説ばかり書いていたところもあるから、それに対する不快感はありました。太宰の影響はわりと簡単に受けられるけど、安吾の影響を受けるって、けっこう難しいんじゃないかな。

それからしばらく読まなかったです。それで、アメリカにいる間に、なぜか読み直す機会があって、その時に、柄谷さんの安吾論の助けも借りて、自分の中で読み方が変わったという感じですね。ちょうどその時に、ぼくは柄谷さんの『批評とポスト・モダン』の感想文を書いたわけですけれど。それでぼくは、根拠なく、柄谷さんは坂口安吾の息子である、と書いたんです。二人とも〝無根拠〟に呪われている。

安吾には、どこかにおかしな抒情みたいなのがあるんです。小説なんかを読むと、ふと見上げた焼け跡の青空がきれいだとか、ずっとこの海を見ていたいとか。しかし、息子はその抒情さえも切り捨てて、父が敢行した知的クーデターだけを推し進めていったのだ、というふうに言ったんですけどね。

柄谷　ぼくにも抒情はありますけどね（笑）。やっぱりそういう感じを持つというのは、アメリカでですか。

島田　そうですね。安吾をフィジカルに理解できた気がします。安吾というメディアを通して、これまで自分が考えてきた〝あいだ〟のトポスが、より明確に見えてきたんです。安吾はよく、ふるさとという言葉を使うんですけど、そのふるさととは何かということが、実はニューヨークにいると考えるに足る問題だったんです。ニューヨークにいて、ぼくはよく東京のことを考えました。べつに東京が懐かしいというような意味ではなく、アメリカやメキシコ、ヨーロッパの都市と東京の〝あいだ〟に、自分の思考回路と結びついた都市を見出していたんですが、それが安吾のいうふるさとと似ている、と思ったんです。

柄谷　ぼくは、安吾を大学のときによく読んでいたとか、そんな記憶はないんですよ。安吾と似ていると思ったことも一度もないんだけど、ただ幾つか似ていることがあるなと思ったことはある。一つは、安吾は中学のときに運動選手でしょう。

島田　ハイジャンプの記録を持っていますね。

柄谷　そう、そう。他に球技もやっています。ぼくはべつにそんな記録を持っていませんが、なんとなく運動というものが、ぼくの〝根拠〟になっているわけですね。それで三島由紀夫とかああいう人に対して、言ってはいけないが、やや軽蔑を禁じえないわけ（笑）。今はぼくは肉体的にまるで自信ありませんけどね。何か、根本に運動神経の自信というか、そういうものがあるかないかというのが、文学においては案外大きいんじゃないかと思ってね。しかし、運動ができると、逆に鈍感になるところがあるんです。できないところで発展してくる感受性もあるからね（笑）。だから、いま太宰と安吾と言われたけど、高校生ぐらいだったら、運動能力と関係してくるかもしれない。

島田　なるほど。運動音痴の作家として太宰と三島というのを挙げれば、その対極に安吾があるというのは、確かなことだと思うんです。ぼくは運動選手としての安吾ということを考えたことはないんですけど、ただ、いろいろな伝記的な事実とかを読むと、坂口安吾は超健康なガキ大将だったんですね。

柄谷　安吾が強かったのは近代スポーツですよね。東洋的なものではない。肉体というと、いろいろごちゃごちゃしたものが出てくるように見えるけれども、安吾の肉体というのはさっぱりしているでしょう。

島田　ええ。放蕩三昧でも健康でいられるくらい。

柄谷　『白痴』などでも、肉体、肉体と言うけど、どろどろしていないと思う。すごく透明な感じがして、あんまりどろどろした肉体というものを溜めこんでいない人じゃないかと思う。島田君は運動をやっていたの？

島田　ぼくは、自慢できるものは何もないですけれども。

柄谷　最近は、野球をやっているじゃないの（笑）。

島田　いや、まあ……。球技があまり得意ではなかったものですから、学校であまり友達ができないんですよ。ラシュディも何かそんなこと言ってたと思います。自分がクリケットができなかったから仲間はずれにされていた、自分が異民族だから、インド人のイスラム教徒だから差別されていたのではなく、自分は運動がだめだったからパブリックスクールで仲間はずれになっていたんだ、と言ってますけどね。まあ、ちょっとそれに近い感じもありました。体力勝負でない、体力節約型のスポーツを好んでいたので、登山、ロッククライミングでしたね。

柄谷　運動ができないから友達から排除されるということが、文学の根拠になっていく例は多いかもしれない。安吾は、そういう意味で言うと、文学に根拠のない人じゃありませんか。その意味で、あなたの言葉でいえば、無根拠に憑かれているといえるかもしれない。

島田　なるほど。概して、私小説的風土の中で、病気というのが一つの価値だった時代に、凡庸な文学青年だったならば、自分の健康さに対するコンプレックスという形で出てくるはずなんだけれども、しかし安吾は異常に健康だったんですね。病気なんてほとんどしてないし。

柄谷　精神的な病気は持っていると思うんですよ。それはある意味で、「文学のふるさと」という言葉で言われていると思うんですけどね。ふるさとというのは、べつに自分をあたたかく包みこんでくれるようなものではなくて、突き放すものでしょう。だから、そういう自己異和というか、あるいは別な言葉でいえば、他者性を抱えこんでいるという意味での病気はあった、と思います。しかし、それをいわゆる病気とか身体的なところに吸収しないようになっていると思う。

だから、身体は常に健康であって、戦後なんかも、相当ひどいことやっていますが、それでも病気していないんだね。ふつうはぶっ倒れてますよ。最後には入院していますけどね。ヒロポン中毒か何かで。

すべてを肯定するファルス

島田　それに似たことで坂口安吾は、田中英光の睡眠薬を肴に酒を飲むような真似は自分にはできない、と言っていますけどね。

柄谷　ただ、田中英光というのは病気志向でしょう。

島田　そうなんですね。つまり、その健康を持て余して、その健康さをコンプレックスに持っていた、というようなタイプの人だったと思います。

柄谷　田中英光には、ぼくは全然知性を感じないな。ほかの「無頼派」といわれる人たちには、またはその末裔を自称する人たち、たとえば野坂昭如には、安吾にあるような知性がまったく欠けている。

田中英光については、川村湊が『〈酔いどれ船〉の青春』で書いていたけど、あれを読むといやになるね。当時の朝鮮の文壇で、どれだけいやらしく威張っていたか。ふつう戦前・戦中・戦後というような流れの中では、どこかにやっぱりボロというか、だめなところが見つかるわけですよね。本人も隠すでしょう。安吾に関していうと、彼はべつに隠してないと思うんですね。しかも、どれを読んでもわれわれを失望させない。

さっき言いかけたんだけど、ぼくは、安吾と似ているという体験がもう一つあったのです。安吾は東洋大学で仏教をやっていまして、悟れないどころか神経衰弱になった。それで、病気を治すためにアテネフランセへ行ったという。二年ぐらい猛烈にフランス語をやったらしいんです。それで治ったというんだけどね。ぼくもアテネフランセに通ったことがありますけど、そのことではなくて、経済学部から大学院の英文科を受けたときに、集中的にものすごく英語の勉強をしたんです。そのときに病気が治った記憶がある（笑）。それからも何回も〝病気〟は再発しているけど、ぼくは実はそのつどアメリカへ行っているんですよね。外国語でやっていると、頭がいわばアホになるわけですよ。それで病気は治るんです。健康になって日本に帰ってくるわけです。また病気になりますけどね（笑）。

だから島田君が、安吾を読んで面白かったというのは、外国語をやっていた時期だからじゃないのかな、と思った。

島田　それも一つはあると思いますけれども、注目に値するのは、安吾自身の自然治癒力だと思う。おかしくなったら、自分で治しちゃうわけでしょう。また、猛烈に外国語を勉強するというのは、日本語の共同体的な思考を突き抜ける契機にもなると思うわけです。安吾の小説の中には自然というのが出てくるんですが、それがいわゆる和歌で歌われるような日本の自然への回帰とか、日本の自然の描写とか、そういうところには戻ってはこない。さっき抒情と言いましたが、抒情はいつも疑問の形で出てきている。

まあ、エコロジストとは言わないけれども、だいたい自然派の人というのは、日本の森羅万象をいかに鑑賞するか、描写するかが、日本人としての美徳であるみたいな感じでしょ。多くの人がそこに文学的に安住しているとすれば、安吾の場合、なぜ自分はこの青空に、この海に感動するのであろうかという一種の内省が、ふっと出てくる。だから、理由のない感動というのにいつもその疑問が伴っているところが、変わってるんですね。つまり健康じゃなきゃそんな疑問が湧くと辛くなるだけだから、やらないはずなんですよね。また、それは彼の独特の美的感覚というものにも表れている、と思うんです。つまり刑務所が美しいという感性ですよね。

柄谷　ただ、あれは特別の刑務所らしいですよ。ちゃんと建築史的にも残るもので、建築学者も知っているものですね。安吾はたまたま見て直観的にそう思ったんだろうけど、事実そうだったらしい。

島田　そうなんですか。それは知らなかった。

柄谷　刑務所ならなんでもいい、というわけではないと思う（笑）。ぼくはそれを聞いて、逆に安吾の直観力に感心したのです。

島田　じゃあ、それは置いておきましょう。もう一つ、彼がどこに住んでいるかというのが、わりと注目に値すると思うんですよね。たとえば取手とか小田原とか桐生とかね、はっきりいって中途半端な所でしょう。都市でも農村でもない、煮ても焼いても食えないような所ですよね。ぼくも似たような所に住んでいて、かえって共同体批判的なことを考えられて、書くにはいいとは思いますが……。

佐伯　一麦から聞いたけれども、そういうとても退屈な地方都市で生きていくためには、まず喧嘩が強くなきゃいけないとかね、飲み屋で顔利きでなければだめだとか、いろいろくだらない条件があるって言うんですよ。酒が強くて喧嘩が強くてという、いわゆるマッチョが幅をきかしていて、他人の女房をその強い男が寝取っちゃうとかね。

柄谷　安吾の初期の小説、『風博士』とか『黒谷村』はファルスですよね。しかしぼくには、彼のファルスについての評論のほうが面白い。ファルスとは悲劇でも喜劇でもなく、人間のすべてを肯定するものだと言っている。安吾は、いわゆる文学とか宗教とかいったものの外から出発したわけですね。むろん彼は乱痴気騒ぎとは無関係であって、彼がいうファルスは一種抽象的なものです。その意味で、彼は一貫してファルス性を貫いていますね。

たとえば、ぼくはこないだ、京都へ行って型通り竜安寺の石庭に行ったんだけど、やっぱり安吾の言ったことを思い出しましたね。それは、この庭では寝そべったりキャッチボールができないじゃないか、と（笑）。そういうところにファルスの精神がある、と言ってよいと思います。桂離宮より刑務所のほうが美しいというのも、そういうことですね。

島田　刑務所には、囚人が運動不足にならないように、キャッチボールもできるスペースもあるしね（笑）。

合理性を徹底的に追求する非合理性の強度

柄谷　ぼくは、昔『日本文化私観』は戦後に書かれたと、ずっと思っていたんです。それがちょっとショックでね。たしかに戦闘機をつくれなんて書いてあるから、当り前だなと思ったけどね。まさに戦争について書かれていながら、戦争中だということを思わせないようなものがあり、他の人のものにはないんです。

島田　確かに、その一貫性に安吾的思考の鍵が見出せますよね。

柄谷　ええ。

島田　彼の歴史の捉え方として語れるんじゃないかと思うんです。つまり、いつも安吾は歴史に対して、その歴史が捏造される以前の現場を語り直してみようという態度があるんですよね。

たとえば『安吾新日本地理』の中で、伊達政宗について書いた文章がありますけど、NHKドラマのようなヒーロー群像を書かないわけです。要するにあれは田舎者なんだ、という。すべてにかけて読みが間違っていて、思慮の浅いやつなんだ、というような言い方をするでしょう。もうちょっと同時代の処世術にたけていたら、こうやりゃいいものを、あんなふうにやったからダメであるというような見方で、現場で観察していたように書く。そういう講談のような文の中から不変性、普遍性が浮かび上がってくるところに秘密がある、と思うんですよね。

柄谷　そうね。たとえば、ぼくがさっき言ったような錯覚を持つのも、安吾といえば戦後の

『堕落論』とか『白痴』とか、戦後風俗と結びついた形で有名になったということがあって、ぼくらの年代に、まだそういう伝説的なものが残っていたからですよ。今の若い人たちにはないと思うけど。しかし『堕落論』でも、今読めば、とくに戦後のことでもないんですよね。戦後にだけ当てはまることを言ってるわけでもないんでね。同じことを戦争中の『青春論』では淪落という言葉で語っている。しかももっと前に、デカダンスという言葉で書いていたわけだし、ファルスという言葉で書いていたわけですよ。

『堕落論』でも、冒頭に出てくるのは、世相は変わったが人間は変わってない、ということです。安吾はいたるところで人間と言うわけですね。人間を見よ、と。だけど、その人間と言っているのは、いわゆる人が言う人間的とか、ああいうことと全然逆です。ちょうどそれは「ふるさと」という言葉が、安吾が使うとまるで逆の意味になるというのと同じです。

安吾が「人間」と言うのは、われわれを突き放すような他者性に関係づけられてある、ということです。「人間が変わらない」のは、それが本来的だという意味ですね。それを見出すというか、それを肯定しようとするのが、ファルスである。安吾がいう肉体だとか人間だとかの言葉は、今、ぼくたちが考えるような意味で少しも言われてないわけです。歴史についても同じですね。

だから、あなたが一種の普遍性と言ったけれども、それも、ぼくは超歴史的ということじゃないと思うんですけどね。歴史によって人間が変わってきたというのが歴史主義であり、それに対して「人間」などは存在しないというのがポスト構造主義です。しかし、安吾がいう「人間」も「歴史」もそんなものではない、と思います。
　実はぼくは、司馬遼太郎というのを全部読んだことがあるんですよ。しかし、司馬遼太郎の歴史小説は、安吾のそれを、ある意味では緻密だけれども、ある意味では通俗的に拡大しただけだ、というふうに思いました。司馬のいちばんいい部分は、安吾から直接来ていると思うんです。
　安吾の場合、合理性とか非合理性ということに関して、一種のパラドックスになっているんですね。ファルス論の中でもこう言っている。ファルスというのは、合理的なものの極限で非合理的なものを肯定することだ、と。たとえば信長の合理性は、彼の非合理的な情熱と分けられない。ふつうなら合理主義と非合理主義は対立させられるけれども、安吾にとって、そんな区別はありえないですね。
　司馬遼太郎は、そこから始めたと思うんです。しかし、最近の司馬遼太郎は、何だか重々しそうな司馬史観みたいなものをつくってしまっている。安吾はたしかに歴史小説を書いたけれども、彼にとって「歴史」は、ファルスや「堕落」と同じ位相にあると思うんですね。
島田　なるほどね。
柄谷　「ヨーロッパ的性格、ニッポン的性格」というエッセイを読んだことありますか？
島田　いや、それは読んでないです。
柄谷　それは、すごくいいエッセイなんですけど、冬樹社版の全集にしか入っていない。安吾は戦前に、戦国時代に関連してキリシタン関係の史料をずいぶん読んでいたんですね。ここで安吾が書いているのは、ザビエルとかの宣教師と日本の僧侶との論争のことです。ザビエルというのは、ジェズイットの創設者の一人で、ナンバー2ですよ。つまり下っ端が日本に来たんじゃないんですね。実践的にもっとも創設的な意欲に満ちた人たちが直接来たわけです。この連中と日本の禅宗の坊さんが公開論争しているんですが、日本側がすべて負けたんです。仏とは何か、と向こうが訊く。仏とは糞かき棒だ、と日本の坊さんは答える。しかし、なんで糞かき棒なんだと問い詰められてしまう。仏とは糞かき棒だというのは、一つの言語ゲームになっているわけです。禅宗の坊さんたちにおける言語ゲームの中で成立しているような非合理性は、距離にして何千キロも渡ってくる非合理的実践性には勝てるわけがない。しかし、坊さんも、みんな率直に負けを認めて転向しているんですね（笑）。そこは感心するところなんですけど。

島田　それは立派というか。

柄谷　それは向こうの合理性に負けたのではなくて、むしろ非合理性に負けたんですね。あるいは、合理性を徹底的に追求する非合理性の強さに負けたわけです。仏とは糞かき棒だという、そういう非合理的な了解が成立している共同体の根拠が破られてしまう。だから、それも安吾の言葉でいえば「突き放された」ということなんですね。安吾の歴史論というのは、たんに日本の過去をやっているんじゃなくて、つねにそこに、他者性の体験を見出すということなんだと思う。古代史に関しても同じことですね。

三島由紀夫と安吾

島田　話はちょっと飛ぶんですけれども、柄谷さんも何かで書かれたと思いますが、ギリシア悲劇の世界というのは、不合理に悩む人たちの、苛立ちであり、嘆きである。いうなれば神によってコントロールされた世界を、逆に不合理なものとして描き出すジャンルといえると思います。つまりそれを歴史と置きかえていえば、歴史というのは、きわめていびつで、歪められていて、病的である。歴史の登場人物は、不合理に屈従させられている。じつは安吾の歴史観は、不合理な合理性を目指す歴史への抗議だともいえるんじゃないか。単純に坂口安吾の史談とギリシア悲劇の世界を比較はできないといっても、現実というのは不合理な歴史の中においては、唯一、合理的なのではないかという点で、両者は重なるんですね。

その逆も言えるわけです。つまり、合理的につくられた歴史の中で唯一、不合理なのが現実ではないか、という見方ですね。常に現実というのは不安定で、偶然で、行き当りばったりである。ギリシア悲劇の中の登場人物の嘆きというのが、いうならば現実に直面した登場人物は、神の意志というのは合理的であると思いこんでいるわけだけれども、しかし現実はそうではない、そのギャップそのものを青二才みたいな登場人物がまともにそれを受け入れなければならない、というところに歴史のダイナミクスもあり、さらには、柄谷さんがおっしゃった不合理の合理と合理的な不合理のいさかいとしてのファルスも成立する、と思います。

安吾のその種の認識は、三島由紀夫といいコントラストをなしていると思うんです。三島由紀夫は、坂口安吾とは別の意味で、歴史にこだわった人だと思うんです。要するに戦前と戦後というものの変化を、あたかも自分の自意識における事件のように語っていくという側面もあったわけでしょう。

その後も、徹底して、日本人を規定する三大要素みたいな形で、天皇と日本文化と日本語というものを合理的に組み合わせて、カタログづくりに精を出した。最終的には、人間まで落ちた天皇に再び神性を与えてまで、日本のカタログをつくったわけですね。三島由紀夫がつくった日本というカタログというのは、日本の歴史を、自分で諸々の作品を書いたりあるいはパフォーマンスを演じることによって自意識の鏡に映す、というやり方をしたのです。

それは、安吾とはまったく違うわけです。安吾は、そんなふうに日本の歴史を不合理なままに合理的につくろうとはしない。つまり、まるで逆なんですよね。三島由紀夫が、天皇や日本文化や日本語にそれぞれの付加価値を与えて、それの徹底的な達人的使い手たらんとすることで、日本の歴史を自分の中につくっていったとするならば、安吾は、天皇とも日本文化とも日本の歴史とも関係ないところに、あえて自分を立たせる。それは『堕落論』の中にも書いてあるんですけど、われわれは日本を発見するまでもなく日本人である、と。古代文化を見失っているかもしれないけれど、日本は見失うはずがないじゃないかという、そういう立場。これは明らかに三島由紀夫とまったく逆なことを言っている、ということになるわけです。

柄谷　そうですね。

さっき、ぼくがギリシア悲劇についてどこかに書いたと言われて、憶えがないので、思い出そうとしたんだけど、それはたぶん、ニーチェを引用して書いたことなんじゃないかなと思うんですね。ニーチェには「ギリシア悲劇時代の哲学」という、ヘラクレイトスとかそういう人たちのことを書いた文章がある。ギリシア悲劇時代の哲学とは、ソクラテス以前の哲学ということで、悲劇作家でいえばユーリピデスより以前ですね。

さっき話した不合理のことでいえば、不合理というからには、合理性がある。つまり、合理性を前提とした上で非合理という言葉が出てくるんだけれども、ギリシア悲劇時代の哲学およびユーリピデス以前のギリシア悲劇というのは、その不合理を肯定しようとしたということ。そこにある肯定力のすごさを、ニーチェは強調している。安吾がファルスは肯定だと言うとき、何かそういうものに近いのではという気がするんです。それは『文学のふるさと』の中にも見出せると思うんです。たとえば、「救いのないことが救いであります」と言うわけね。これも肯定力ですね。

それに較べると、三島由紀夫はソクラテス以降、ユーリピデス以降ですね。やっぱり自己意識が前面に立ってしまう。三島由紀夫の場合は明らかに、ぼくはロマンティック・イロニーだと思うんです。ロマンティック・イロニーについては、ハルトマンという昔の哲学者がこういうことを言っています。イロニーにおいては一切が戯れであるとともに一切が真剣であり、一切が心の底から打ち明けられているとともに、一切が深く隠されている、と。

普通は、真剣と戯れのどちらかに分かれるはずですね。したがって、そういう見方で三島由紀夫のことを考えていくと、わからなくなってしまう。謎めいてしまう。しかし、それこそがロマンティック・イロニーなんです。だから、いろいろ三島について考えていったら、アホらしいわけですよ。はじめから、そういうものがロマンティック・イロニーなんだと考えればいいのです。

ところで、いちばん最初のイロニストはソクラテスなのです。だからさっきのギリシア悲劇の中でいえば、ユーリピデスはすでにイロニーになるわけですね。その後は、喜劇になると思うけれども。安吾は、そのようなイロニーの前の段階を見ようとしていたのではないか。

島田　たとえば、ぼくが好きな言葉で、『戦争と一人の女』という小説の登場人物に言わせているんだけど、日本の男は戦争で死ななかったとしても、奴隷以上の抜け道はない。そして、日本という国がなくなってしまって、女だけが生き残って、ハーフを生んで、別の国が生まれるんだ、というようなことを言わせるわけです。

同じようなことを、三島由紀夫も言いそうなんですよね。だけどイロニーで言うわけです。自分は、本気でそんなこと思っちゃいないわけですよ。そういう状態を肯定もしていないわけです。だけど、安吾がこういうことを登場人物に言わせると、イロニーも何もなくて、本気で思っているんじゃないか。

安吾は「完成」をめざさない

柄谷　そうですね。さっき言ったギリシア悲劇時代のことでいうと、その基底にヘブライも含む地中海全体の世界があったわけです。そこでは、戦争に負ければ奴隷になるに決まっているわけですね。さっき述べた「不合理」ということもそういうことを含む。そういう不条理なものをどうするのか、というのがギリシア悲劇でしょう。他方、「救い」を見つけていくのが、いわばヘブライですね。この二つの激突が、今なお西洋の問題だと思う。むろん、それは西洋だけの問題じゃないと思うんですが。

戦争に負けたら奴隷になるというのは、大なり小なり大陸においてはありふれたことだった。安吾は、そういうレベルでものを見ていたと思う。三島由紀夫は神国日本というか、島国日本という観点で考えているけれど、安吾はそうではありませんね。

それは日本の古代史に関しても同じです。朝鮮半島とのつながりにおいて、古代史を、さらに平家や源氏までを見る。今の古代史学者は、もっとやり方は緻密だし、人類学を使ったりしますけど、安吾の見方において、だいたい基本線は出ているとぼくは思います。安吾は、島国の中で同一性を貫くというような視点は持っていない。そこから、今日から見て、驚くべき洞察力が出てくるんです。

島田　いうなれば、そういう洞察を小説の中でも相当に批評的にやっているわけですけど。もし安吾のその洞察をいま利用することができるならば、これからはギリシア喜劇を書かなければいけない感じもするんですね。だから、アリストパネスとかの喜劇の中では、奴隷になった女とか、あるいは自分の娘を幾らで売るとかどうのこうのといった、娘の取引きの現場とかが描かれていたりするわけですから、すでにそういう認識というのが、ギリシア喜劇の場では空間として、現実として出てくるんですね。

柄谷　だけど、安吾はやっぱりファルスなのではないか。悲劇でも喜劇でもない。たとえば、あなたと浅田彰の対談集『天使が通る』の中で、そういう話をしていたという記憶があるんですけど。それはベンヤミンの『ドイツ悲劇の根源』をめぐる話でした。ただ、川村二郎さんの翻訳だと『ドイツ悲劇の根源』になっているけれども、実はあれは「悲劇」ではない。悲劇でも喜劇でもない。もちろんベンヤミンと安吾は違います。しかし、悲劇でも喜劇でもないものを見出そうとしていた点では、共通していると思うんですね。

安吾は小林秀雄に対してすごく、からみたいというところがあったんだろうと思います。ぼくもありますが（笑）。ぼくはべつに安吾の影響を受けたことはないけれども、自分が小林秀雄を否定したいという時に出てくるのが、安吾が言った「文学のふるさと」と似たものではないか、というふうに最近思ってますね。

島田　いつも坂口安吾というのは孤独なんですよね。小林秀雄を、一時期は師匠と呼んだけれども、愛憎半ばする感じですよね。「伝統と反逆」という小林・坂口対談は『教祖の文学』が発表された直後に行なわれたものですが、安吾はほとんど反抗期の青二才で、小林は狡猾なソクラテスという感じがしました。

日本の文学者には、お師匠さんと弟子という関係か、あるいは同時代作家としての共犯関係というか、そういう関係しかないような気がするんですが、安吾はその関係を拒否しているから、きわめて孤独という印象があるわけです。孤独な作業としていろんな史談をやったり批評をやったりするわけで、あの人の伝記的事実と一致させるわけじゃないけど、ある種、ほとんど求道的というか、批評することが自分の編み出した宗教であるみたいな、そういう印象を持っているんですがね。

柄谷　そうですね。ただ求道性というと、ふつうは「完成」ということが目指されると思うんですね。安吾にはそれがまったくない。いわば、どれもこれも未完成です。

たとえば、安吾は花田清輝を褒めている。花田は安吾に近いところがあるかもしれないけど、ぼくは花田は不自由なスタイリストだと思う。戦後になってもあんなスタイルで書く必要がないじゃない（笑）。花田は、どこかに永遠にとどまろうとしている面があるんですよ。作品として永遠にしようとする気持が。小林秀雄にはもちろんそれがある。それはぼくもあるけどね。永遠という意識はあるけれども、永遠にしようという意識はだめだと思う。それはナルシシズムなんですよね。どこかで壊れていってもかまわないじゃないか、というふうに思うんですが。

普遍的な「ふるさと」

島田　柄谷さんは生まれた時に、記憶で、焼け跡や闇市というのはありますか。

柄谷　生まれた時というより、戦後でしょう？

島田　そう、戦後。

柄谷　記憶にありますよ。ものすごくある。闇市は怖くてしようがなかった。電車に乗るのも怖かった。子供を無視しているからさ、その時代は。子供が可哀相なんて誰も思ってないからね（笑）。しかも、電車といえば満員に決まっている。ぼくは親に、次のにしてくれって言うんだけど、次のも満員ですからね。ずっと待っていたらしいですね。空くまで。

島田　坂口安吾は、ぼくなんかがみなし子とか孤児だとか言っても、みんなメタファーでしかないわけですけど、あの焼け跡の時には本物の孤児がいたわけですね。浮浪児が。柄谷さんはそうではなかったと思いますけど、年代からいっても、上野公園にたむろしている浮浪児と柄谷さんとが重なるということもあったりしたんですけど。それはともかくとして、そこにあるのも廃墟だし、坂口安吾もその廃墟で考えている。かりに戦後の廃墟がそこになかったとしても、いつも安吾は廃墟にいたわけですよ。

こないだニューヨークから帰ってきて、東京をぶらぶら歩いていて、それからセスナに乗って東京上空を飛んだんですけどね、その時すごく感じたんです。決して焼け跡ではないですよ。廃墟でもない。ちゃんと瀟洒な建物が永遠に続いている。ぼくはニューヨークも空中から見たことがありますけど、ニューヨークの比じゃないんですね、東京の大きさが。自己同一性を永遠に確認し続ける都市という感じがして、無気味でした。

それからもう一つ怖かったのは、だいたい日本の機能というのが、皇居を中心にして半径十キロに全部あるんですよ。皇居のほかに防衛庁もあれば最高裁もある。国会議事堂もある。証券取引所もあるし、主な会社のオフィスもある。ここに原爆なんて高いものを落とさなくていいんですよ。ＴＨ爆弾があれば百発ぐらいでいいですよね。それを落としたら、表面上、日本はダメになるんですね。簡単なことだと思いました。つまり、セスナ一台チャーターして、強力な爆弾を持っていれば、日本の何十パーセントかはその日のうちに破壊できるんですよ。それを思ったら急に怖くなりましてね。戦争放棄は、都市の構造にも現れていたんです。

また、東京はほとんど建物も消費財みたいなもんですから、二年ぐらい留守している間に、がらりと一角が変わっているということは往々にしてあります。それに、過去というのが目に見える形ではないんです。五年前の過去というのは、もうひょっとしたら地層の一メートルぐらい下にあるかもしれない。江戸時代なんていうのは、もう東京にはないわけですよ。

下町ブームにしても、マイタウン構想にしても、いろいろと東京にまつわる物語をあちこちでつくっていますが、目に見える形での歴史的地層というものは一切ない。ほとんど遊園地みたいなもんなわけです。そういうことを考えた時に、坂口安吾の依って立つ「ふるさと」というのは、まさに今の東京がそうなんじゃないかという思いがしたんですよ。

柄谷　そうか。自分を受け入れてくれる古い懐かしいふるさとではないという意味では、そうなんでしょうね。

島田　それに、ころころ変わってばかりいるから、ここがぼくの街だという感じはしないわけです。つまり、自分の、二十何年でも四十何年でもいいですけど、その個人史と都市が一致していない、一致する暇もない。そんな都市には、私がこの都市出身であることの誇りみたいなものは一切なくなってくる。

ニューヨークでは誰もが訊きますよね、ニューヨーク好きかって。東京じゃちょっと恥ずかしくて訊けないという感じですね。東京、好きかいなんて。
柄谷　アイ・ラヴ・ニューヨークとか、そういうスローガンがありますね。
島田　要するに愛着のある都市というのは一つもないし、ホームタウンなんて壊れちゃったっていい、と思っているわけです。守ろうなんていう気も起きないわけです。それは坂口安吾と新潟の関係もそんなものじゃないですか。
柄谷　だけどね、ぼくはそういうNHK的なふるさとというのを、安吾には感じないんですね。新潟のことはよく知りませんが、ぼくは、安吾の中に具体的なふるさとというのをあんまり感じないんです。もっと別なふるさとを感じていて、それはある意味で普遍的なふるさとなんです。
島田　太宰の津軽ではないわけですね。
柄谷　ない。しかも、ぼくはそれをとても懐かしく感じるんですね。安吾を読んでいて懐かしく思うのは、具体的でないような「ふるさと」を感じるからなのです。ぼくにとって新潟なんか懐かしくないからね、もともと（笑）。たぶん、外国で安吾を読んでも懐かしいと思う。それは日本の懐かしさでもない。自分の精神の故郷みたいな懐かしさです。
そういう感じを与える人は、他にいないね。安吾の影響を受けていないと言ったけれども、それは影響の問題じゃないんですよね。ぼくは、たんに安吾が懐かしいんですよ。

昭和天皇の病をめぐる自粛状況

島田　こないだ脱稿した長篇小説があって、一種、半分楽しみながら思考実験みたいな形で、ある登場人物を考えたんですね。坂口安吾と大岡昇平がくっついているような感じなんだけれども、戦時中、自らすすんでミンダナオ島あたりで捕虜になって、アメリカに渡って、その後四十五年間まったく帰らなかった。その人の生活と主張を一章書きたいなと思ったんです。いろいろ問題があったと思うんですけど、要するにその生活と主張は、坂口安吾から借りてきたわけです。主人公は、みなし子の実存を常に考えている。それで、妊娠中絶する専門の医者になって、ちょっと小金を稼いでからニューヨークに渡って、そこでユダヤ人の東洋学者に気に入られて、その人はゲイで、関係を結ぶに至って、それで養子になって、彼が死んだ後、その遺産を引き継いで、儲かった、と。その人が、ちょっと余裕が出てきたものだから、自分の哲学を実践するんだとか言って、孤児院をつくる。

その孤児院の養子というのが、ぼくの長篇小説の主人公になるんですけどね。その人に仮託していろいろのことが書けると思ったので、坂口安吾や柄谷行人の生活と主張をモデルにしながら書いたんですけど。

柄谷　ふうん（笑）。

島田　その時に、一つの考える時の拠り所は、さっきのくり返しになりますけど、天皇とも日本語とも日本文化とも関係なく、なおかつ日本人であることの内省と遡行が一つの軸になると思ったんですね。

ちょうどぼくがニューヨークにいた時に天皇が死にましたから、また、その死に先立つ三ヵ月ぐらいというのは、ものすごく苛立って暮らしていましたしね。日本にいると、どうも天皇と日本文化と日本語との三点セットの、日本人のアイデンティティというものが重くのしかかっていて、じつは自由にものが言えないという状況が続いたんです。

柄谷　いい時に外にいたね。

島田　ぼくも苛立っていたんですけど、でも苛立つ必要はないって、あるとき気づいたわけですよ。今、とりあえず短い期間だけれども、別のところにいるわけだし、何も言っちゃいけないことはないわけです。その時に、じゃあ、自由な言論とは何かということを考えたんですね。だいたい、あの死に先立つ三ヵ月あたりの自粛状況っていうのは、ほとんど言論の不自然という感じでしょう。言論の自由は認められているわけだから、何を言ってもいいはずなんだけど、何か、右翼団体に襲われるという恐れもあるでしょうが、それだけじゃない何かの恐怖が働いていた。正直に何か言いだしたら、自分が日本人じゃなくなるという恐れみたいなもの、必ずしも右翼を恐れるという意味じゃなく、あったと思いますけどね。それが結局、あのころの言論を不自然にしていたと思ったんです。

柄谷　ぼくも、だから逆の不自然を感じたな。たとえば浅田彰と対談（「昭和の終焉に」『柄谷行人浅田彰全対話』所収）したんだけど、ああいうことがなければ、もっと別のことを言っていたでしょう。不自然に反撥するからさ。

島田　要するに、自然な言論というのはあの当時は何だったのかというと、まるで関係ないふりして適当なことを言ってればいいわけですよ。勝手に遊んでいればいい、ということなわけですよね。まさにそのへんのリアルタイムの問題もあったんです。

自分は別の所、外国にいて関係ないふりはしていられるんだから、そうしたら、坂口安吾のひそみにならって、ついでだからこの際、この機会を利用して、天皇とも日本文化とも日本語とも関係ない日本人たらんとテンポラルに試みたら面白いと、そういう趣味的なことをやっていれたわけですけれども。そのようなことを英語で書いて、コロンビア（大学）は今の天皇が訪ねているから、あんまり天皇のこと言うとまずいから、コーネルあたりでやったんですけどね。

柄谷　講演したわけね。その話は聞いたよ。コーネル大学の人から。

島田　あんまり通じなかったと思うけど。

柄谷　いや、印象としては、美男だったということにつきるって（笑）。

島田　なぜかアメリカにいて日本は群島だということを発見しました。日本も島によっては全然、東京では想像もつかないトポグラフィを持っているわけですよ。たとえば与那国島なんていうのは、台湾のすぐそばでしょう。それとか、礼文島なんていう所まで行けば、ソ連のほうが近いわけですよ、東京に行くよりは。小笠原諸島にしたってずっと緯度が低いわけで、覚悟決めれば東京に行くのと同じような苦労でもって、ミクロネシアに行けるんです。

島もまた日本です。ですから、そこに住んでいる人たちには、そこをふるさとだと思っている人間のトポグラフィがあるはずだと思うんです。それをちょっと調べてみたいと思っているんです。でも、その場合って、たいていよそ者として来るわけだけど。沖縄のほうに行きゃヤマトンチュって言われるわけですけどね、ぼくなんか。じゃあ、自分は、彼らから見たらどれぐらいヤマトンチュの面《つら》をしているのかとかね、ヤマトンチュ的考え方をしているのかということも一つ興味があるわけですよ。

そういう意味で、『安吾新日本地理』というのは、だいたい全部自分がよそ者で訪ねていっているわけですよね。半分、揶揄しながら、差別しながら、その地方の人を観察していて、そこは日本国内でガリバーをやっているというか、そういうところもあって面白かったんですけど。

柄谷　べつに君の小説と関係なく言うけれども、いまの話は、南方でしょう。大正時代というか、おそらく韓国併合以後だと思うけど、日本人の意識はだいたい南方に行くんですね。北方というか、朝鮮半島を避けるわけです。柳田國男もそうだし、折口信夫もそうですが、みんな南島論になるわけですよ。今も南島論を書いている人がいるけどね。これは明らかに歴史的な徴候だ、とぼくは思うんですね。つまり、自己同一性を求めはじめたということです。

そこにおいては、南島は相対的な他者じゃないんですよ。ふるさとなんです。しかし、それは安吾が言うふるさとじゃない。安吾のふるさとは、その意味ではむしろ北方ですね。このことは、ぼくは大事なことだと思うんです。安吾がいう地理は、じつは歴史のことですね。そして、それはすべて北方を向いているんですね。南方に行くと、歴史が消えるようになっているんです。南方は自己同一性なんですよ。自己の根源なんです。

島田　南方には、自分に都合のいい歴史を押しつけやすいってことですね。

中国は近代国家の理念では捉えられない

柄谷　だいたい、島田君が面白いのは、その出発点においてロシアを持ってきたことですよ。これは二葉亭四迷以来の珍しい現象だったと思うね。君の新しさというのは、西洋とかアジアとかじゃない、ロシアを持ってきたことにあると思う。ロシアは、西洋なのかアジアなのか、マルクス以来わからんわけだ。マルクスは、あれはモンゴルだと言っているけど。

島田　西洋で政教分離がなされた後、キリスト教の新天地になった中東かもしれない。

柄谷　君が南へ向かうことには、違った意味があるでしょうが、一般的に言って、南方へ向かうことは安吾の逆の意味でのふるさと回帰ですね。

ぼくは読んでないけど、四方田犬彦がニューヨーク滞在記として『ストレンジャー・ザン・ニューヨーク』を書いたでしょう。ニューヨークの中国人のことばかり書いているそうだ。あなたは中国人と知り合った？

島田　はい。共通の知り合いは何人か、あの本の中に出てきますけど。

柄谷　四方田みたいには、やってないでしょう。

島田　はい。

柄谷　ぼくは、一人だけかなり親密な友人がいるけどさ。あなたも知っているかもしらんけど、タン・イミンという名前で。
島田　よく話しました。
柄谷　今度の天安門事件以来のことでは大変だったでしょう。
島田　今、先頭になってやっているらしいです、ニューヨークで。
柄谷　こないだドゥルーズ＝ガタリの『戦争機械』という論文を再読していたんだけど、それは、国家と戦争機械は別だっていう考えですね。戦争機械というのは、ノマド的なものですね。ある意味で、中国人というのは、そういうノマド的集団のように見える。けっして国家に入らない。やっぱりあの国を統合するということは、大変なことですね。
日本軍は、中国という「国家」には勝っても、「国家」に属さない連中には勝てなかった。中国は、依然として国家としてはうまく行かない。だけど、中国人というのは、別のところ、つまりノマド的なところで見ると、ものすごいエネルギーを持っている。たとえば今、中国から難民が来ていてベトナム難民を偽装しているとか言われている。しかし、ベトナム難民とかいっても、だいたいは中国人だもの。もともと中国から難民として出ていった連中ですから（笑）。彼らはアジア全域にいるし、もちろんニューヨークにもいるし、あちこちにいるでしょう。そこから考えると、今、中国問題はすごく表層的に見られていると思う。
島田　中国を大中国主義のレベルでしか見ていない、ということですか。
柄谷　いや。逆に、普通の近代国家のレベルで見すぎていると思う。
島田　近代国家は、大中国主義でつくられたものでしょう。ソ連も大ロシア主義という感じで。

柄谷　近代国家の理念が中国に当てはまるかどうか、わからないな。中国では、近代以前から難民がどの時代でもどんどん発生して、どんどん流出したわけでしょう。安吾が、戦争中に日映というところで黄河の映画を撮るというんで、黄河の文献を読みだして、半年ぐらい没頭している間に戦争が終ったという。黄河というのは、ちょっと時間がたつと、パッと筋道が、流れが変わっちゃうわけですね。そういうものと闘ってきた文化だという。

島田　河口が陸になっちゃう。

柄谷　安吾「地理」学によって見れば、いわば黄河の流れが変わって、中国人の流れが日本へ向かったというようなもんですよ、今は（笑）。

島田　なるほど。

柄谷　ぼくは、そういう眼で見たほうがいいんじゃないかと思うんですね。デモクラシーとかそんなことで見ていたら、わからない。

島田　そうだと思います。今、国境というボーダーが網戸みたいになっている。だから、国境単位で考えるとだめであるという、これはもうすでにジャーナリズム・レベルでも言われているわけですけど。だから、中国内部にも、ソ連の内部にも、国家の内部にいっぱい民族的ボーダーがあるわけですね。

ソ連の場合、それがひとたび言論の自由という形で与えられると、すぐにボーダーの引き直し作業が生じる。社会主義と自由主義のボーダーが曖昧になってきたところに、拡大再生産的に文化的、宗教的、民族的差異が発生してきている状況にあるわけでしょう。そこで想像の共同体としての民族の独立国家構想が、たくさん出てくる。ぼくは、民族の移動のほうが興味あるんですけどね。

柄谷　ふるさとということで言えば、中国人は、ふつうの意味でのふるさとにこだわっていないんですね。

島田　中国は、世界中どこにでもあるわけですから。

柄谷　どこに行ってもいいわけです。いずれにしても、今は近代国家というものでないような、たえず流動する「地理」、つまり安吾的な地理が必要なのではないか。

豊饒な Nobody

柄谷　安吾の小説は、うまくないですね。うまく書こうとしてないしね。

島田　それに、単純に文法的なレベルで混乱している。ぼくは、あれを引用するときに英語に訳せなかったですから、人に頼んだんですよ。訳しにくいって、文句を言われました。ぼくはよくわかったのに。しかし、文体自体が混血ですよ。三島由紀夫なんか、なんとなく文体がピュアブラッドという感じ、サラブレッドという感じがするけれど、安吾の文体はだいたい雑種ですよね。三島由紀夫は、一つの文章に主語が一個しか出てこないですよ。でも坂口安吾のには、四個ぐらい出てきちゃったりするわけです。

柄谷　何をやったの、その翻訳。

島田　『堕落論』とか『戦争と一人の女』とかね。そのへんの一部ですけど。そのときに、主語の問題で気がついたことがありました。三島由紀夫のはいつもSomebodyなんだけど、坂口安吾の文体って、Nobody。三島由紀夫の場合は特定の誰かという意味のSomebodyなんだけど、誰でもあるという意味で、坂口安吾はNobodyです。もちろん、英語で話したりなんかしていると、いつもNobodyがいるよという言葉遣いをするでしょう。

そのNobodyというのはSomebodyだということを常々考えちゃうわけですよ。Nobodyがいるんだから。Nobodyは何かなんだろうと、どうしてもぼくは考えるわけです。それがきっと、ぼくが英語で考えられないということの証拠なんだと思うけど。ただ、Nobodyがいると言ったとき、絶対にNobodyは何かなんだという、そういう感じがするんです。安吾の小説にはNobodyというのがちゃんとあるんだ、存在している。それはきわめて豊饒なNobodyだと思いますけどね。

柄谷　彼はパーリ語をやったでしょう。サンスクリットもやった。仏教というのはインド゠ヨーロッパ語の中での思考ですからね。いわばNobodyやNothingというのを主語に持ってくるわけでしょう。

島田　考えてみれば、Nobodyという場合、たとえば異民族だったかもしれないですね。クリスチャンの間ではユダヤ人やアラブ人だったかもしれないし、日本人の間では中国人や韓国人だったかもしれない。

柄谷　安吾を訳せないというのは、日本語ができない人ではないか（笑）。前にコロンビア大学のポール・アンドラが授業で『日本文化私観』を教えたときに、翻訳を何人かにやらしたんだろうけど。

島田　その人のも借りました。

柄谷　そうですか。しかし、それはなかなか優秀な翻訳だったということを彼は言ってたけどね。主語・述語とかは、形だけの話ですから、意味がわかればそんなものは関係ないんですよ。

問題は、日本語には、主語・述語がはっきりしているにもかかわらずよくわからない文がある、ということですよ（笑）。それは論理がないということなんですね。安吾には論理があるんです。だから、それをつかめば訳せるし、いい英語になると思うんですけどね。

島田　その訳せなかった人というのは、たぶん文体の勢いについていけなかったという感じがあるんですね。酔っぱらって書いているんだか知らないけど。余分なものとか、くり返しをうまくとり除いて、論理の骨格だけ見れば、こんなにわかりやすいものはないかもしれない。でも骨格標本みたいな文体では、安吾の迫力は半減してしまうのは事実でしょう。あれはやはり、迷える文体、苛立つ文体でなくちゃいけない。書きながら迷い、迷いながら発見し、それを自分に何度もいい聞かせながら書くのが、安吾のスタイルだったんだと思います。

〔『新潮』一九八九年十二月号〕

本書註＝初出時表題「文学のふるさと」

畏怖あるいは倫理の普遍性

大西巨人

『神聖喜劇』における「私」と語り手

編集部　柄谷さんに『すばる』で、隔月ぐらいで連続対談をしていただこうというつもりでおりまして、その一回目に大西さんに座っていただいたわけです。大西さんの長大な著作について柄谷さんがどう考えていらっしゃるのか、そのあたりから始めていただくということで、いかがでしょうか。

柄谷　率直に言いますと、僕が大西さんの本を読んだのは古くはないので、たぶん一九八〇年ぐらいに、『神聖喜劇』が光文社から出たときが最初だったと思います。そのころ僕は、大西さんに対して、読みもしないで、戦後文学の記念碑とかいった、ある種の通念を抱いていたわけですね。読んでみると、そういう通念と全然違うので驚きました。つまり、埴谷雄高をも含めた戦後文学とは根本的に異質なものがある。これは何なんだろうという疑問を、それ以来ずっと持ってきたわけですね。

その当時僕は、数学基礎論のことをやっていましたから、こういうふうに考えてみたんです。たとえば、非ユークリッド幾何学というのは、ユークリッドの幾何の公理の一つを変えると出来上がるわけですね。それを小説のほうに当てはめて考えると、戦後文学も含めて、近代文学というのはいわばユークリッドの公理系で成り立っていると言ってよい。しかし、『神聖喜劇』は、それとは違っている。しかも、それは公理系が違っているのだと思いました。ユークリッド的に見れば、それはリアリスティックに見えたり、その逆に見えたり、よくわからない。褒めている人だって混乱している。

僕は、「小説」というのは、本来、どんな公理系を採用しても、それぞれに成立するものではないかと思うんです。ところが、ある公理系だけが絶対化されてきた。戦後文学も同様なんです。ところが、戦後文学のモニュメントと言われる『神聖喜劇』を読んで感じたのは、戦後文学にまで流れている近代小説の前提というものが、根本的に疑われているということだったのですね。一般的には、『神聖喜劇』は戦後文学の巨峰だとか言われていましたから、僕はそれを不思議に思いました。このずれは大変なものだと思うんですね。そういうことに関して、大西さん自身はどう考えていらしたのでしょう。

大西　この前、『季刊思潮』に書きましたように、変わったものを書こうとは初手には別に思っていない、むしろ、気持ちでは、小説のようなもの、小説らしいものを書こうと思っているけど、だんだんそうじゃないものが出来上がって、そのうちに覚悟を決めて、小説の上手な人はいっぱいいるんだから、そんなものを書かんで、自分は自分だけのものを書こうと、そういうことになりましたね。

柄谷　今、小説の上手な人というようなことを言われたけれども、その「上手」ということが成立するのは、ある種の小説形態においてですね。たぶん、それは、十九世紀後半のフランスの小説というか、「文学」の形成とともに始まっている。それに対抗した前衛的な作家はたくさんいるのですが、基本的にその中に属している。ところが、たとえばイギリスの十八世紀の小説なんて、「上手」も何も、いわゆる小説の形をしておりませんよね。それは十九世紀アメリカ文学でも同じで、メルヴィルの『モビー・ディック』（『白鯨』）も、鯨についての注釈がふんだんに出てくる。大西さんの場合も、それに似ているわけですね。「文学」の基準から言うと、『モビー・ディック』なんかどうしようもない、まさに「不純」だということになる。

大西　つまり、小説じゃないという。

柄谷　ええ。だけど、小説の始まりはそうなんだと思うんですね。僕は、あとでジャンルの問題を考えるようになったんですが、「小説」というのは、ありとあらゆるジャンルを容れてしまえる装置であって、もともとそういうものだと思うのです。『神聖喜劇』の中には、膨大な引用がありますね。それから戯曲になっているところもあるし、映画のシナリオみたいになっているところもある。ありとあらゆるジャンルが含まれている。こういうものを小説的でないと言う人が多いと思うんです。たとえば漱石の『吾輩は猫である』も、当時の文壇では、小説だとは思わなかったんですね。『道草』とか『明暗』を書いて、やっと文壇に認められた。しかし、僕は『吾輩は猫である』は小説として本来的なものだと思うんですね。それを排除していくのが純文学であるとか、本来的な小説であるとかというのは疑わしいと、ぼくは思います。

大西　それはそのとおりですね。

柄谷　だから、『神聖喜劇』は、僕にとって、にわかに最も新しい小説というか、今日的な意味を帯びるようになったわけですね。ご迷惑かもしれませんけど（笑）。

大西　いや、そんなことない。おおいに光栄ですがね。『神聖喜劇』については、前にもそのことを言ったんですけど、主人公が記憶力がいいとか、抵抗しているとか、そういう側面だけ盛んに人は言うが、ほんとうに読んどるんだろうかという気がしましてね。

今、言われたいろいろな試みを、結果としてどの程度まで達成しえたかは別として、戯曲体とか、シナリオ体とかいうようなことを、無理に押し込んだんじゃだめで、必然性をもって入れなければならない。そんな試みをあれこれ工夫してやったけれども、そんなことについて全然言わないんですな、批評家は。もっとも、こう批評してくれと注文するわけにいきませんからね（笑）。

誰かメルヴィルの『白鯨』と『神聖喜劇』とを対照して論じないかなと思ってたんですよ。誰も論じなかったが、柄谷君が初めて、少なくともそれとの関連で名前が出てきたんでね。

柄谷　僕は、一つには、夏目漱石のことも考えてたんですけどね。ナレーター。語り手の問題ですね。

大西　そのことは柄谷君の論文の中によく書いてありましたね。

柄谷　たとえば漱石の『猫』の場合、一人称であるために無理があるわけです。この「吾輩」は、知らないと言いながら、結構文学などを知ってるんですよね（笑）。しかも、単なる語り手ではない。後半においては、苦沙弥《くしゃみ》先生たちに同調して、探偵に行ったりしてなんとかしようとする。しかし、猫だから結局何もできない。ある意味では、「吾輩」は、『神聖喜劇』の「私」が言う「我流虚無主義者」です。

『神聖喜劇』の「私」というのは、普通の小説で言う「私」ではない。つまり、語り手を含んでいるというふうに思うんですね。そうでないと、いろいろな引用とか出てこない。

大西　戯曲体とかいうこともおかしいことになりますからね。

柄谷　なりますね。こんなに知ってるはずがないとか。

大西　卑近な話が、さっきの記憶力がいいとかいう話ですけど、あそこは軍隊という、いわばある意味で隔離された世界でしょう。そこで事柄が進行している。作中人物もだけど、語り手も含めて、一般の世の中なら、ある問題が出てきたとき、ちょっと図書館なり現地なりに行って調べるとか、書棚から本を出してくるとか、あるいは人に聞くとかいうことができるけど、それも制限されるんですね。「私」はとても記憶力がいいという設定が、そこに必然的に要求されるわけですよ。そうせんと、作の世界・展開が狭くなる。

柄谷　やっぱりそれは、主人公とは別の語り手の問題だと思うんですね。これはいつも混同されていて、それが私小説では同じことになっているわけですね。

大西　そうです。

柄谷　『モビー・ディック』でも「私」と語り手とが混合していますね。だから、鯨についての百科全書的記述が可能なんだと思うんですね。この仕事を構想されたのは一九五五年だと聞いていますけれども、その当時は、方法的な意味でどう考えていらしたんでしょうか。方法意識というか。

漱石、メルヴィル、ワイルド

大西　方法意識というと、やっぱりあったことはあったですね。それは、こういうふうに考えたんですが、あれは一人称小説、つまりイッヒロマンですね。イッヒロマンという「私」で書くことが、その作に迫力を持たせると。しかし、制約ももちろんある。制約というのは、「私」で書いた場合は、「私」のいない場所の事柄というものが書けなくなる。サマーセット・モームが書いてましたが、「私」で書くと、たとえばそこに女が出てきた場合、読者は誰も彼も、もうあの女は「私」にぞっこん惚れとると思う。ところが「私」がそれを、あいつは俺にまいっとると書くと、「私」のうぬぼれと思われるから、「私」だけが気がつかんように書くけれども、そうすると「私」が鈍感なように見えるというわけですね、誰もわかっとるのに。そういう制約がある、とモームは書いていてね。

しかしそれは、自分が書く場合は、今のようなことにはならんようにしよう、普通にしよう。つまり、誰が見てもあの女が――女はあまり出てこんですけど、譬え話として言えば――ぞっこんまいっとるならまいっとるというふうに書くという、そういうことなんですな。

それと、今の『猫』の話が出たんですが、実は私は、『猫』を読むのは、本当に何百遍というような感じなんです。スタンダールの『赤と黒』をアランが百何十遍とか読んだ。しかし、それは実は、通読は五、六回したけど、あとは部分的に、ここはというので読んだのが二百何十遍かでしょう。私が言うのもそういう意味ですよ。通読は数回ですけど、『吾輩は猫である』は微細なところまで覚えとるんですよ。

伊藤整の「夏目漱石論」があって、伊藤整は、『吾輩は猫である』をたいへんに高く評価している。しかし、結果として漱石は、漱石だけじゃなくて、日本の文学世界は、この『猫』をずっと発展させる方向に進まなかった、と。漱石はそれに屈伏したというんではないんでしょうけど、その後『坊っちゃん』とか『虞美人草』とかいう小説を書いて、『猫』はそこで止まったというような書き方をした、と伊藤整は論じたのです。私はそれに賛成でね。『吾輩は猫である』をずっと押していくべきであると。のちの人が、内田百閒なんかが贋作なんか書いているけど、だいぶ落ちるもので、漱石のフモールというか、そういうものがないんですね。あの『吾輩は猫である』は、あれからあと続いてないんじゃないですかな、日本の文学で。

（大西追記＝伊藤整筆『夏目漱石』の『吾輩は猫である』に関する左記一節を、私は、なかなか示唆的にして有意義と考えるので、引き写す。

『トリストラム・シャンディー』にある小説の問題は、実に現代の小説の問題である。それは物語とか筋とかいうものを動かすべからざる小説の本質だとする考えへの反抗であり、一種の純粋小説の試みとして重要さを持っている。そして『猫』もまたそれと似た意味において小説の約束から遊離し、各細部の効果のために筋が逆に作られるという形において新しい小説の性格を持っていたのである。それはある意味ではラブレェ的であり、また従ってジョイス的な性格を持った作品の形式だったのである。〔中略〕しかし現実の問題として、『猫』にあったあの豊かな批評と笑いと戯画と遊びとの横溢は、『坊っちゃん』では小説の約束のために棄てられ、物語の必然性のために整理され、その時代の意味においての「小説らしい小説」になったのである。)

柄谷　続いてないですね。

大西　だから、何か頭の中の一角には、そういうものを一つ書いてやろうという気はありました。

柄谷　漱石に関して言うと、彼が小説を書きだしたのは三十八ぐらいでしょうか。それまでは『文学論』に見られるような学者ですね。学者として彼のやっていたことは、とても重要だと思うんです。ふつう理論から小説に移ったと言われるけれども、批評性として見れば、同じことをやっていると思うんですね。そもそも『吾輩は猫である』から書きだしたのは、同時代の文壇を見れば、すごく批評的なことです。漱石は、あと十年あまりで死んだわけで、初期も後期もないと僕は考えているんです。つまり、漱石は最終的に『明暗』のようなものに発展したというのはまったくの嘘である、と。こういう歴史主義を漱石は初めから否定しているのですから。彼は、十八世紀英文学、とくにスターンやスウィフトを研究したのですが、これはその当時のイギリスではほとんど「文学」として認められていなかった。漱石は、「自己本位」で独自にそれを評価したんだと思います。

大西さんもいわば「自己本位」でやってこられたと思うのです。ただ、一九五〇年代の戦後文学の環境の中で、大西さんの仕事をどっかで支えるというか、暗黙にであれ、明示的にであれ、支えていたものはあったわけでしょうか。その当時のことを僕はよくわかりませんけど、自分は必ずしも孤立していないというふうに思われたわけですか。

大西　都はるみという歌手がいるでしょう。あの都はるみにとても及び難いと感心するのは、都はるみは舞台に出て歌を、「涙の連絡船」か何かを、もう聴衆が全部、まったく自分の歌を聞いていると、自信満々で歌う。ところが、私はその反対なんです。誰も聞かないだろうなと思いながら、まあ、少しは読む人もいるやろうとは思いますがね。しかし、読ませずにおくもしか……物を書いているときに、これは書いてるけれども、誰も読まないだろうな、と。そうのかとは思いますよ。だからそういう意味では、都はるみみたいな、ああいうふうな感じで物を書いたら、もっといいだろうなと思うけど、なかなかそうならんですが。

『神聖喜劇』を書いていたときは、何か胸の中にあったですね、それは。

柄谷　すると、孤立しているという感じがあったわけですね、それは。

大西　それはありました。当時は私は、「新日本文学」にいて知っとるけども、文学なんて全然——全然と言うたらちょっと言い過ぎかもしれませんが——たとえば谷崎潤一郎なんて全否定なんですから。それから三島由紀夫も。三島由紀夫はいろいろ批判するべき点がありましょう。しかし、全否定という、箸にも棒にもかからんもの、というようなあしらいをされるものじゃないと思うんです。やはりすぐれたものだと思うんです。谷崎潤一郎なんていったら、確固としたものだと思うんです、ある意味で。だけど、それにしたところで、谷崎なんか少しいいように言うけど、全体としては全然だめなんですよね。それが大多数でした。だからそういう意味では孤立してました。

そういう状態だったから、今度は逆に、たとえば大西巨人というものを、谷崎とは無縁のところに考える人が多くて、たとえば私はあんまり外国語はできないんですが、ほとんど全作品を読んだというのは、ワイルド。ところが、大西巨人とワイルドなんていったら、縁もゆかりもないとしか一般に思わんでしょう、おそらく。日本訳ワイルド全集が出たら、月報でも頼んでくればいいのにと思いますけどね。思いつきもしないでしょうね。

柄谷　そういう通念があるんでしょうね。

大西　どうもそのようですな。

柄谷　僕などもいろんな偏見を持たれていて、あきれることがありますね。

「俗情との結託」

大西　正月になって野間宏さんが亡くなったでしょう。それは追悼特集なんかになるような作家だと思いますがね。きのう実は『群像』三月号を見ていたら、それにやはり追悼特集があって、小田切秀雄と佐々木基一と小田実と三人の座談会がありました。

その中で、私に関連したことだけ言いますと、『真空地帯』が話題になって、もちろん、前後にいろいろなものがあって、佐々木基一が、自分は『真空地帯』は高く評価しとった。しかしながら、あんまりみんなが褒めるから、それで自分は批判を書いたんだというようなことを言って、それに関連して小田切秀雄の発言で、自分は当初から褒めていた、と。どっちもそのとおりだと思うんですよ。

しかし、批判が当時かなり出てきたが、最も痛烈な批判をしたのは大西巨人だと小田切が言う。それもそれでいいですがね。そうしたら、いや、大西君は僕に『真空地帯』を「絶賛」したんだ、と佐々木基一が言ってるんですよ。「絶賛」という言葉を、これは適当じゃないと思いますけど、褒めたのは事実なんです、佐々木基一に。それは、あの『真空地帯』という小説が、「真空ゾーン」という題で、当時あった文芸雑誌の『人間』というのに、たしか二回ぐらい出た。そのときに、それまでいろいろな軍隊の小説があったけど、やはりあの『真空地帯』の書き方がなかなかよろしいと思ったし、野間本人にも、たいそういいからぜひ続けてくれと言ったんですけどね。

だから、私が痛烈に批評したという「俗情との結託」の中にも、ディテールにおいては、兵営生活のことはとても正確で真実である、不正確はほとんど一つもないというようなことを書いてるけど、今の話の佐々木、小田切とこうきて、「絶賛」ときて、佐々木が、自分は野間の『真空地帯』を批判したけれども、政治情勢つまり共産党の分裂抗争に巻き込まれてそうした嫌いがあるから、今、少し自己批判しなきゃいけないなというようなことを言っているんです。

それは佐々木の自由勝手だし、結構ですけど、その限りでは。しかし、そのあとで政治情勢が変わったから、『真空地帯』に対しておおいに否定的だった窪川鶴次郎なんかが、今度は一転して大西攻撃に回った、と。そういう言葉が出てきて、自分はそういう状況、つまり一転、二転、あっちに転んだりこっちに転んだりする状況を見続けてきたので、今はもう夏炉冬扇で云々ということを言っているんですね。

そうすると、佐々木に「絶賛」していた私の『真空地帯』批判は、政治的なもので文学的な批評ではなかったというふうな取られ方、佐々木本人がそう思って言ったんじゃなくても、読む人はそう思うでしょう。

私に言わせると、この二、三年のソビエト、とくに東欧のああいう情勢ですが、あんなことになった所以は、我田引水みたいに聞こえるかしらんけれども、あの私の『真空地帯』批評の中に全部書いてあると思うんです。それをやらんからあんなことになるんですよ。つまり、野間を攻撃しているんじゃなくて、『真空地帯』的な現実認識をマルキシズムと思っていることが間違いの素なんです。そのことが一昨年から今年にかけてのああいう状況を来していると思うのと、その時期に、文学の問題とは言いながら、佐々木基一なんかがそういうことを言うというのが、恐ろしく感じるんです。

柄谷　八九年の東欧の解体、あるいはいわゆる社会主義の解体ということに関して、ああいう人たちが、ここに自分たちが言っていたことが実現されたんだなどと言ってすましているけれども、もう誰も彼らを相手になどしていないということがわかっていないんでしょうかね。はっきり言って、彼らはテクストを残していない。読み返しうるテクストを。たとえば、『真空地帯』だけで野間宏を論じることはできませんけど、もし『真空地帯』が戦後文学の代表であるとされるならば、戦後文学は情けないものだというほかないですね。

野間宏の場合、フランスのサンボリスムから始めたとか、実存主義を入れたとかいうことが、当時のマルクス主義の中では新鮮に見えたかもしれませんが、そんなことはちっとも新しくないんです。戦前の三木清の人間学的マルクス主義なんかもそうだから。今で言えば、「人間の顔をした社会主義」とかいうようなものです。そんなものはマルクスと何の関係もない。マルクスを近代文学あるいは近代的思考に対する批判者として読むならば、そこに「人間の顔」など持ち込むのは単に反動的です。ところが、そうすると、より真率でより深いものであるかに見えてしまう。僕は、それは大西さんが言われる「俗情との結託」だと思います。

僕は戦前と戦後の批評を検討してみましたけど、大方の議論はちょっと読むに耐えないんですね。昔の行きがかりを考えないと意味を持たない。そういう議論が、今の若い人に通じるはずがない。ある時代のテクストだから、ある時代の文脈で理解すべきだとは、僕は思わないんです。いずれ読者はそんなことを忘れるんだから。ただ、そういう文脈を知ると、大西さんもああいう時期によくこういう仕事を始めたなという感じがしますけどね。

大西　そういうふうに言われると、ちょっと恥ずかしいけれども……。

「道徳」と「倫理」の相違

柄谷　磯田光一が、『左翼がサヨクになるとき』というような本を出しましたね。そのときに大西さんが反論を書かれたはずですが、僕はそれを読んでないんです。ただ、『天路の奈落』

というのは雑誌ですぐ読みまして、磯田さんとは別の意味で、僕も茫然とした記憶はあるんですけどね（笑）。ただ、磯田さんという人の批評は、大概において不愉快なんです。あの本の中でも、ところどころに僕の言葉が引用されているんです。それは、大西さんと対立する軸として言われているわけですね。たとえば彼の言葉で言えば、大西さんには古い道徳がある、柄谷にはない、と。

大西　それは褒めとるとでしょう（笑）。

柄谷　褒められてもうれしくないんですけどね。僕は、道徳がないのは認めるんです。まったくない（笑）。ただ、僕は倫理的だと思っています。僕は、道徳という語と倫理という語を厳密に区別しているわけです。その意味で言うと、大西さんにあるのは、道徳でなくて、倫理だと思うんですよ。

ところが、磯田さんという人には倫理がないんです。彼は、あらゆるものを相対化しうる一つの空虚な点、超越的な点に自分は立っていると思っている。ある意味では、彼は全部負けているわけですが、その空虚な立場に立つかぎりにおいて全部に勝っている、と思っているんですね。彼の本は皆そうです。それはイロニーであって、ロマン的イロニーですね。だから結局、自己絶対化なんですよ。本質的に他者がない。具体的に言うと、彼にとってテクストは存在しない。歴史も存在しない。全部彼が透過できるものでしかない。この意味で、彼は「倫理的」ではまったくないのです。

ともかく、大西さんに対して言われている「道徳」という言葉は間違っていると思うんです。磯田さんは、ある種のニヒリズムから出発したんでしょうけど、そんなことは当り前のことだ。というのは、そこからしか「倫理」は始まらないからです。たとえば、東堂太郎もまさにそうなので、「我流虚無主義」だけれども、しかし、というより、そうだからこそ、彼は倫理的なんです。

大西　あの人は、読んだことはあるけど、知らん人ですけどね。

柄谷　磯田さんにとっては、マルクス主義の問題も、ある種の宗教形態と類似するとか、ロマン派の一形態であるとか言って片づけられる。しかし、僕は、マルクスは、スピノザの『エチカ』の意味で、倫理的だと思う。道徳的ではない。その根底に知性の問題があると思うんです。倫理的なものと知性は切り離せない。スピノザはまったく孤立していましたけど、僕は、孤立を何かたいへんなことのように思う人がいるかもしれないけど、何となく当り前のような気がするんです。

大西　そうですな。当り前でもあり、難しくもあるけれども。

柄谷　大西さんが、二十四、五年かけて『神聖喜劇』を完成したことに関して、たいへんな粘り強さであるとか言われて、いや、そんなつもりで二十五年もやったのではなくて……。

大西　結果として。

柄谷　結果的にそうなっただけだ、と言われていました。僭越だけれども、僕はそれがよくわかるような気がするんです。僕は、理論的な仕事を始めたのが十五年ぐらい前ですが、ずっと続けているわけです。その時点でそんなことを夢にも思いませんでした。しかし、どうにも終わらないんです。延々ときてしまっているだけです。

大西　その点は見習いたいことだ。

柄谷　いや、僕は人に粘り強い人だと言われてびっくりしているんですね。全然粘り強くないんですよ。ただ、僕は自分を動かしているのは何だろうと考えるんですけど、それは、ある他者性、永遠と言ってもいいし、歴史と言っても神と言ってもいいけど、何かそういうものへの緊張感だと思うんですね。大西さんの場合にも、それを感じるんです。それは、戦後のマルクス主義とか共産党とか、そんな「道徳」の問題じゃない。

大西　それはそうですね。『探究』はまだずっと続きますか。

柄谷　続きます、しばらく休みますが。

大西　漱石の『明暗』を読んで感じたことは、そのとき感情移入的に思ったんですが、ちょうど『神聖喜劇』が、やっと終わろうというときだったでしょうか、『明暗』を読み返したのは。漱石を固めてまた読んだ年があるんです、『神聖喜劇』執筆の終わりごろに。そのときに、ああ漱石はこの『明暗』で、よく辛抱して書いてるなというのを感じました。それは、我が身に引き比べて、普通の作家がたいていこの辺でやめとこうと思うのを、漱石はやめずにやっているなというふうに感じました。そして漱石は亡くなりましたけどね。そのことを、他のことよりもとても痛切に感じたんです、『明暗』で。

ネーションの問題

柄谷　話は変わりますが、僕は『季刊思潮』で、昭和の批評を検討するということをやってきまして、あるとき思ったんですけど、われわれは戦前とか戦後とか言い慣れています。それはそれでいいんですが、自分たちが七〇年代以降やってきたことは戦後の中に入るかもしれないけれども、近年に感じたのは、われわれは何かの「後」のつもりでやっていたけど、実は何かの「前」のことをやっていたのではないかということです。実は「戦前」にいたのではないか、と。

具体的に言えば、湾岸戦争がありますね。これは終わらないと思っているんです。この戦争は終わっても、きびしい状況がずっと続くような気がする。今は、ほんのとば口にいるだけではないか、と。それで、文字どおり「戦前」の批評のほうが身近に感じられるんです。たとえば、『神聖喜劇』の東堂太郎が、変革も阻止も不可能であるというがゆえに虚無主義になるというのは、昭和十二年ぐらいの状況ですね。

大西　十二年から、この太平洋戦争に至る過程ですね。

柄谷　僕は今、何となく、感じとして、満州事変（一九三一年）ぐらいの状況を感じてるんです。その時点では、まだ大したことではないと思っていたんじゃないか、と思うんですね。だけど、満州問題が、最終的にそのあとの道を決めていったわけでしょう。これは大したことない、これは大したことないと言っている間に、いつのまにか誰も身動きできなくなっていった。今そういう予感がある。すると、『神聖喜劇』を「戦後」文学として読む気が起こらないわけです。現在の文学という感じがします。

大西　あの中にも、そういう詩が出てくるでしょう、スティーブン・ベネーの『一九三五年』という詩が。次の戦争の亡霊のようなもの……、今あれを思い出したんです。

柄谷　『神聖喜劇』では、絶えず第一次大戦とか、普仏戦争とか、過去の戦争が引用されるわけですね。現在は、そういう過去への意識がとても稀薄ですね。だから、レーニン主義をやめて、その前の社会民主主義に戻ればいいとか言う連中がいる。冗談じゃないと思う。第一インターも第二インターも、ネーションの問題でつまずいているわけですね。

大西　そうですね。柄谷君の最近の評論にも、今のモチーフがよく書かれていますね。

柄谷　僕は、明治維新を一八七〇年前後の世界史的転換期において見るべきだと思っています。「明治」をやれば、現在にそのまま繋がると思いますけどね。その点で、戦後文学と俗に言われているものは、すごく視野が狭いと思いますね。たとえば『真空地帯』を読めば、ああいう軍隊がなければいいということにしかならないわけですね（笑）。

大西　いやそれは、たとえば兵営生活のディテールというのはとてもよく書いてあるけど、竹内好だとか、桑原武夫という人がたいそう高く評価するのはわからないですね。こういうことを言うと誤解を招きますけど、斎藤茂吉の歌に、「あが母の吾《あ》を生ましけむうらわかきかなしき力おもはざらめや」という歌がありますね、あれは明治なんですからね。つくった人がそういう寓意をしていたかどうかはわからないですけど、その歌は、日清戦争、日露戦争をやったものに対する、ある心情を……。もっとも茂吉は、太平洋戦争のときも、少し聖戦肯定のほうに行き過ぎていたようで……。しかし物事は常に両刃の剣で、それからこっちに行くか、あっちに行くか、分かれ目があるんですよ。それで、「あが母の吾《あ》を生ましけむうらわかきかなしき力おもはざらめや」で明治というものを考えるときも、それからどう進むかということに問題があるわけです。そう思いますね。

それでそこのところが、今度の、ナショナリズムとかネーション・ステートとかの問題にきっと関わるんだろうと。

ちょうど竹内好がずっと言っていたもの、内心にもやもやとしていたものは、必ずしもはっきりしないにしても、それがやっぱりあったと思います。だから日本共産党批判とか、あれが、そこから出たんですよ、ただ、その人は、『真空地帯』は、どうもちょっと困るということになるはずだと思うんですよ。民衆から出てきた兵隊のつかまえ方とか……、あれはやっぱりあいうふうだから、いわゆる左翼がだめになったんだろうという気がしますね。

柄谷　僕は、『神聖喜劇』を読み返して、新たに感銘を受けたのは、主人公が陸軍刑法論を研究して、そこには罪刑法定主義が貫かれていると考えるところです。ところがナチスとソ連にはそれがない、と。それで暗澹たる思いに駆られる。東堂太郎の闘いというのは、まさに罪刑法定主義の中でそれを貫く闘いなんです。そういうのは些細なつまらないことだってみんな思うかもしれないけれども、現在すごく大事だと思う。しかし、こんなことは大したことじゃないとか、左翼は今まで言ってきたんです。

大西　そう思いますね。少し記憶が間違っている点があるかしらんけど、江藤淳と本多秋五との間に無条件降伏論争があったでしょう。そのころ、あなたは「東京新聞」で文芸時評やってたでしょう。そのとき、自分としては本多さんに味方する、しかしながら法律論から言ったら、江藤淳が勝ちだ、正しいと書かれたと記憶するが、そのとおりであって、それを認めなければいけないと思う。

それは、松川事件とか、いろいろありますでしょう。そうすると、検事がある論を出すとその検事を攻撃するんですよ、いわゆる「進歩陣営」が。しかし、法律論として言った場合は、検事の言うほうが正しい場合がしばしばあるんですよ。そのことをちゃんと認めないから、服せないから、それも含めて今度の、近年の事態ということになっていると思うんです。そしてその枠内での、ある法律というもの、小さい組織なら、規約というような、そういうものとの関係というものは究極のものではないけれども、法律も、本来ならその背後にある哲学とか、いろんなものの、成果の上に立って完全なものができているはずなんですけど、必ずしも完全とは言えないかもしらんけれども、その上での、法理論的に考えた場合に、それを馬鹿にしてはいけないですよ。

言い換えれば、革命ができたらいいじゃないかというような言い方になるんですね。しかし、これはそれとして押していって、それを単にブルジョワ法律だとか言わずにね。その「ブルジョワ法律」を実際は踏みにじっているのがブルジョワなんだから。

文学の力と他者への畏怖

柄谷　去年（一九九〇年）、文芸家協会の永山問題というのがありまして、あれでも文芸家協会の規約を完全に捩じ曲げてやられたんですけど、そのときの弁護論にしても反対論にしても、その規約のことを誰もきちんと言わない。そんなことは「文学的」でないと言うんです。それから、ごく当り前の「人権」のことも棚上げする。たとえば、死刑が確定すると、死刑囚は外と連絡ができなくなる。アムネスティも日本政府に勧告しているわけですよ。死刑制度もそうだけど、監獄法なんか明治時代のまま残っている。これを当然と思うべきではない。だから、文学は悪に関わるのだとか革命に関わるとか言えば、何かすごいように見えるでしょうけど、僕はそんな話ではないと思うんです。

大西　それはそう思います。君は中野重治をよく読んでいられるから、私が言うまでもなかろうけど、中野さんの『続晴れたり曇ったり』という中に、税金のことを書いているのがあって、ある会合に行って、「自分は国会に出ているから、税金のことで少し役に立ちたい」って言ったら、誰か若い批評家が「しかし文学者はもう少し抽象的な情熱によって事を考える人間だから」と言うて、それにさらわれそうになったけど、これじゃいかんと思って、農民にパリティ計算なんていうものを押しつけて収奪しとる、それと同様に、作家に必要経費を少ししか認めないような税金というものは直接に文学の問題だと、何かそういうことを書いている。あれと同じで、そういうことはたいへん大切なことだと思いますね。

柄谷　僕は、とくに今、大切だと思うんです。細かいことが……。すごく本質論的なことを言う人は、かえってだめなんじゃないかと。

大西　どこかで天皇制に関して、起源のほうをいくら追究してもだめだということを君が書いているでしょう。あれは私、まったく賛成で、私もそう思っているんです。それから、あれはごく素朴に、生まれつき人間に別のもの、上下の差があるということはおかしいということを、みんなで自覚したらいいと思うんです。

柄谷　中野重治で思い出したんですが、大西さんの中野重治に関するエッセイの中に、こういうエピソードが書いてあります。彼が九州大学に講演に来たとき、学生が「文学は無力ではないでしょうか」と尋ねた。それに対して彼は「そんなことはない」と言った。学生がそれなら具体的に、どういう文学があるのか、と問うと、中野重治は、「ホメロスからアラゴンまで、それから『万葉集』から中野重治までの総体において文学は無力ではない」と答えたという。

大西　うん。あれ、実によかったですね。

柄谷　今だって、あるいは、今後こそ文学は無力なのではないかと言われると思うんですよ。それは無力に決まっている。しかし、最近思うのは、文学の領域は、後世の人が事細かに見るんですね。他の領域では過去を振り返らない。しかし、文学に関しては、うるさいですね。文学者が特権的だというのではないんです。ただ、いちばん言葉にこだわっているということなんでしょう。

大西　書く人間も、死んでからのちに名声を博しても、名声というか、いろいろなものがあっても、生きとるうちに一杯の酒を飲んだほうがいいということを、シナの詩人が言うたということがある。今はそのとおりだろうけど、やっぱり、スタンダールのように、百年後になったらわかるだろうぐらいの気持ちがないと、仕事はやれんということにもなるでしょうけれどね。そういうものを持ってやらないかんということでしょうが。

柄谷　ただ僕は、それは信念の問題ではないと思います。僕自身は、他者への畏怖として感じているんです。だから、僕は埴谷雄高みたいに、自分の作品は二十一世紀には世界的意味を持つとかいうのは、いやなんです。そんなことわかるものかと思う。

大西　ああ、そうか。しかし、だいたい、文学の作用というのは――他の学問も、たとえば『資本論』なんかもそうだと思いますが、文学は投票じゃないんだから、政治で票を集めて議員に当選するとかいうこととはまた別のことですからね。

それはたとえば明治維新――ああいう政治的な世界でも何か起こるでしょう。あれは、おそらくあのころで言ったら、白面の書生みたいなのが世の中に慨嘆して下宿の二階で気炎を上げている。ところがそれは、そのときの、たとえば総理大臣とか、あるいは内務大臣とか、そういうのから見たら、へえー、あの若僧どもがあそこに集まっておだ上げとるわというにすぎないようなことが、しかし、あるとき、その連中を含めて、引っくり返すようなことになる。下宿の二階で四、五人集まって燕趙悲歌の人たちが悲憤慷慨しとったことが、差し当たりは世の中を右にも左にもちっとも向けないが、そんなことになる。それよりももっと実は強大な力を秘めとるけれども、目の前のところでは現実を右にも左にも少しも動かさんというものが文学だろう、という気もしますね。そのことを覚悟しとかないかんのです。

柄谷　そう思います。たとえば、スタンダールの話ですけど、彼は知らないけど、ちゃんとニーチェが読んで賞讃しているわけですね。その時期には、ニーチェもほとんど読まれていない。

大西　そうらしいですね。

柄谷　ですから、ほんとうは個人の問題、ほんとうに少数の人間の問題だと思っているんですよ。だから、売れるとか、そういうかたちで将来の評価の問題を考えるべきではないと思うんですね。必ずそういう人が出てくる、一人が出てくる、それでいいわけですね。僕はそういう人を恐れている。

大西　しかし、何となく茫漠たる思いに誘われることがありますよ。たとえば、『地獄変相奏鳴曲』という本を出したでしょう。あれはおととしかな。そうすると『ノルウェイの森』が二百万部、こっちは長い間かかって書いたが、何千部……これは話にならんな、茫漠……。それで、霞を食うて生きとるわけにいかんという気がまたしてきてね。「詩をつくるより田をつくれ」とかね、そんなことを考えていたんだ。何か変な気がしてきますね、やっぱり。

柄谷　でも、大西さんはもっと前からそうでしょう（笑）。

大西　うん。前からそうなんですよ。

〔『すばる』一九九一年四月号〕

現代文学をたたかう

高橋源一郎

湾岸戦争と文学

高橋　考えてみれば、柄谷さんとこういうかたちできちんとお話をするのは初めてですね。ここに来る前に、どういう話をすればいいのかと、考えてみました。そして、たぶん湾岸戦争と言文一致の問題から話し始めるのがいいだろうと思ったのです。われわれは、ここから遠い場所で起こった戦争について、ある関わりを持ちました。それから、同じころに、言文一致について、別々に論じたりしていました。僕はこの二つが切り離すことのできない問題であると、もう少し正確に言うと、一つの大きくて込み入った問題に所属していると思っています。

それは、ひとことで言うなら「文学」の問題です。同じように湾岸戦争への反対を表明したジャック・デリダは、これは徹底して「知」の問題なのだと言っていました。でも、それは「文学」の問題と言い換えても同じなのです。「責任」や「倫理」や「政治」という言葉を、死語から救い出すため、彼はアクションを起こしました。そして、そのアクションと彼の「脱構築」の哲学戦略がどうして結びつくのかと訊ねられたとき、彼は、「結びつく」ことの意味こそが緊急に問われなければならない、と答えたのです。

僕はこのデリダのインタビューを読んだあと、われわれにも同じことが、同じ反応があったことを思い出しました。それはまずほとんどが無視であり、それから、声明や署名がいったいどうやってわれわれの「文学」と結びつくのかという反撥でした。いや、まず反撥があって、それからあとで理由のほうがくっついてきたのです。

　この問題について、おそらく唯一まともな反応と思えたのは詩人たちの反応でした。ほとんどの作家や評論家たちにはピンと来なかったのであり、そして、彼らは「君たちのやっていることは反核をやった連中と変わらないじゃないか」と言ったりしたのです。それに対して、詩人たちが行なった論争は徹底して「言葉」をめぐるものでした。彼らには問題の所在がどこにあるのかわかっていたのです。僕にはこのことがとても興味深く思われました。作家や評論家たちが、湾岸戦争についてのわれわれのアクションを「知識人の政治参加」としか考えられなかったのに、詩人たちは、どうして「言葉」の問題と考えたのか。

　最近、僕はその当事者である三人の詩人が参加した座談会の記事を読みました。そもそもは、藤井貞和が湾岸戦争に関して「反戦詩」を書き、それと同時に、われわれのアクションに触れたエッセイを書いたのが始まりでした。だいたい、藤井貞和ほど「反戦詩」とほど遠い詩人はいないのです。その座談会に出席した稲川方人と瀬尾育生は、そのことを理解したうえで藤井を批判し、そして、その延長線上でわれわれもまた批判されました。

　僕はその批判の中で、少なくとも二つ重要な指摘があったと思います。湾岸戦争へのわれわれのアクション自体は理解したいし、できるだろう。だが、二つの点で異和を感じると彼らは言ったのです。一つは、署名者の、具体的に言うなら僕や柄谷さんの「声」が変わったのではないか、ということでした。「論理」の断絶は認めることができても、「声」の断絶は見逃すことができないということです。そして、もう一つは、あの声明を含む一連のアクションがとても抑圧的に感じられた、ということでした。僕はこの二つの指摘をきわめて正確なものだと思ったのです。

現代詩は一見、内面的な「声」を消去して成立しているように見えています。だが、その外見とは裏腹に、現代詩ほど内面的なものはありません。それは「声の一貫性」という考え方に端的に現れています。現代詩が戦後詩として再登場してから半世紀、そこで使われる言葉がどれほど高度な修辞を用いられるようになろうと、その言葉自体がどれほど日常的な意味での「声」から離れていようと、その言葉を背後から操作する「内面」の「声の一貫性」が、疑われたことはなかったのです。だから、それは「声の一貫性」ではなく、ほんとうは「主体の一貫性」と呼んだほうが正確なのです。

太平洋戦争後すぐ、詩人の戦争責任が問われました。そのとき、「主体の一貫性」の不在が糾弾されたことをわれわれはよく覚えています。それは現代詩が確立されていくプロセスで最も大きな出来事の一つです。その「倫理」が現代詩を養ってきたこともわかっています。だが、その「倫理」は常に正しいのだろうか。同じ「倫理」が逆に、抑圧として働くことはないのだろうか。

僕は、藤井貞和の「反戦詩」とそれを含む一連のアクションが、詩壇に強い反感を呼び起こしたのは、その「倫理」に異議を唱えたからだと思うのです。彼が湾岸戦争に対して反戦詩を書いた、というのは不正確です。彼は湾岸戦争に対してただ詩を書いたのではなく、「ひどい詩」を書いたのです。「ひどい詩」以外に、その「感じ」を表現することができないことを彼は知っていたのです。そして、そのことによって現代詩人たちの「倫理」を裏切ったのです。

声が一貫してないじゃないかという批判に対して、彼は、声なんか変わればいいと言いました。「どうだっていいんだ、そんなことは」と言ったのです。われわれが詩人たちと共有していたのは、たぶん「いやな感じ」としか言えないある感情でしょう。そして、そのことを表明する手段について、われわれはほとんど何も知らない。藤井貞和は「ひどい詩」を書くことによって、それを、戦後詩のモードでは表現できないものがあることを、明らかにしたのです。

しかし、その「ひどい詩」が突然思いつかれたものでないことも事実です。というのも、藤井さんはもう何年も前に、彼が言うところの「クソ詩」についての詩を書いているからです。彼がそこで題材にしているのは川路柳虹でした。川路柳虹は口語自由詩の草分けといわれています。彼は言文一致がすでに成立していた明治四十年ごろに、おそらく現在にまで繋がる口語自由詩を初めて書いた。川路柳虹は、たとえばゴミ捨て場のような、誰も詩の素材にしないようなものを題材にしました。まったく「非文学的」な詩人だったのです。彼の作品は、われわれが明治の近代詩という言葉から勝手に想像している詩とはほど遠い。彼の作品が面白いのは、言文一致を背景にしてそこから「内面」に赴くというコースをとらず、いわば自爆してしまったことです。そして、彼の詩は当時の基準に照らしても「クソ詩」だったのです。

柄谷さんは、漱石論の中で、表現したいこととその時点での言葉の水準が乖離しているときに、作家のとる態度について書いています。坪内逍遙は書けないと諦めた。二葉亭四迷が突き当たったのもその問題でした。逆に、漱石はその乖離をバネにして書いていったのかもしれない。そして「クソ詩」を書いた川路柳虹のような詩人もいたのです。それから八十年以上経って、藤井さんも「クソ詩」を書き、世代と詩法を超えて反撥を招きました。僕の考えでは、人は正しいことを言われたときに最も反撥するのです。

柄谷　それは論理的にそうだ（笑）。

高橋　湾岸問題については触れておきたいことはいくつもあるのですが、僕にとっては、反応が出てきた場所が詩の世界だったということが、とても面白かったのです。

柄谷　最初に言われた言文一致のことですが、僕が考えている言文一致の問題は、現在自明となっているような文の「形成」のことなのです。高橋さんが最近言っている言文一致の問題は、むしろそのような文の「解体」から出てきているものだと思います。

明治の言文一致というのは、言文一致という新たな「文」によって、内面と対象を同時に作り出したものですね。たとえば、それまでの日本語では、西洋語でいう「人称」というものはなかった。今もない、と思います。たとえば、自分のことを言うのに、たくさんの言い方がある。漱石などはすべて使っています。吾輩、俺、自分、余、僕、私――。これらはすべて相手との関係に依存するものです。しかし、関係を超えた中性的な一人称がないと、自己主体のようなものが出てこれない。基本的に、「私」という語がIに対応するものとして用いられていったのではないか、と思います。

つまり、すべてに独立するような内面的な主体というのは、そういう新しい文と語によって指示されることによって成立している。同じことが、対象物についても言えます。風景そのものが、文によって見いだされる。つまりリアリズムがそこで成立するわけですね。基本的には、これまでの文学は、あるいは哲学は、こうした言文一致の中で存在してきたわけです。ただ、言文一致というと、いつも二葉亭四迷とか、散文の側から考えられているけど、今度僕は、詩の側から考えてみようと思ったんです。それで、子規と写生文の問題を考えたわけです。僕は、湾岸戦争をめぐる詩人の論争については、部分的にしか読んでいません。ただ、高橋さんが言われたことで、詩人が詩においては自己ということをあまり表に出していないけど、暗黙にそれがあるんだということ、それが今回おびやかされたのだ、と言われた指摘は大切だと思います。

藤井貞和は、詩人たちに向けて、「詩人」が「文学者」に入れてもらえなかったという事実を考えてみろ、と言っていますが、もちろん、そのことは誤解です。僕らはそんなつもりはなかった。書くことに関与している者なら、誰でもよかったのです。文学者という言葉には、いつも括弧を付けていたのですから。それに、集まった「文学者」の間で、藤井さんが買いかぶるほどに、理解があるとは思いませんでした。

湾岸戦争に関して言いますと、あれは、戦後の冷戦構造が終わった時点で勃発したものだ、ということが重要だと思います。終わったのは、共産主義という目的（終わり）だけでなく、米ソの対立に対する第三項としての思考である、と思うんです。具体的に言えば、たとえば、反帝反スタ、自立、第三世界、といったものです。それは、いわば、現実に無力とはいえ、想像力による革命、想像力による逆転が可能だというものです。二つの極に対して、否を言うことで主体を確認する。瀬尾さんが主張し、藤井さんがやっつけている「詩は無力だ」という考えは、いつもその無力さが逆転を孕んでいたものだったんですね。しかし、今や、それは単に無力なんです。

湾岸戦争自体がそれを示している。イラクだって、ソ連が味方してくれるだろうという見通しがあったでしょう。しかし、そんなものはない。また、フセインは、かつてのナセルや毛沢東のように、第三世界を代表するのだという理念があったでしょう。しかし、そんなものは成立しない。誰も本気でイラクを支持できるわけがない。かといって、アメリカのブッシュの言うような理念を支持できるわけがない。第一、クウェートなんて国に、自由も民主主義もないことは当り前ですから。

あの奇妙な戦争――アメリカが勝つに決まってるわけですから――は、ベトナム戦争などとは本質的に違います。ベトナム戦争なら、ベトナムの背後にソ連があるとしても、なおそこに、米ソいずれでもない革命の可能性を「想像する」といったことが可能でした。今度は違う。おまけに、日本が実際に戦争に参加することが出てきたわけです。それは、もはや「想像力」の問題ではない。文学者の無力は、単なる無力であって、もはや逆転の契機はありません。

これまでの思考に慣れてきた人たちでも、それがもう通用しないことに気づいていると思います。その場合に人がとる方法というのは、たぶん二通りあるでしょう。一つは、危なくなった「主体」をいわば高次化するというか、超越論化することです。世界は、自分の思い込みにしかない、とか。それは、僕が漱石論で使った言葉で言えば、イロニーですね。すでに、「詩人は無力だ」というのも、イロニーだったのですが、まだそこには、逆転の可能性が残っていた。しかし、本当に単に無力になると、どうするか。現実あるいは自己を軽蔑することです。そうすることによって、高次の自己を確認する。具体的に言えば、こんな戦争はくだらない、これで騒ぐ奴はもっとくだらない、俺は沈黙する、ということですね。

フランスにも、ボードリヤールみたいに「湾岸戦争は起こらなかった」と言う奴がいる。つまり、単に沈黙したのでは、自分の高次の自己を人に知らせられないから、そのように、騒ぐ連中をやっつける。そして、そこにおいて、超越論的な自己の「一貫性」を保つわけです。ついでに言うと、あの戦争をメディアの問題だと言った連中も、その類ですね。

もう一つの姿勢があるとしたら、僕が使った言葉で言えば、ユーモアですね。僕は、これを、いわゆるユーモアではなくて、ある根本的な精神態度として考えているんです。それは、最終的な到達すべき理念や目的を持たないけれども、しかし、ニヒリズムにもならない。ニヒリズムとはそうした目的への要求だからです。僕はおそらくマルクスもフロイトもユーモアの人だったと思うんだけどね。たとえば、マルクスは、「私はマルクス主義者ではない」と言ったけど、これもユーモアだと思う。マルクスがそう言った状況を考えると、単におかしいんです。つまり、そういう言葉は、あまり深く意味を考えてはいけない（笑）。深く考えると、「真のマルクスに帰れ」なんてことになってしまうから。そうすると、マルクスなら、「私は真のマルクスではない」と言うだろう（笑）。

このユーモアは、自分を一種の高みには置くので、とてもイロニーと似てるんですけど、一つ決定的に違うのは、フロイトが言ったように、ユーモアというのは、他人にも快感を与える、あるいは他人を解放する、ということです。そうすると、ユーモアにも一つの「声の一貫性」があるんです。ただし、それは、イロニーがつくるような主体の一貫性じゃないと思うね。だから、そこに決定的な違いがある。僕の湾岸戦争における行動というのはほとんどユーモアですね（笑）。

高橋　ええ（笑）。

柄谷　それを最も理解できないのが、まあイロニーの人たちだね。

高橋　そう。真面目に怒ってしまうのですね。ついこの間のことですが、サイードの書いたジュネについてのエッセイを読む機会がありました。そこに、たぶん誰が読んでも強い印象を受けるだろうシーンが紹介してあった。それは、ベトナム反戦運動が盛んだった大学の中の集会に招かれたジュネがフランス語で喋るのを、通訳が勝手に文飾を付ける光景です。ジュネの簡素な言葉を、通訳は、粗雑なアジテーションにすべて変えてしまう。サイードはそれを耐えきれない思いで見ていた。それから何年か経って、サイードはジュネにそのときの話をします。すると、ジュネは、「いや、私はああいうことを言いたかったんだ」と肯定してしまうわけですね。

ジュネは、芸術家としては、きわめて厳格な美の探究者だった。だからこそ逆に、現実へコミットしていくときに誤解が避けえないものであることを、誰よりもよく知っていたと思うのです。誤解を恐れなかったし、誤解によってその主体は少しも揺らぐことはなかった。僕はジユネのその態度こそユーモアだと思ったのです。

「孤立を求めて、連帯を恐れず」

柄谷　僕はたまたま湾岸戦争が始まる前に、岩井克人と週刊誌で対談（「今こそ『孤立を求めて、連帯を恐れず』の時だ」＝『SPA！』一九九一年一月三十日号）をしましてね。そのときに、「孤立を求めて連帯を恐れず」とか言ってたんですよね。全共闘のスローガンに、「連帯を求めて孤立を恐れず」というのがあったでしょう。それを引っくり返しただけど、僕の感じにぴったりしたんです。これらのスローガンで大事なのは後半であって、「孤立を恐れず」か「連帯を恐れず」かの違いです。だから、僕は「連帯を恐れず」なんだから、何と繋がろうが、どのように翻訳されようがかまいやしない、と思っています（笑）。やはり、そういうことを抑圧的と感じる人は、やっぱりイロニーの人なんだな。

高橋　たぶん今は、イロニーは選ばれた一つの態度ではなく、誰もが共有している一般的雰囲気になっていると思います。僕はそのことを身にしみて感じました。僕が最も驚いたのは、とくに僕の同世代の何人もの人間から、あの声明に僕が入っていることだけは理解できない、と言われたことです。つまり、僕はイロニカルな一貫性を持った作家だと思われていて、その世代的な一貫性を喪失したことで失望を買ったのです。

しかし、イロニカルな一貫性というのは、何のことを指しているのだろう。それは、そのことについて喋ったとたんに責任が生まれるものには口を閉ざし、そのことについて何を喋ろうと誰からも文句を言われる筋合いのないことだけを喋る、という態度です。もちろん、そういう態度を取ろうと取るまいとそれは自由です。しかし、それはいつのまにか逆転してしまった。イロニカルな態度を批判することはタブーになってしまったのです。そして、タブーに触れたことによって、われわれは抑圧的と見なされたのですね。

柄谷　それはどっちが抑圧的かというと、そういう人たちのほうが僕は抑圧的だと思うんですね。そうしないと、自己を維持できないのだから。僕は、今度の漱石論の中でフロイトのユーモア論を引用したけれど、書き上げてから突然思い出したのは、ドゥルーズの『サドとマゾッホ』という論文です。これも、マゾッホ的ユーモアとサド的イロニーを対比させているんだけど、僕は少し異論がある。しかし、今度の湾岸戦争で、ドゥルーズは、ほとんど公式的なまでに、正面から反戦を声明しましたね。あれがユーモアだと言っていいと思う。ポジティヴにな れることがユーモアです。もちろん、否定だって、ポジティヴなんですよ。それに対して、「湾岸戦争は起こらなかった」なんて本を書いたボードリヤールは、典型的にイロニーですね。

僕は藤井貞和の反戦詩を読んでなくて、何となく断片だけを孫引きで読んだだけだけど……。

高橋　当人が言うほど「クソ詩」ではありません。ただ「クソ真面目」なだけなのです。そして、この「クソ真面目」はひどくユーモラスに感じられるのですけれど。

柄谷　評論を見ても、一種のユーモアがあると思います。僕はよく知らないけれど、彼には

「一貫性」があるんじゃないですか。

高橋　僕もそう思うのです。だが、それはふつう人が考える「内面の一貫性」というものとは違います。ある人間が別の人間にどう見えるかということは、とても面白い問題です。そしてたいていの場合、人は他人を物語的に見ようとします。ある人間のことを思い浮かべるということは、その人間が内と外で演じているキャラクターを思い浮かべるということです。そして、テレビやほとんどの小説がやっているのはそのことなんですね。しかし、「内面の一貫性」ほど疑わしいものはないように、僕には思えるのです。

藤井さんの一貫性は、いわば「方法の一貫性」です。藤井さんの詩の方法は、現代詩が依拠してきた方法、つまりモダニズムだと思います。それは、絶えず新しくあり続けようとする意識と言い換えてもかまわない。だが、ある時点から彼は、現代詩を客観的に見る位置に立つようになってしまった。それは現代詩の成熟がもたらした地点でもあったわけです。そこで彼が見ていた光景は「絶えず新しくあり続けること」などもう不可能である、ということでした。彼はそれを「絶えず新しくあり続けようとする意識」で確認したのです。それは実際、死ぬほどうんざりするような光景だったはずです。それに対処するやり方は、知らぬふりをして詩を書き続けるか、黙って日向ぼっこでもしているか、あるいは暴発するかのいずれかでしょう。結局、彼は暴発することを選んだ。どのやり方に真の「一貫性」があるかは、僕には自明のように思えるのですが。

柄谷　そうですね。

高橋　でも、ほんとうはこういう議論は小説家と批評家の間でも起こらなければいけなかったのですね。ところがほとんどは対岸の火事というふうになってしまった。

柄谷　湾岸問題では、僕の行動も暴発的なものですけど、僕は同世代というような意識を持った人は周囲にいませんので、何も言われませんが（笑）、ある種の連中がいやがるだろうということは予想はできたな。しかし、人をいやがらせて悦に入るという趣味はありませんよ。別にこのことにかぎらず、僕はいつも、人の意表を突くようにやっているつもりはないんです。結果的にそうなっているだけで。

高橋　結果としていやがられるだけですね。

柄谷　うん。まあ、好まれたりもするから困るけど（笑）。でも、連帯を恐れずだからなあ。

高橋　来る者は拒まずですか（笑）。

柄谷　その前に僕なりに考えていたことがありましたけど、実際には、中上健次や島田雅彦なんかが馬鹿なことを言ってくるから、それならこうしようと突然決めたんです。しかし、彼らと一緒にやったら、俺が中心だ、黒幕だ、と言われるに決まってるなと思った。事実そうだった（笑）。でも、それでもかまわんと思ったんですよ。しかし、それに関しては、信じ難いほどくだらん見当違いの批評があったなあ。実際、現場では、そういう暴発性に共鳴した人は少なかったんですよ。

高橋　そう、比較的まともだったですね。ほんとに暴発しそうな人は参加してなかった（笑）。

柄谷　僕はその場で何か腹が立って、暴発的に怒鳴りまくったからね。あれは中上にまでたしなめられたけど（笑）。腹が立った議論は、やはり自分は少数派でありたい、とか、言語の無力性を確認しようとかいった、「文学的」議論ですね。

高橋　以前、柄谷さんは「私は選挙に行かない。それは行きたくないから行かないのであって、それ以外のことを書くと全部欺瞞になる」と書いたことがあると思います。実際のところ、われわれはわれわれの行動についてうまい説明などできるわけがないのです。というか、言葉を使っていて気づくいちばん大切なことは、言葉というものは、ほとんど何も表現してくれないということなんですね。だから、何かをするときに誠実なやり方というのは、何も言わないことでしょう。その結果として、たった一行しかない単純な声明が生まれたわけですね。

柄谷　そう。あなたが短くすべきだと言ったんだね。大多数の人は、もっといろいろ書き込むべきだとか何とか言うんですよ。それから少数意見も付記すべきだとか。なぜならわれわれは文学者だから、と言うんだ。僕は、文学者だからこそ短くすべきではないかと思うんだけどね。それで、腹が立った。

高橋　そう。表現について誰もが持っている信仰があるんですね。それは年齢や美学の違いを超えて共有されている。表現を代数的なものと見なす、加えていけばいくほどよりよく表現されるだろうという信仰です。だからこそ、イロニカルになることもできる。しかし、表現など本来不可能だと考えねばならないのではないでしょうか。そこからしか、書くことなど始まりはしないし、もちろん、漱石のような作家はそうだったのですが。

柄谷　そうですよ。もちろん、僕が言ったような内幕は語るに値しないと思う。だから、人が、どんなふうに受け取っても結構です。しかし、僕は、あなたが言った意味で、あの現場は、批評の場所だと思っていました。それ以外に大した意味はない。僕はナショナリズムの問題をだいぶ前から考えてましてね。ふつう文学というのはあまりそれと関係ないと思っている人が多いんですね。いちばんナショナリズムに遠いかのごとく思っている人が多いんです。だけど、さっきの言文一致もそうなんだけれども、ナショナリズムの中核をつくっているのは文学です。

一九九〇年の夏に、グルジアとウクライナを代表してきた作家たちに会ったんですけどね。驚いた。十八世紀にドイツ・ロマン派のヘルダーが言ったようなせりふを一九九〇年に言う人がいたから。たとえば、私は人類である前にウクライナ人である、とか。今、旧ソ連・東欧におけるナショナリズムのことがいろいろ報道されているけれども、僕はあの運動の中核にいるのは文学者だと思う。たとえば、ウクライナ文学がなかったらウクライナの独立はないんですよ。単に経済的・言語的・血縁的な共同性だけではだめです。

ヨーロッパには、たとえば、フランスでもスペインでも少数民族がいるでしょう。しかし、単に言語があるだけではだめで、文学としての古典を持っているかどうかというところに、すごく大きな差が出るんですね。日本は島国だから、そういうことをほとんど考えないで来てるけど、それでも、宣長を見てもそうですが、江戸時代のナショナリズムというのは、漢文学に対して『源氏物語』を持ってくるということで実現されるんですね。そうした過去の作品が、明治以後には、「日本文学」ということで組織された。「文学」そのものが政治的なのです。正岡子規はそれをよくわかっていた。そのために俳句、和歌、文の革新をやったのですから。

現在の世界のナショナリズムの動向を見ても、われわれの明治以来の近代文学の確立までのプロセスを、時差をもって反復していると見てもいい。こういうナショナリズムの時代には、「文学」が最も機能する。たとえば、ブッシュの演説なんか、『モビー・ディック』（白鯨）とまったく同じです。事実、アメリカのナショナリズムと帝国主義的な膨張が出てくるのは、あの作品が書かれたころからなのです。しかし、あれが『モビー・ディック』だと言えるのは、誰か。もちろん政治家でも政治学者でもない。

僕は、「『湾岸』戦時下の文学者」というタイトルのインタビュー（『文學界』一九九一年四月号）をやりましたけど、その中で、「文学者だけが文学を批判することができる」と言いました。藤井貞和がそれを「詩人だけが詩を批判できる」と言い換えたけど、彼はよくわかっていると思う。たとえば、これまで、詩人という選ばれた天才が詩を書く、という観念に対して、いや単に詩は言葉で書かれるのであり、たまたま書いた者が詩人であるにすぎない、という逆転があった。しかし、僕はさらに逆転して言いたい。「詩人」だけが詩を書くのだ、と。これは、一見して似ているけど、最初のものとは違うんです。それは、僕の言うことがかつての進歩派と似ているけど、違うと言うのと同じです。ただ、どう思われても僕はかまわないけど。

この場合、「詩人」の代わりに、「知識人」と言ってもいいわけです。藤井さんが湾岸以来、自分のことを詩人と呼ぶことに平気になったと書いていたけど、僕は、ここ数年来、自分が知識人であり、文学者であると言うことに、何のためらいもない。それを恥じることが知識人であり、詩人であるというポーズが、ほとんど「抑圧的」なくらいにあったのではないか。僕は、それを吹き飛ばしたかったのです。すると、彼らがそれを「抑圧的」に感じるのは当然です。事実、そういう意味でなら、僕はまさに抑圧的にやろうとしていたんですから。僕が言いたいのは、ポジティヴであることです。

言文一致の政治性

高橋　明治期の言文一致は、今から見ると、すごく政治的だったんですね。それは、上からの言文一致だった。その成立過程で生まれた作品を眺めていくと、不思議なことがいくつも出てきます。たとえば、勝小吉の『夢酔独言』のような、完全な言文一致でしかも文学的にも驚くほど自由な例があるにもかかわらず、それを脇に置いて、どうしてあんな不自由な言葉を使わなくちゃいけないのか。坪内逍遙でさえ、東海散士の『佳人之奇遇』なんかを読んで、これぞ待ち望んでいた文学だと書いたりしているぐらいです。もっとも、そのすぐあとに逍遙は二葉亭四迷の『浮雲』に出会って、意見を変えてしまうのですが。

とにかく、作家たちは「新しい文体をつくらねばならない」という強い意識の下で小説を書いていった。なぜなら、彼らが目指した新しい主体は、新しい文体でなければ存在できなかったからです。その新しい主体は、きわめて政治的なものでもあった。もちろん、それはいわゆる近代的な自我の担い手でもあるから、恋愛の主体にもなっていくのですが、上からつくられたものであることに変わりはなかった。たしかに北村透谷の政治や恋愛に関する意識は、同時期の東海散士よりはるかに深刻でしょう。でも、僕は二人の精神の違いより、文の同一性のほうを重視すべきだと思います。彼らは恋愛でさえ政治的な文で書かなければならなかった。そして、政治的な文だけが制度になりうるのです。真の言文一致である勝小吉を受け入れる余裕は、当時の日本にはなかったのですね。

文学として考えるなら、小説や詩の言文一致運動より、それ以前の聖書や賛美歌の翻訳のほうが、はるかに重要です。それに比べたら新体詩なんて、まったくひどいものです。あれが文学でない証拠に、『新体詩抄』には恋愛詩が一つも入ってないんですね。有名な話だけれど、日本最初の近代詩の作品集の作者はみんな東大の教授だった。たしか、社会学者と哲学者と植物学者だったんですね。

柄谷　井上哲次郎。

高橋　そう。文学者ですらない。もともと東大の先生がつくった官学みたいなんですね。「政治的」どころじゃない。政治そのものだった。子規が作品を発表していた「日本」も政治紙でしたよね。

柄谷　そうですね。

高橋　今ではとても想像できないけれど、文学を目指す者は、ナショナリズムという道筋を辿るしかなかった。当時の作家が異常に政治的だったのではなく、政治的であることが普通であっただけだし、言文一致はそれに付随した運動にすぎなかった、とさえ言えるかもしれないのです。

『新体詩抄』から十五年ほどして、柳田國男や田山花袋が出した『抒情詩』という新体詩集がありますね。もうここでは完全に恋愛詩ばかりなんですね。そして、読んでみると、たしかに「文学」であるような気がする。でも、この恋愛詩が、勝小吉的なものを排除して政治的に成立していった言文一致を起源に持っていたことは、見えなくなってしまっているんです。

柄谷　とくに坪内逍遙なんかの言う言文一致というのは、彼はその前の演劇においてそうなんだけれども、やっぱり鹿鳴館的なものなんですね。

高橋　改良運動ですね。

柄谷　そうです。坪内逍遙の場合、もう一つの動機がある。その当時、膨大に書かれていた自由民権派の政治小説は、だいたい文語なんですね。だから言文一致には、その意味での反政治という政治的動機が入ってるわけですね。正岡子規はそういう反政治を持ってないんですよ。だから面白いんですよ。

高橋　われわれが知っているような意味で反体制的ではないんですね。

柄谷　いわゆる言文一致というのは、本質的に「言」とは関係ないんですね。江戸の小説にあった「文」を焼き直しただけです。江戸の小説というのは、会話は口語的で、地の文は「文」だった。したがって、すでにあった江戸の「文」を改良しただけですね。だから、文末詞をどう変えるかということになっている。ところが勝小吉のは、まさに言文一致であって……。

高橋　言文というよりも、「言言」と言ったほうが近いかもしれないですね。

柄谷　ただ、ああいうのは他にもあると思うんです。たとえば天理教のお筆先なども言文一致でした。しかし、関西の一地方の言葉だった。

高橋　あ、そうですね。

柄谷　勝小吉の文が今も読めるのは、江戸弁だから得しているという面もありますね。あの当時は、「言」そのものは各地でバラバラですね。「文」はほとんど全国的な統一性があったけれども。言文一致は、すごくいかがわしい言葉ですね。あれは、ほんとは小説だけを見ているとわからない。というのは、一時期、小説における言文一致の運動は止んでしまうからです。それが再開されたときには、いつのまにかそういう一致ができるようになっている。だから、あれは、明治政府の標準語政策や学校教育と関係していると思います。

高橋　そうですね。統一国家をつくるには、共通語がなければならないわけですから。

柄谷　そう。だから、実際は言文一致というのは「言」を「文」化したのではなく、新たな「文」を「言」化したんですね。芥川が「書くように喋りたい」と言ったけれども。たとえば、関西弁から見たら、言文一致なんてものは、意味をなさない。

高橋　ええ。

柄谷　俺が言文一致で書いたらどないなるねん（笑）。

高橋　それはそれでおもろいでんがな（笑）。

柄谷　そういう意味で、文による全国統一、「国民」創出が言文一致ですよ。

高橋　不思議なのは、実際に創出してる作家にはそういう意識がほとんどないことですね。ヨーロッパの作品をちらっと読んで、その狭い体験だけで勝手に「小説」のイメージをつくり、それに似せて作品を書く。山田美妙がその典型です。彼はシェイクスピアをネタにした作品を書き、人気作家になった。しかし、シェイクスピアと違って、彼の作品はまったく読むに耐えない。それは彼がシェイクスピアを選んでネタにしたのでなく、他に知らなかったからネタにしたということだからです。ヨーロッパの作家なら誰でもよかった。そして「主体的」な作家として振る舞い、実際には、国民国家の創出の手伝いをしていたわけです。

その構図は、今もほとんど変わっていないと言っていいのかもしれない。その誤魔化しにみんなイカレていた。批判的だったのは、ヨーロッパ文学をほんとうに読んできた漱石のような人間だけです。漱石にしてみれば片腹痛かったはずです。もちろん、美妙が小馬鹿にしていた逍遥のほうが、美妙よりずっとよく読んでいたし、その怖さを知っていたのです。

柄谷　ただ、あの言文一致は、ずいぶんそのあとに禍根を残したと思うんですね。それはいくつかあるんですけれども、二葉亭四迷は語尾を「ます」か「だ」にするかというので、「だ」にしたというわけですね。「ます」というのはどうも吉原言葉らしいんだね。

高橋　そうですか。

柄谷　うん。それはともかくとして、「だ」というのは女の人は使わないんですね。だから、あれは中性化じゃなくて、男性化なんですよ。日本の物語の系譜から言いますと、「だ」は、完全な男性化ですね。しかも、それを中性化として実現したわけです。あれで女のエクリチュールはほとんど死に絶えた。樋口一葉は言文一致で書かなかったんですね。

高橋　言文一致では、あんなに高度なことは書けないわけですね。

柄谷　ええ、書けないわけです。ただ、幸か不幸か、言文一致が一般化する直前に死にました。生きていたらどうしたか。明治末の青鞜派は完全に白樺派と同じ文体です。

もう一つの問題は「た」ですね。「た」というのは、江戸の口語で使われていたんでしょうか。あれは、過去のさまざまな形態、いわば、完了、過去完了、さらに、「けり」みたいな伝聞を示すような言い方までを、統一してしまった。それらを全部「た」で言うことになった。これはものすごく日本語の「文」を貧しくしたと思う。

この前、河野多恵子の『みいら採り猟奇譚』を読んでいて、最初から語尾にひっかかった。「た」、「たのだった」とか「である」とか、それらが多様に出てくるんです。要するに、彼女はフランス語でいえば時制で簡単に言い分けられることを、貧しい語尾で書き分けようとしている。それを見ていると……。

高橋　日本語としてはおかしい……。

柄谷　おかしくはないけど、それが目立つわけですよね。でたらめに書いてないということは、検討してみてすぐわかりました。しかし、女の作家である河野さんが、そんなことで苦労するのは、どういうことだろう、と思いましたね。古典の言語だったら、簡単なんだからね。

高橋　そうなんですね。

柄谷　フランス語だって、口語では、過去は完了形で済ますし、未来形も使わないでも済む。英語だって、口語ではbe going toを未来形にしている。正しいフランス語というのは「文」であって、あれはやはりラテン語の規範を意識して作ってきたものだと思います。教育を通して、だんだん口語でも語られるようになっただけです。その意味で、「文から言へ」ですね。だから、近代日本語も、「文」を喋ってもよかったんですね。「来っ」とか、「来ぬ」とか、そうやって喋ってもよかった。たぶん、それは方言の中には残ってるはずなんですよ。

高橋　東北弁は古文に近いって言いますからね。

柄谷　そうです。彼らにとっては、言文一致＝標準語は、たいへん不便なものに見えたでしょうね。沖縄の人なんかは、まったく外国語を習ったようなものでしょう。口語もくそもない。まるっきりの文語を喋らされたわけですね。

高橋　ラテン語を喋ってるようなもんですね。

柄谷　そうです。それを喋らないと弾圧された。柳田國男が怒っているけど、学校では、沖縄弁を喋ると、交通違反のチケットのようなものを貰う。何枚か溜まるとどうのこうのとか、強制をやったみたいです。しかし、それがのちに、朝鮮で繰り返されたのです。柳田は官僚として日韓併合のために活動したのに、あるいはそのためか、それ以後の朝鮮のことは無視していますけど。

深夜放送に始まる「新口語文」

高橋　言文一致はまず文末の問題なんですね。明治期の言文一致もそうだったけれど、現在の「新口語文」と呼ばれるものもやっぱりそうです。僕にはすごく鮮明な記憶があるんですが、六〇年代の真ん中ぐらいだから、僕が中学の終わりぐらいに深夜放送が盛んになった。その深夜放送のDJが「新口語文」の始まりだと言われているんですね。それも、DJの口調がそのまま「文」に移行したのではなく、DJへ出すリスナーの手紙の文、それはDJの口調を真似ているのだけれど、それが起源だった。もともと対話の言葉であり、書いた言葉だったんですね。

柄谷　いちおう文ではあるわけね。

高橋　そうです。ある特定の個人に向けて書かれた文だった。だから、純粋の「言」じゃない。そして、文末は「た」とか「である」ではなく、「してね」とか「ちゃって」みたいな間投助詞が付いた。

柄谷　「だよね」とかね。

高橋　そうです。全部そういう「よ」や「ね」のような終助詞、それから「て」のような接続助詞止めなんですね。それからあとは名詞止めもあった。そういう「口語文」が、あっという間に一般化した時期があった。じゃあ、文末のそういう変化は何を示しているのか。柳父章という人は、西洋的な個人が日本ではついに成り立たなかった結果である、と言っています。「て」とか「ね」という文末は、実は文の終わりではなく、ほんとうの終わりはそれを受け取る相手の側にある、というのですね。だから、この文末は、ある特定の共同体の成員同士の、キャッチボールの通過点の意味しかないのです。

そういう意味では、この、若者が作った「新しい」口語文は、きわめて伝統的であるとも、日本的であるとも、言えるのかもしれない。でも、この「新口語文」は、成立当時には文学にまで行き着かなかった。この文末を採用する作家がいなかったのですね。そして、いったん消えかかった新口語文は、しばらくして少女小説や漫画の中に復活する。女性が自分を表現する「文」としてです。

柄谷　「春はあけぼの」とか。

高橋　そうです。明治の言文一致は「文」の男性化だった。しかし、今度の言文一致は女性化だった。そして、漫画や少女小説になだれ込んだこの「文」は、そこをも超えて詩にも入り込んできました。詩に「女語り」を導入したのは富岡多恵子ですが、それを徹底して押し進めたのは伊藤比呂美です。『伊藤比呂美詩集』やその次の『青梅』という詩集には、「新口語文」を使った作品がいくつかあります。そこで伊藤比呂美は「新口語文」を限界まで行き着かせてしまった。それはDJ的だし、まるで電話をかけているように見える。

そこで革新的なのは、「新口語文」の共同体的な性格を逆用していることです。「て」や「ね」という親しげな語りかけは、たとえば男と女の関係の非対称性を隠蔽する。陰惨な事実から目を逸らすために使われるのがこの「文」なのに、彼女は、その親和的な「文」を使ってむき出しの事実を描いた。「新口語文」の革新性は、伊藤比呂美と新井素子のいくつかの作品を除くと、それ以来、姿を消してしまったように思えます。それは拡散し、一般的になり、使いこなせる道具の一つになった。

今、若い作家の文章やその感覚に「新口語文」は強く反映している、と僕は思います。表面上は、そうは見えないかもしれない。終助詞や接続助詞で止めたりすることもない。しかし、透明で中立的な文章として、それから、女性作家が「僕」という人称を用いたりするような「性の反転化」として、形を変えて流入してきた。若い作家の使う「た」は、近代文学から現代文学へ受け渡されてきた「た」とは違う。別の回路からやって来たのだと思うのです。たとえば漫画ですね。まあ、柄谷さんは漫画読まないんでしょうが。

柄谷　僕はギャグ漫画しか読まない（笑）。

高橋　戦後の言文一致、つまり「新口語文」はまず漫画の共通語になった。ところが、それを使っていた漫画家が年をとり、大家になると、「文学」的になっていってしまった。若い女の子はそういう漫画を「難しい」と言って、敬遠したりしています。それは「文」に限りません。漫画の中でシンボルやメタファーを自在に駆使する漫画家は少しも珍しくない。そして、それは一見「新口語文」から現代文学への「進化」のように見える。僕は「コバルト」のようないわゆるジュニア・ノベルを読むことが多いのですが、現代文学ではなく、明らかに漫画から影響を受けて小説を書いている若い作家が増えてきました。これはジュニア・ノベルだけではない。吉本ばななや村上春樹の文体をコピーしたような若い作家は、ほんとうは漫画で育ってきたのです。

「漫画から影響を受けた文学」などと言うと、変な顔をされるかもしれません。しかし、さっきも言ったように、彼らに影響を与えた漫画の多くは、きわめて「純文学」的です。彼らは目の前にあった「文学」に影響を受けて、自分たちの「文学」を書き始めた。なんの不思議もないのです。正確に言うなら、彼らの文章には、明治の言文一致にその根拠を持つものと、その近代文学の背骨となった言文一致に異和を感じるところから成立した「新口語文」が洗練されてできたものとが、混在していると思うのですね。だから、それは二重の意味で厄介です。なぜなら、本来は対立するはずであったものが、その関係を押し隠したまま融合してしまった。僕は「対立すべき対象がわからな」かったり「反撥すべき敵の姿が見えない」のは、「文」がすべてを覆い隠してしまったことに大きな原因がある、と思っています。

明治になったとき、日本で最大の小説は滝沢馬琴と思われていた。美妙は馬琴の思想は否定したが、最初のうちその「文」は否定できなかった。そんな連中の言文一致なんかちゃんちゃらおかしいと、漱石や森鷗外が思ったのも無理はないのです。当時、「文」は透明ではありえなかった。時代に支配的なものに抵抗するものとして「文」が存在していた。というか、透明な「文」に抵抗するもののことを小説と呼んだのだと思うのです。

柄谷　なるほどね。言文一致が語尾の問題になるということは、昔も今も変わっていないんですね。結局、日本語（に限らずウラル・アルタイ語族の言語）の特質は、文末にありますから。明治の言文一致というと、二葉亭四迷とか、そういう人が中心に語られるけれども、写生文も言文一致なんです。そこに違いがあるとすると、子規とか漱石のほうは、ほとんど現在形を使ったことですね。たとえば、アーサー王伝説に基づいたロマンスを書いているでしょう、『薤露行《かいろこう》』とか。僕は昔読んだ記憶で、あれは古文で書かれていると思っていたんだ。

高橋　違うんですか。

柄谷　違う。そう思うでしょう。ところが、「である」なんですよ。
高橋　あ、そうなんだ。
柄谷　基本的に現在形です。
高橋　『薤露行』には、すでに「である」があるんだ。
柄谷　ときどきですが、「である」で終わっています。
高橋　そうか。記憶っていい加減なもんですね。
柄谷　そうですよ。僕も長い間そう思ってた。
高橋　『幻影の盾』もそうですか。
柄谷　そうです。確かめてください。あらためてそう聞かれると、またまた、疑わしくなってきたから（笑）。言文一致の「た」というのは、単に過去なのではないと思うんです。フランス語でいえば、単純過去なんじゃないかと思う。
　だから、「た」のおかげで、三人称客観描写というものが成立する。
　それまでの「つ」とか「ぬ」とか「き」とか「けり」というものでは、語り手を消すということか、中性化できないんですね。漱石の写生文は、単なる過去としての「た」はときどき使うけれど、三人称客観描写あるいは全体を回想するような超越的な視点を可能にするような「た」は、拒否している。すると、写生文というのは、どうしても語り手が出てくるんですね。そうでないと、ユーモアも出ない。現在の言文一致も、その意味では、語り手の露出ですね。したがって、漱石が当時からすごくポピュラーだったのは当然ですね。しかし、文壇では馬鹿にされていたと思う。

高橋　大衆作家みたいな扱いですね。

柄谷　そうです。ずっとそうだったと思う。だから、さっき言ったように、いわゆる近代小説の話法が中性的に見えて、男性的であり男性中心主義だとすると、漱石の文章は、その内容もそうですが、案外女性的なんですね。

今の高橋さんの話を聞いていて、ふと思ったんですが、現在の言文一致の担い手が女の子だということは、すごく面白いですね。女性的なエクリチュールというのは、かつての言文一致で消されたわけですね。それで河野多恵子さんみたいに……。

高橋　苦労してる。

柄谷　苦労してるけど、結局あれは、不本意にも男の話法に習熟したということでしょう。それはいやだという思いは、河野さんにだってあるんじゃないですか。僕は、女性の私小説家が少ない理由もそこにあると思いますね。志賀直哉みたいに、「自分は」なんて書く気になれないでしょう。別の書き方をすると、少女小説的なものになるのかもしれないな。

ただ、現在の少女小説の言文一致が、小説の話法を変えるかどうか、僕にはわからない。橋本治は、『枕草子』を女の子の言文一致体に訳したけど、僕は、ああいう学のある人には、今様の言文一致体を古典文に翻訳してもらいたいね。そのほうが革命的ですよ。

高橋　女性作家の数は多いけれど、そこに女性のエクリチュールが存在しているかというと、そういうわけではないような気がします。中性、というか中性を装った男性のエクリチュールなんですね、ほとんどは。

ところが、富岡多恵子さんが詩から小説に移りだしたころのものを読むと、すごくショッキングなものを感じる。そこに書かれている男性像が、男性にとっては、ひどいものでしょう。しかし、それは単に描写によってそういう男性像をつくることが可能になったんじゃない。話法のせいなんですね。あの語りを突き詰めると、女性と男性の非対称性が浮かび上がってくる。もちろん、男性作家の書く男と女も非対称的です。しかし、それはよく見えないから対称的になってないだけの話なんですね。そして、性的な差異を残酷なほど明るみに出すその話法は、残念なことに男性作家は使うことができない。もちろん富岡さんのような、そういう女性作家は少ないのですが。

柄谷　男性のエクリチュールと女性のエクリチュールなんてものがあるかどうか、ほんとは疑わしい。たとえば、女文字と言いながら、男も書いていたわけですから。さらに、平安以降は、漢字仮名混じりになっているわけですから。ただ、エクリチュールをメタファーとして男女に分けただけでなくて、現に女文字を使って女流の文学が生まれ、かつそれが国民的な古典として受け入れられてきたような国は、他にないんでね。そもそもの原因は、漢字という表意文字を受け入れたこと、そして、中国の父権的なイデオロギーを母系的な土壌の中に受け入れたことにある、と思います。

韓国でも、あとで表音文字を作ったけれど、実際には使わなかったし、日本のように漢字仮名混じりの文を形成しなかった。だから、現在では、ハングルだけでやろうとすればやれる。

日本語は、漢字を取るとうまくいかないでしょう。韓国は中国に近すぎたし、もともと父権社会だったから儒教も根を下ろした。日本では、それに対する反撥が平安以来あって、それが女流の文学を「代表」たらしめる根拠になったのではないか、と思います。

男と女の「言」が違っているところは、どこにでもあると思う。だけど、それが「文」として違うというところはなかったのではないかな。そういう意味で、日本のエクリチュールは特異なものだと思います。と言っても、それは日本が例外だということではなくて、この例外を説明できないような理論は、普遍的ではないと言いたいんだね。

僕は外国人によく言うんだけど、外国の理論家は、こうした日本の例を無視して、女性と文学なんて論じてはいけない、と。そんな「普遍的」理論は、普遍的ではありえない。そういう意味では、日本の文学を説明できるような理論が普遍的なんだと思います。

「小説の終わり」の意識

高橋　漱石は自分では、文を書いているという意識がものすごく強かった。ほかの作家は小説を書こうとしたり、詩を書こうとしたり、評論を書こうとしたり、政治的なエッセイを書こうとしたりしていたけれど、漱石は最初から文を書こうとしていたと思います。そこには、強いジャンル意識があったのではないでしょうか。

『吾輩は猫である』に影響を与えたといわれる本の一つに、カーライルの『衣服哲学』がありますね。僕は最近になってやっと読んだのですが、確かに、『猫』の中にカーライルの発想を見つけることもできる。でも、興味深いのは『衣服哲学』がポストモダン的な作品であることです。もちろん、何より大きな影響を与えたはずのスターンもポストモダン的です。そこには、自分がある歴史的なコンテクストの中で生み出されたという意識と引用と羅列がありません。

漱石には、小説が、ある歴史的なジャンルであることがわかっていた。たぶん、西洋人はそのことを自覚しなくても小説が書けた。小説は目の前にあったのです。しかし、明治に生きた漱石は、いきなり小説に飛び移るのではなく、不透明な文から始めるしかなかった。不透明な文というのは、スタロバンスキーが言ったように、ルソー以前の散文です。小説はそこから生まれた。漱石は起源に遡行してから始めた、とも言えるのです。

だから、漱石の作品が途中まで、異様なほど多彩であるのは何の不思議もない。彼は「文」から「小説」へ、ジャンルを横断していった。というか歴史を辿り直したように見えるんです。そして、一度、「小説」へ辿り着いてからは、そこまでの道程とは逆に、同じことばかり書いているんですね。

柄谷　そうですね。

高橋　ほんとに極端に変わってる。それまでは、もちろん重なっていないことはないけれども、全部違うことを違う文体で書いています。

柄谷　今、あなたが言ったことで重要だと思うのは、漱石は四十歳近くまで小説を書かなかったけれど、その間、西洋の小説をものすごく読んでいて、ある意味で、彼にとっては、書く前から「小説」が終わっていたということだね。

高橋　その意識はあるみたいなんですね。

柄谷　実際に、ローレンス・スターンのような作家は、近代小説がイギリスで成立して間もないころに、その終わりのようなことをやってしまった。漱石はそれをよくわかっていたと思う。だから、『吾輩は猫である』から書いている。

奇妙なことは、小説が終わったというところから書き始めた作家が、小説を最後に書いてしまったということだと思うけれども、それは彼の同時代とものすごくずれているね。その時代は、日本でもようやく西洋的な小説ができていくと思われた時代だから。漱石はまったくそういうことを考えていなかった、と思うんですよ。漱石は、小説がもう終わっていると思いながらやっていた。

高橋　『夢十夜』を書き上げてからは、『三四郎』から『明暗』まで、休みなく似た話ばかり書いていく。ほとんど書き直しもしない。ものすごいスピードが持続していく。それはとても異常な感じがするんですね。漱石は、どこまでやったって一緒なんだと思っていたんじゃないでしょうか。

小説の終わりの意識といっても、終わりの感じ方は作家によって違います。プルーストはジャンルとしての小説の終わりと、時代の終わりと、自分の生の終わりが完全に連動している。だから、死ぬまでたった一つの小説を書き続けることに意味があった。

漱石にも、それに似たところがあるような気がするのです。さまざまに「文」を試してきて、最後に蒸留水のように残った小説は、一人の個人に一つだと思っていたのじゃないか。だから、『三四郎』から『明暗』まで、同じようなことばかり書いている。どう書いたって結局は同じことを繰り返すしかないのは当り前だった。しかし、その同じことの繰り返しの中に、驚くほどの差異が生まれてくる。そのことも、漱石は知っていたと思うのですね。

柄谷　そうですね。小説というのは、もともとそういうものだった。

高橋　同じ時代、といってもちょっと前になるのですが、たとえば花袋の『蒲団』なんて、ほんとにひどい小説です。ユーモアがまったく欠けている。

柄谷　でも、イロニーはあるよ。

高橋　あ、イロニーはありますね。自己憐憫に近いイロニーが。

柄谷　イロニーしかないんです。

高橋　そういう意味でのイロニーを、漱石は持っていなかった。

柄谷　ポストモダンというのは、必ずしも八〇年代とかそういうことではないと思うんですね。ポストモダニズムが、過去を形式の組み合わせとして見るような時代だとしたら、それは、昔にもあったわけです。たとえば、アリストテレスは、政治形態を形式的に考察するでしょう。これは歴史的な経験に基づくんだけど、デモクラシーとかアリストクラシー、かつて歴史的に起こった形態を、単に形式として考察している。歴史的発展というよりも、ジャンル論なんですね。

高橋　歴史性をいったん消してしまうんですね。

柄谷　そう。政治形態のジャンルですね。しかし最近、世の中で言っている議論は、ほとんどジャンル論じゃないですか。共産主義をやめて市場経済を採用しようとか、議会制を導入しようとか、大統領制にしようとかいうような議論。その場合、共産主義は、資本主義の彼岸にある終わり（目的）ではなくて、さまざまなジャンルの一つになっている。しかし、こういう議論は、まさにそうした終わり（目的）が終わったという意識から来ているわけですね。

高橋　何かが生成してる間には、ジャンル論ができない。そしていったん終わってしまうと、そのあとは分類でもしていくしかないんですね。

柄谷　そうそう。だから、子規も膨大な俳句の分類をやっていますけど、一種ポストヒストリカルな意識があったのではないかなと思います。漱石も、「文」として、ほとんどのジャンルを書き分けましたね。十年少しですけど、あれぐらいあらゆるジャンルを書いた人は世界にもいないでしょう。おまけに詩も書いてるからね。俳句と漢詩、それに英詩。

高橋　でも和歌は書かなかった。これは徹底してるんですね。

柄谷　僕の説では、自然主義作家というのは和歌系ですね。和歌の系統の人が新体詩・抒情詩を経て、自然主義小説に行った。

高橋　そうですね。さっきも言った田山花袋も和歌から出発している。

柄谷　桂園派の歌人ですよ。

高橋　そう。藤村もそうだった。というか、ほとんどの作家は和歌的抒情から出発している。

柄谷　柳田國男もそう。ちゃんと弟子入りしている。

高橋　ところが俳句からスムーズに小説家というふうには移行しないんですね。漱石だってワンクッション置いてからだった。虚子も、かなりうまい透明な「文」は書いたのに、結局、小説に乗りそこねてしまった。

柄谷　ちょっと話が飛ぶけど、一九九〇年の夏にサンフランシスコで文学者の国際会議があって、僕は、そのときアメリカに滞在していたから、日本グループの一人として出席したんです。さっき言った、ウクライナとかグルジアの作家などもそのときに会った。僕は、そのとき、最後に喋ったんですけど、こういうことから喋り始めたのを覚えています。

それは、他の国のグループには必ず詩人が一人は入っているのに、日本は六人もいて、詩人が一人もいない。そのことは何を意味しているのか、と。たしか僕は、日本では、俳句や短歌は詩と区別されている、ということを言ったんですね。そのあと、質問が殺到した。たとえば日本の詩人で最も知られてるのは芭蕉なんですよね（笑）。

高橋　ああ、芭蕉になっちゃうんですね。

柄谷　芭蕉なんですね。世界的に、俳句はよく知られてますから。

高橋　そうですね。「ハイク」って英語ですものね。

柄谷　すると、なぜあの偉大な芭蕉が詩人ではないのか、それはおかしい、というような質問が出てきた。もっとも僕はそういう質問を挑発するために言ったわけですけれど。しかし日本では、俳人というのは詩人とは区別されているでしょう。

高橋　詩人じゃない、と言われますね。

柄谷　日本の近代文学というと小説の話ばかりになるけど、日本の近代文学が奇妙なのは、たとえば、俳句が詩と区別されているという、そのことと密接に関連していると思うんだ。それは詩の問題であるだけでなくて、小説の問題であり、当然批評の問題である。

明治のころは、詩というのは漢詩のことだったんですね。「歌、俳句、詩」と言っていた。まもなく、詩は新体詩形ということになった。この分岐点が、詩だけでなく、文にも関係するものだった。漱石は散文を書くまで俳句と漢詩にずっと固執していたわけですけれど、日本の詩人もそれを詩の問題として扱いませんね。

高橋　子規は当時『獺祭書屋俳話』の中で、「終わる」とは言ってるんですね。もう俺のところで俳句は終わるって。

柄谷　子規は、錯列法（パーミュテーション）という言い方で言っていますが、要するに、順列組み合わせで見れば、俳句の将来は有限である、という。十七文字に五十音字を入れると、どれだけの組み合わせがあるのか。

高橋　五十の十七乗ですよね、とりあえず理論的には。

柄谷　ええ。だけど、子規は何か計算間違いをしている（笑）。もちろん俳句が意味をなすかどうかという問題があるから、組み合わせはかなり減るとは思いますけど、字余りを省いても、ものすごい数がある。ところが彼は、明治の末に俳句は終わる、と言うんだね。だけど、そう言ったのは、明治二十年代でしょう（笑）。実にひどいことを言っている。だから僕は、それは自分が死ぬという意識があったからだと思うんですね。結局のところ、俳句は永遠であるなどと思ってるんじゃなくて、俳句はもう死ぬんだからそれをやるんだ、という意識があったと思うんですよ。今日でも、小説は死んだ、文学は死んだという議論があるけれど、子規のように、漱石のように、考えればいいんじゃないかと思うんです。

アメリカ文学と構築性

柄谷　高橋さんの小説は、直接的にはアメリカの現代作家の影響があると思うけど、俳句的な切断や飛躍があるような気がするね。

高橋　俳句はある意味で断章形式なんですね。物語ができる前で終わってしまう。たとえば、俳句では恋愛は描けないって言いますよね。

柄谷　僕も、今度の漱石論にそう書いたんだ（笑）。

高橋　困っちゃったな、どう話を進めたらいいのかわからなくなっちゃった（笑）。短歌的抒情は、近代文学とけっこう合うんですね。俳句は何も言ってないような気がすることがあるわけです。ところが、短歌だと感情とか告白を入れることができる。要するに、何か言っているような感じがする。そのぎりぎりのところで、俳句は何も言わないんですね。

じゃあ、漢詩はどうなんだろう。たしかに、漢詩で志を述べたり、感情を表白することは可能です。しかし僕は、それはほんとうは形式的なものだと思うんです。もちろん、短歌だって形式があって、抒情が可能なはずです。しかし、歌人にはそれが形式ではないと錯覚する自由があった。漱石は漢詩を形式であるとわかって書いていたはずです。形式なのだから、何も言わなくていい。そうでなければ、日課になるわけがない。それは、さっき柄谷さんがアリストテレスのところでおっしゃったように、死んで歴史性を剝奪されたジャンルなんですね。

もう一つ、断章形式ということに関して言うと、ポストモダニストと呼ばれる作家で僕の好きな作家の多くは、どこかで断章形式を通過しているんですね。バースのような長大な作品を書いてる作家でも、一ページの短篇小説があったりする。最近、紹介されるようになったジュリアン・バーンズも、日本で翻訳されている『フロベールの鸚鵡』や『10½章で書かれた世界の歴史』も、関連の薄い断章を束ねたようなものですが、初期はもっと露骨に断片的です。

では、彼らといわゆる近代小説の書き手の違いは何なんだろう。僕は、小説の構築性の考え方の違いだと思うのです。われわれはふつう「有機的」という言い方を肯定的に使いますね。「この作品は長いが、きわめて有機的に構成されている」といった具合に。近代小説に関して彼らが持ったいちばん大きな疑いが、この長篇小説の「有機性」だと思うんです。

たとえば『戦争と平和』では、ナポレオン戦争の歴史とそれに関わった人間の運命が「有機的」に描かれている。しかし、一歩踏み込んでみれば、そのトルストイの歴史観はイデオロギー的なものです。自然で有機的な歴史があるわけがない。そのような見せかけがあるだけなのです。というか、同じ事実を使って「自然で有機的な歴史」像をいくらでも描けるのです。

だいたい、近代小説そのものが歴史的に限定された文学ジャンルにすぎない。言い換えるなら形式にすぎない。なぜ、そんな形式が「有機的」なものを生んでしまうのか。それもまた錯覚ではないのか。そう考えたときに、長篇小説の構築の有機性に疑問が生まれていった、と思うのです。

もちろん、いくら断章を続けていっても、それでは作品にならない。アメリカには断章をむちゃくちゃたくさん繋げて長篇を書くボルマンのような作家、いうならばマクシム・ミニマリストとでも呼んだらいいのでしょうか、そういう作家もいます。その気持ちは理解できるけれど、それは思い違いだと思う。形式を形式であるというだけではだめなんです。一度バラバラにされた断章は、「有機的」な構築性以外のもので束ねていかなければならない。そんなものがあるとしたら、それは何だろうか。

何年か前にピンチョンの新作『ヴァインランド』が出たあとに、僕はひさしぶりにピンチョンを読み返してみて驚いたんです。『競売ナンバー49の叫び』を除くと、あとは全部失敗しているんじゃないだろうか。みんな、無理やり、腕力で束ねているような気がした。以前は気づかなかったんですが、歴史や事件や人間をあの作品の中で束ねていくものが、はっきりとはわかりにくいのです。誤解されがちなのですが、ポストモダニストと呼ばれる作家が明快な理論的背景から作品を構成している、というのは嘘だと思います。当人がそう考えていてもです。

僕は、その最も代表的な作家であるバースを見れば、それがよくわかると思う。彼の作品は『キマイラ』以来、翻訳されていませんが、そのあとも弁当箱のように巨大な作品をいくつも書いています。その長篇は、およそ四つの部分から成っています。たとえば『千一夜物語』のような古くて馴染み深い物語、その物語を現在語っているナレイター、バース自身と思われる作者の伝記的事実と私生活、そしてチェサピーク湾近辺、アメリカ東海岸の紀行、その四つです。

いちばん新しい『船乗りサムボディ最後の船旅』が特徴的なのですが、前の二つを彼の作品を束ねる中心の力だと普通は考える。しかし、僕はあとの二つ、作家のプライベイトな部分がそうではないか、と思うようになったのです。形式を重視する彼らのほうがずっと、普通の作家より私的ではないか。あまり関係ないのですが、『最後の船旅』では年老いたシエラザードが出てきて、「私が死んだら、物語というジャンルも終わる」と子規のようなことを言っている（笑）。

ところで、ピンチョンの作品でいちばん生き生きしているのは、彼が訪れたであろう植民地の風景です。カルヴィーノの作品で最も記憶に残るのは、イタリアの風土であり、彼の少年時代の記憶が刻印されている植物の記述です。しかしそれは、たとえば年をとって腕力が弱くなり、資質が露呈してきたと考えるべきではない、と思います。たぶん、彼らは誰よりも物語の愛好者であり、感情の人であったと思う。だが、同時に彼らは、小説の形式性もいやというほど知っていた。だから、彼らの小説には、まったく方向の違うベクトルが同時に存在している。有機的ではありえないのです。まさしくボルヘスは「どうして長篇を書こうとするのか」と言っています。有機的な長篇など書けないことを知っているから、ボルヘスはそう言ったのです。彼は断章を断章のままにしておいた。彼は長篇を書いていますが、あれは長めの短篇にすぎません。

しかし、それらを全部認めたうえでなお、例外的に長篇を破綻なく書ける作家もいます。たとえば、ドン・デリーロがそうでしょう。彼の作品もポストモダン的です。しかし、同時にフォークナーを源泉に持っている。そう、結局、最後に勝つのはフォークナーなのかもしれない。

柄谷　まあ、アメリカではフォークナーが勝つね。

高橋　近代的な小説の構築性の鍵になっているのは、透明な「文」です。その中で主体が動く。「文」が透明だからこそ、登場人物、あるいは作家の主体性が保持される。それに対抗するために、ポストモダニストと呼ばれる作家は、作品の中にさまざまな夾雑物を入れて、不透明にしようとしてきた。それを保証するのが腕力だったわけですね。ところが、フォークナーは最初から不透明です。骨格は近代小説なんだけれども、なりきれない部分があるんです。

柄谷　フォークナーは物語的なんだと僕は思うんです。南部の作家だから。いま言われた構築性に関して言うと、日本人はそういうのは苦手なんですね。たとえば、ボルヘスは芥川龍之介を絶賛してるでしょう。

高橋　本気で言ってるのかな。

柄谷　本気じゃないかな。ボルヘスにとって、歴史的文脈なんてどうでもいいんだから。しかし、日本の文脈で言うと、芥川は、谷崎潤一郎と「話のない小説」論争をやっていますよね。谷崎は、小説の堂々たる幾何学的構築が日本にはない、中国や西洋にはある、というようなことを言う。もともと芥川は、こぢんまりした構築はやっていた。しかし、晩年はそれをやめて、私小説というか、心境小説がいいというふうになったわけでしょうね。

谷崎が言うように、日本の土壌では、わりあいそこに行きやすいと思う。ただ、芥川は、それに対して、日本の私小説は前衛的なものだと言い返している。ある意味では、彼は、ボルヘスに先立って似たようなことを考えていた、とも言えるんですね。だけど、谷崎の言うことも正しいと思う。

アメリカはどうかというと、僕は、ヨーロッパとはだいぶ違うと思うんです。彼らにとっても、日本とは別の意味で、構築は難しいのではないか。十九世紀においても、小説ではなく、ロマンスしか書かれていない。二十世紀でも、ドス・パソスの『U・S・A』みたいな作品があるでしょう。あれだって寄せ集めですよ。

高橋　異様な小説ですね。

柄谷　そう。アメリカって、全体をまとめられないんじゃないか。今でもそうだけども。

高橋　社会が、もともとまとまっていない（笑）。

柄谷　だから、片一方はメルヴィルとかフォークナーみたいな物語になるか、もしくは断片の寄せ集めのような作品になる。また、短篇が結構書かれる。これは小説だけではないね。かつて述べたことがあるけど、たとえば、フーコーとかドゥルーズが言う、マイクロポリティックスとか分子的運動とかは、フランスみたいな官僚中心の国家では意味を持つけど、アメリカでは、もともとそれでやっているんだし、それしかないんだ。市民運動でもそうですね。全体を握る中央がない。政党にしても、たとえば、民主党なんて実体としては何もない。選挙のたびに、そのつど適当に組織するだけです。

高橋　そうです。
柄谷　僕は、たまたま昔のものを読んで思ったけれど、文体が変わったかどうかはわからない。「文体」ということがよくわからないから。ただ、読みながら思い出すのは、昔は書き始めるのが辛かったということですね。たとえば書き出しをどうするかで、そのあとが決まってしまうからね。ほんとに決断ですよ。しかし、今はまったくそういう恐怖はない。今度書いた漱石論なんか、あなたに見せたあと、第一部と第二部の順序を入れ換えてしまったんだからね。雑誌に出るときには、また元通りになっているかもしれない（笑）。
高橋　極端なことを言うと、結論が変わっちゃうんですね。編集の仕方で内容が変わるのはいいとしても、結論まで変わってしまう。じゃあ、いったい結論というやつは何だろう。どうも、ほとんど意味がないらしい（笑）。
柄谷　たとえば数学で難問といわれた「四色問題」も、コンピュータで解決されてしまった。今世紀初めごろ出てきた奇妙な問題の多くが、現在、コンピュータの計算力で実現されている。フラクタル幾何学なんかもそうですね。それまでは観念上の問題だったものが、ものすごい計算力があると、そこで現実化する。だから、これまで、小説とは引用であり編集なのだ、あるいは、書くというのは織ることであり編むことだと、観念上は言ってきたけれども、唯物論的にそれができるようになると違ってくる。それまでは、ただ比喩的に言ってたんだけれどね。
高橋　今まではテクストといっても、やはり比喩的な使い方だったような気がする。でも、ワープロで書いてると、ほんとに自分の書いてるものがテクストのような気がしてくるんですね。

柄谷　そうね。僕は、昔は面白くもない深夜映画を見続けて、それが終わってから、ようやく仕事を始めてたね。もうヤケクソになって（笑）、世の中が寝静まったころに。

高橋　孤立を恐れず（笑）。

柄谷　もう、しようがないというときにやっと始めてましたけど、最近は毎日書いてますものね。とりあえず書いておけば、あとで取捨選択して編集すればいい、と。すごく勤勉になった。どんなにだるくても、毎日やれる。

高橋　でも、それはすごく変な感じがするんですね。そう、「内面」がフィクションだという抽象的な言い方が、妙に生々しく感じられる。テクストだけ見ると、自分という主体の無意識からやって来る情念をフィルターで通したある観念を、自発的に、即興的に喋ってるように見えるんだけど、実際は、バラバラに書いていたものを編集したにすぎないことがある。しかも、たやすくできる。実際にやってみると、どうってことないんですね。そのときには、書くということは実に唯物論的なことだと思ってしまうんです。

柄谷　最近思うのは、かつて書いたものを別なところでそのまま写して使うとか、自己引用が多くなって、いやなんですよね（笑）。だいぶ直すんですけど、基本的に類似してくるからね。浅田彰にそう言うと、彼は例によって明快に、ある物事の言い方は限られてますよ、と言うのね。他に言いようがないんだから、前のままでいいんです、と。しかし、こうなると、他人のものも自分のものも、同じような扱いになってくるわけでしょう。

高橋　そうです。自分の書いたものが他人事に見えたりする。

柄谷　私小説家なんかの場合、彼らは、昔に書いたのを自分で読み直したんだろうか。ほとんど同じことを書いてるんですね。

高橋　そう。読んでないとしか思えないようなものが多いんだなあ。

柄谷　あちこちから断片を呼び出して、繫ぎ合わせれば、すぐに別の小説ができてしまう。

高橋　組み合わせでね。

柄谷　それを頭の中でやっていたんだろうね。

高橋　やっぱり編集してたんですね。

柄谷　そうですよ。

高橋　川崎長太郎なんて、読んでるうちに、前の作品を読んでるのか次のを読んでるのか、わからなくなっちゃう（笑）。

柄谷　そのつどの創造性という錯覚は、編集が外的な形をとらなかったからこそ生まれるのかもしれないね。昔は、僕は書いたものを読み返せなかったし、まして直すなんてことは億劫で、思いも寄らなかった。いっぺん書いたら手のつけようがなかった。

だけど、たとえば、『隠喩としての建築』という論文が英語で出版されることになって、最近その手直しを始めたんだけど、ワープロに入力してもらってやりだすと、いくらでも直せるんだね。まったく構成も意味も違った別の論文が出来上がる（笑）。こういうふうに過去の作品を再検討するということは、一つには年齢のせいもあるだろうけど、やはりワープロのおかげですね。今や自分のテクストも他人のテクストなんだ。そういう意味では、日本にも、粘り強く、大長篇を構成するというようなタイプの作家が出てくる可能性がありますね。

フロイトのユーモア

高橋　そういう意味で言うと、クンデラなんか興味深いです。ヨーロッパ風近代小説の王道を歩いていることを自覚しながら、長篇の構成は「外的」に見える。繋がらないものを、無理にくっつけているようなかたちをしながら、読んでみるとモダンそのものだったりするんですね。統合されるECみたいな小説（笑）。でも、それは当然なのかもしれない。彼はチェコ人だけど、狭義のナショナリズムに依拠してはいない。エッセイでも、ヨーロッパ主義というかEC主義を主張してますね。はっきり、小説は本来ヨーロッパのものだ、と言ってる。アメリカの小説や日本の小説もあるが、小説はヨーロッパ人の精神の存在論的解釈そのものであって、それ以外の地域は、それを借りているにすぎないのだ、と。

柄谷　でも、クンデラのそういう考えはつまらないと思う。東欧の人があゝいうことを言うから、西欧の人は喜ぶだろうけれど。東欧からは、昔から面白い人が出てきましたが、今もそうですね。僕はこの間ジジェクという人に会いました。ユーゴのスロベニアというところで政治的に活動している、ラカニアンの理論家ですけどね。彼の話では、クンデラというのは東欧では評判が悪かった。というより、一般的に、西欧的なマルクス主義者、「人間の顔をした社会主義」とかいうものは、東欧では評判が悪い。なぜなら東欧では、党幹部、スターリン主義者が、そういうことを喋っているからです。そもそも党幹部というのは、マルクス主義、社会主義をまったく信じてないことが条件なんですね。

高橋　イロニカルに対応するんですね。

柄谷　そうそう。だから、それを信じてしまうようでは幹部にはなれないし、逆に、体制にとっては危険だということになる。

高橋　ほんとうに信じると困るんだ。

柄谷　そう、いちばん危険なのね。その意味で、アルチュセールがいちばん危険らしい。あれは西欧圏では反人間主義的で、スターリン主義的に見える。だから東欧では、あれがいちばん革命的なんですね。人間の顔をした社会主義あるいは西洋的なタイプが、東欧では体制的なんだそうだ。

高橋　アルチュセールは日本でもあまり受け入れられませんでしたね。

柄谷　そうですね。

高橋　僕は、アルチュセールには、強い思い出があります。学生時代の六九年の終わりから七〇年の初めにかけて、十ヵ月ぐらい拘置所に入ってたんですが、その間に読んでいた本で最も面白かったのが、シュンペーターとヒルベルトとアルチュセールでした。岩井克人さんに話したことがあるんですが、僕は宇野派の経済学には結局、馴染めなかったけれど、シュンペーターの『景気循環論』にはびっくりしてしまった。だから後日、岩井さんの「不均衡動学」を読んだとき、懐かしいような羨ましいような、そんな気がしたんです。当時は、釈放されたら、学校に戻って経済学者になろうと思ったぐらいでした。どういうわけか小説家になっちゃったけど（笑）。そして、アルチュセールをまた読み直してみて、それまで、これはただのマルクス主義者だと思っていたのが、この人は相当なマルクス者だなと思った憶えがあるんですね。

柄谷　アルチュセールはラカン派ですね。本人自身が病気だったし、最後に奥さんを殺したりしたけれども。変な話なんだけど、僕は最近、ラカン派になりましてね（笑）。九〇年に京都大学に集中講義に行ったとき、医学部のラカン派の学生に、「柄谷さんはそうおっしゃいますが、ラカンと似てますよ」とか言われて、そんなもんかなと思って考えてみたんです。

僕が考えている「他者」というのは、いってみれば分裂病者なんですね。フロイトが言う無関心な他者、絶対にこちらに転移してこない、あるいは、規則を共有しない他者。僕は「教える立場」と言ったけれど、あれはいわば精神分析者の立場なんですよね。

高橋　そう言われると、似てますね（笑）。

柄谷　そうなんだ。

高橋　まったく意識してなかったんですか、それまでは。

柄谷　してなかった。知識としてはずっと前からラカンを知っていたけど、何となく偏見があって。もちろん今もそれはありますよ。僕は、規則を共有しない者が「他者」だと考えている。それは、何にだって当てはまるんですよ。いわゆるラカン派は、それをクリニカルなものに限定してしまうんです。しかし、ラカンは結局、認識を数学的構造として語ったわけですから、それはどんなふうにでも「解釈」できるわけですね。

たとえば、ラカンを批判したフーコーとかドゥルーズも、実は、ラカンの持ち出した位相構造を、別の言い方で言い換えているわけですね。フーコーの『言葉と物』でも、歴史を持ち込んだように見えるけれど、実はそれは位相空間であって、いわば中世というのは想像界で、近代は象徴界だということになるでしょう。それから、ドゥルーズが言うリゾームは想像界であり、ツリーは象徴界である、と言えますね。すると、ラカンが提出したコンセプトを使ってラカンを批判している、ということになる。そういうわけで、僕は、ラカンの言ったことを、もう一度考えてみようと思ったのです。

それは、今度、漱石論をあらためて書いたこととも関連するんです。僕は漱石の「病」という問題にこだわってきたんです。それは自分の問題でもありましたから。ただ二十年前の漱石論では、言語のレベルが抜けていて、文字どおり、漱石自身の「病」に帰着してしまいかねないところがあった。

それで、今回は、言文一致＝三人称客観描写という形式を、ラカンが言う象徴的秩序と考えると、写生文は、そこに入ることを拒むサイコティックなものとして見ることができる、と思ったわけです。つまり、想像界の不安定な多様性が露出している、と。それと同時に、漱石は、彼自身がすごく分析的であって、書くことは精神分析でもあったんですね。彼は、近代小説以外のありとあらゆるものを書いた。小説だけは書かなかった。最後にそれらしきものを書くけれども、それは、ある意味で病気が治ってきたからだと思うんですよ。書きながら治ってきた、と僕は思うんだけどね。

高橋　そうですね。僕もラカンは言語論として読むことができると思います。というか、コミュニケーション論、マルクスが言う「交通」論ですね。規則を共有しないかぎり、人は他者とコミュニケートできない。それはたとえば言語ゲームという規則です。その規則が壊れてしまった人間のことを、われわれは精神に疾患があるといって治療しようとする。われわれは日常生活の中では、そのことを無意識でやっている。だから気づかない。ラカンの分析と治療は、共通の言語を失った患者に、その言語を回復させるために行なうわけです。そして、それは「書く」ことに、たとえば小説を書くことに似てはいないでしょうか。

漱石の病は、他者とわかり合えないのではないか、という病ですね。彼はそのことを徹底的に考えぬいた。というか、それは分析以前の問題、彼の原基的な感覚だった。ラカン的な疾患を持つ、その疾患にきわめて自覚的な患者、それが漱石だったとも言えます。彼はその治療を、まさに「書く」ことを通じて行なっていったわけです。共通の言語を他者と共有できると確信できたとき、その病から脱け出たことになるのですから。漱石が圧倒的に面白いのは、その部分なんです。

というのは、その治療は、少なくとも途中までは、病識が深まっていくという効果があるだけなんですね。漱石は「文」を書いていったが、それが形式であることを知っていた。つまり、それが単なる言語ゲームであることを知っていた。しかし、書くことによって、その事実を忘れることはできないのです。言文一致がまさに生み出されていた時期であったことも、その病に拍車をかけたと思います。

「文」が人工的であることは、ほんとうは誰にも自明であったはずなんですね。しかし、ひとたび「文」が出来上がり、時間が経つと、人はその起源を忘れてしまった。というか、わざと忘れたふりをしたのです。僕は、小説というものを、毎回新しい言語ゲームを始めるものだと、つまり、そのつど病にかかり、その病から脱け出す術を探る試みだ、と思っているのですけどね。

漱石はもともと病識があった。彼が生きていた時代も、そのことに自覚的になりやすい時期ではあった。しかし、漱石が面白いのは、精神に病があるからではなく、未知の患者、規則を知らない患者を治療し、命がけでコミュニケーションをとろうとしているからなんですね。

柄谷　僕は今度、漱石論を書いていて、大江健三郎のことがかなりわかったと思った。とくに、彼が小説を「治療」と自覚していることが。彼の文章は、とにかく語彙が豊富だし、言葉が先行しているでしょう。あれは、案外「写生文」的なんですよ。実際、漱石と同様に、大江さんには松山コネクションがあるしね（笑）。最近の大江さんは、晩年の漱石みたいに宗教に近づいているし。

ラカンのことに戻って言うと、僕は、ほんとうはどうか知らないけど、ラカンにユーモアを感じないんですよ。いわゆるエスプリは感じるけど。しかし、フロイトにはユーモアを感じる。事実、彼はユーモアについて書いてるでしょう。
高橋　有名なユーモア論がありますね。ところで、たしかにラカンはとても面白いし、何が面白いかというと、ラカンが提出してる病は、みんな「文学的」だということです。精神疾患はたくさんあるのに、彼が引っ張ってくるのは、作家になるような病ばかりなんですね。現実感の喪失とか、言語と対応する現実がないという不安とか。
柄谷　漱石だって『坑夫』がまさにそういう世界でしょう。しかし、あれは写生文で書かれているから、読むほうはそこに快楽を感じるわけですね。
高橋　そう。ラカンの理論はとても精密だけれど、対症療法なんですね。治療のための理論。コミュニケーションの最初の段階は相手を理解することで、あとは働きかけと治療ですね。そう考えると、フロイトは解釈するばかりで、治療がないんじゃないかということになりそうなんですが、読んでいると印象が逆になってくる。フロイトも処方箋を出すんですね。変なものだったりするんだけど。たとえば、あのフロイトのユーモア論は処方箋じゃないですか。処方箋というか、解決の仕方ですね。ところがラカンのほうは、ずっと具体的に対処しているように見えるのに、あまり有効な処方箋じゃないような気がしてくる。
柄谷　哲学史的に言うと、さっき言ったイロニーは、カントの「崇高」（サブライム）から出てきたものですね。圧倒的に自分の無力さを感じさせる対象に対して、恐怖や畏怖ではなく、それを「崇高」と感じるのは、そこに超越論的な自己の優位を確認するからである、ということ。そこから、イロニーが出てくる。無力な自己、過酷な現実を蔑視することによって、高次な自己を確認するのがイロニーです。しかし、それはドイツ的というか、プロテスタント的ですね。たとえば、カントと同時期の、イギリスのスターンを見ればいい。あるいは、ヒュームでもいいですよ。カントは、感覚的な起源を持った美と、それに反する崇高を区別したけど、ユーモアを入れてないんだね。

高橋　カントは、ユーモアがわからなかった（笑）。

柄谷　そうなんだよ。フロイトは、ユーモアがわからない人がいる、と言っている。

高橋　はい。先天的にわからない人間がいる、と言ってますね。僕もそう思う。

柄谷　サブライムはわかるんですよ、誰でも。

高橋　ええ。

柄谷　アリゾナの峡谷に行けばすごいとか、ナイアガラの滝へ行けばすごいとか。あれはエマソンが言い出した「アメリカン・サブライム」ですね。僕の知り合いの批評家、ロブ・ウィルソンは、アメリカの原爆をその延長として見ています。いわゆる「ニュークリア・サブライム」ですね。だけど、ユーモアってのは、わからない人が多いんです。それは、たとえば湾岸戦争のときも、わからなかった。

高橋　そうですね。

柄谷　ユーモアというものを、ふざけるものと思うからいけません。おふざけはイロニーのほうに近いんですよ。ユーモアは真面目なんです。漱石はまったく真面目な人です。僕は六〇年代に漱石論を書いたとき、そういうことは考えていたかどうか憶えていないけど、最初に言ったように、ユーモアというのは、目的とか意味とかがまったくなくなったときに採りうる、一つの精神的姿勢だと思うんです。それ以外、もう一つはイロニーです。ユーモアと言うと、どうしても誤解が生じるのかもしれないけれど、僕は、それは「思想」だと思う。日本には、そういう姿勢がないと思う。

高橋　中途半端に真面目で中途半端にイロニカルというのが、いちばん「文学」的に見えるんです。柄谷さん、憶えていらっしゃるかどうかわからないけど、以前、オルビーのことを書かれてましたね。

柄谷　『反文学論』に入っている、時評ですか。

高橋　そう、文芸時評の中です。たまねぎの皮をむくように虚構を剝ぎ取っていって何もなくなったあとで、彼は元気を出せと歌った、と柄谷さんは書いてらした。それがユーモアだろうと僕は思うのです。皮をむいていって何もないというところまでは、イロニーも同じです。そのあと、沈黙するか、もしくは、やっぱりないだろうと手をひらひら振ってみせるのが、イロニカルな態度で、でも元気を出せというのがユーモアだと思う。スターンの小説もそうだし、『衣服哲学』のカーライルもそうです。あれはもちろん狭義の意味でもユーモアがあるんだけれども、カーライルの小説だって何も書いてないんですよね。でも、頑張れと言っている。たしかにそういうメッセージが含まれていると思うんです。

　漱石は、スターンは評価してるのに、たしかデフォーのことは嫌っていたはずです。

柄谷　すごく嫌っている。

高橋　そう。嫌悪してる。こいつの作品には何もないじゃないか、と言ってます。というのは、あのシニカルなところが、イロニカルに見えたんじゃないかと思うんですね。
柄谷　そうですね。
高橋　起源の小説とされる『ロビンソン・クルーソー』だって、漱石の手にかかるとこてんぱんです。漱石の『文学評論』でいちばん面白いところは、デフォーの悪口を言うところなんですね（笑）。漱石は、デフォーを「無味乾燥である」と言って猛烈に批判している。ユーモアの欠如を許せなかったんでしょう。
柄谷　笑いに関しては、誰でもベルグソンを引用するでしょう。しかし、ベルグソンのユーモアは、あの「笑いについて」とは関係ないと思う。それは彼の哲学そのものにある。バフチンが言う笑いも、ユーモアではない。それからウンベルト・エーコが『薔薇の名前』で、笑いを持ってくるけれど、あれも違う。ユーモアはありません。
高橋　うん、あの小説にユーモアはないですね。
柄谷　だから、ほんとは世界的なレベルで「美と崇高とユーモア」という本を書かないといけない。フロイトはそれをすごく重視した。ラカンは、フロイトの可能性を片言隻句から引き出した人だけど、それについては無視したということは、彼自身にそういう関心がなかった、ということになるだろうね。
高橋　そこは回避してるのです。フロイトはほんとうにあらゆることについて書いているのですが、驚くのは、その多様性より、採り上げ方が的確なことですね。ラカンやユングも、そこは絶対にかなわない。

柄谷　正岡子規は結核でずっときつい状態にいたけど、フロイトもガンの手術を何度も受けているんですね。

高橋　そうですか。

柄谷　今の医学じゃないから、ガンになればおしまいでしょう。

高橋　大変だったんですね。

柄谷　彼がそういう中で、あんな仕事をした人であるということは、知っておくべきだね。何でそれに耐えられたのかというと、やっぱりユーモアだと思うんですよ。

高橋　虚子も、ユーモアのない人ですね。

柄谷　ありませんよ。

高橋　しかし、子規にはある。

柄谷　子規の姿勢は、東洋的悟達とかそういうものとは違います。悟達なんかできない、と言っているわけでね。食い物のことばかり書いたりして。絶望的な状態だからこそ、やる、という感じだね。

高橋　絶望的なのはわかっているからこそ、元気を出そうとしている。そして、そのことを他者に向かって書くわけですね。

柄谷　そうそう、それがユーモアだよね。共産主義の理念が崩壊して、それに対抗することさえ意味がなくなってしまったから、ぼんやりしているというようなタイプはいやだね。

高橋　ええ。

柄谷　さっきのオルビーの話は、僕にとっては、たしか一九六〇年代の初めごろなんです。あのころ「イデオロギーの終焉」がいちばん言われたんですよ。実際、あのころ、僕の同世代の連中は近代経済学に移行した。しかし、僕は実はそれからマルクスを読み始めた。だから、僕には、同世代から文句を言われる筋合いはないんだ。そういう意味では、三十年前の気分とほとんど変わらないんです。「孤立」なんて、当り前じゃないかと思う。

読者という存在

柄谷　高橋さんは、『さようなら、ギャングたち』で登場したんだけど、僕はたまたま『群像』で創作合評をやっていたから、そのころの文壇的反応を憶えています。小説なのか何なのかよくわからない、という感じだった。実際、あなたは「小説」を書こうとしていなかったわけですね。それは、ある意味で、漱石と似たところがありますね。

高橋　漱石は、僕にとって別格の作家です。たとえば僕は自分の中で『さようなら、ギャングたち』という小説を、もちろん作品の価値は別にして、漱石にとっての『吾輩は猫である』の位置にあるように思ったりしているのです。そして、今まで自分の過ぎてきた時期が、漱石における『漾虚集《ようきょしゅう》』や『虞美人草』や『草枕』の時期であり、今、書いているのが『坊っちゃん』にあたるのではないかと、主観的には考えたりしています。そう、そして、ようやく自分にとっての『三四郎』を書くことができるのではないか、と想像したりしています。

では、なぜ他の作家ではなく漱石なんだろうか。さっき、僕たちはフォークナーの話をしましたけれど、彼は南部という固有の世界とその空気を持っていた。つまり、はっきりした場所があったんですね。バースやカルヴィーノやピンチョンは、フォークナーのような書き方はしないし、できません。たとえば、日本ではどうだろう。最終的にそれを肯定するにせよ、否定するにせよ、中上健次には「路地」があり、大江健三郎には四国の「村」があった。たしかに僕たちにはそういう条件が欠けています。しかし、そのことを羨む必要もなければ、悲しむ必要もない、と僕は思うのです。所属する土地はなくてもかまわない。だが、出発するための場所は必要です。そういう条件で書かざるをえなかった作家、ということになると、僕はまっ先に漱石を思い出してしまう。

もちろん彼には複雑な家の問題があった。国家との関係にも悩まなければならなかった。しかし、彼が作家としてのたたかいの相手に選んだのは、ジャンルとか、言文一致であった。要するに、言葉を相手にたたかい始めたのですね。それは今でも可能だし、たぶん、今のほうが切実でもある、と僕は思います。だから、僕にとって漱石はいつも現役の作家なんです。

柄谷　高橋さんはたぶん知的に早熟だったと思うけど、書き手としては、いわばオクテなんだね。『さようなら、ギャングたち』も三十を超えていたでしょう。そういう遅れは重要だと思う。漱石も書くのはオクテですからね。それは、やはりその時代とはうまく合わないものを持っていたからでしょう。表現形式も含めて。それは反時代的ということと違うと思う。たとえば、僕も「批評」という形式が何なのかよくわからないままでやってきた。別に、これまでの批評に反撥したり、新しい形式を作ろうとしたわけじゃない。何となく、やりたいようにやってきただけなんだ。それが「批評」として読まれたらそれでいいし、そうじゃないと言われたってかまわない。
ただ、「読者」という問題があるでしょう。たとえば、湾岸問題のとき、あなたは、自分の読者に伝えたいというようなことを言っていた。それが妙に印象に残った。そういう場合、あなたは、具体的な読者のイメージがあるんですか。

高橋　以前は、ある程度、具体的な読者のイメージがあったような気がします。でも、今はそのイメージはありません。

柄谷　そうか。それは湾岸以来ですか？

高橋　この二、三年です。僕は、湾岸戦争についてはほとんど何も書きませんでした。唯一の例外が、『Switch』という雑誌に載せた架空講演です。僕はそこで講演を「書いた」のですが、そのとき、いったいどんな観客、というか、読者を想定すればいいのかわからなかった。だから逆に、これを読んでくれる人間が読者なのだ、と思うことにしたのです。あらかじめ読者がいて、それに合わせて書き送るのではなく、そのとき書かねばならないものがあり、それを読む人間がいたとするなら、それが読者だ、と思ったんです。

柄谷　「読者」というのは、とても難しいですね。目の前で、「私、愛読してます」と言われても、それは僕の考えている「読者」ではない。つまり、僕が考える「読者」というのは、実は、僕の本を読んでくれそうもないような他者ですね。具体的に言うと、若い人ですね。若い人はナルシシストで、僕自身の過去の経緯などに何にも関心がないわけだからね。
高橋　そう、決してこちらの文脈を読み取ろうとはしないのですね。
柄谷　自分がいいと思えばいいと断定するし、すぐに見捨てる。これが大学院生ぐらいになってくると、自分の処世が関係してくるから、いろいろ気を使い始めるわけね。大学生は無責任そのもので、威張りまくってる。僕もそうだった。高校生なんて、もっとむちゃくちゃ言ってるね。
高橋　僕もそうでした（笑）。自分に似た人間が読んでると思うと、ゾッとする（笑）。
柄谷　可能性しかないから。
高橋　失うものがないんですからね。
柄谷　若い人というのは、僕にとっては、無関心な他者というのとほぼ同じなんです。そういう人に向かって書くということは、若者向けということとは全然違う。若者は無知でどうしようもないんです。若者に新しい感覚なんてあるわけがない。「世代」なんて言う連中は、まるで怖くない。しかし、若い人はほんとに他者であって、今までの経緯を理解してくれないから。
高橋　そう、ほんとにうんざりする（笑）。しかし、読者にはその権利があるから仕方ない。
柄谷　それがいちばんふさわしい読者、ということになるんじゃないかな。だから、共通の規則という前提なしに書きたいと思いますけどね。漱石も、そういうことを言っている。そして、やはり若い人に向かっている。

高橋　漱石は、そこでも、すごく面白い存在ですね。彼は新聞に小説を発表し続けた。そこは読者の問題を最も生々しく考えられる場所だった。たぶん彼は、新聞の向こう側にいる読者について、具体的なイメージを持っていたでしょう。ある場面では、作家が精神科医であり、読者が患者であるということも、知っていたはずです。なにしろ、彼は自分で自分を治療していたぐらいですから。そして、ある別の場面においては、作家が患者であり、読者がそれを治療する医師であることも、知っていた……。

柄谷　それは常に相互的に入れ替わるし、しかもフロイトは、精神病者に対する無力と敗北を認めてるんですよね。手も足も出ない、と。僕は、だからだめだと言うんじゃなくて、だからいいのだと思います。敗北を公然と認められるということがね。

高橋　で、元気出せって（笑）。

〔『群像』一九九二年五月臨時増刊号〕

中上健次・時代と文学

川村二郎

出発のころの印象

川村　柄谷さんはどうやって中上さんと知り合ったんですか。絓《すが》秀実さんが作成した年譜によると、一九六八年に遠藤周作『三田文学』編集長を介して知り合ったとなっていますが。

柄谷　最初に言っておきたいことがあるんです。僕が中上のガンの話を最初に聞いたのは、一月（一九九二年）、アメリカにいたときでした。そのときは、一週間ぐらい眠れなくて、いつも中上の追悼文を頭の中で書いていた。やめようと思っても書いてしまう。昔はああだった、こうだったというようなことをいろいろ頭の中で書いていたんですが、しかし、いざ死んでみると、そんなことは全然言いたくなくなっているわけです。少なくとも今は、昔の中上がどうだった、こうだったというのを喋る気が起こらない。こうやって対談を引き受けたことを後悔しているんです。中上が死んで三日ぐらいしてから、頭を整理するために、とりあえず何か書いてみようと思って書いたんですが、まあそれ以上のことはちょっと言う気がしないんです。

僕が中上健次と知り合った過程については、中上自身が何度か書いています。ただ、この年譜のように、遠藤周作を介してというのは不正確だから説明しておきます。

実は、遠藤周作が『三田文学』の新編集長になって、新人を発掘しようとした、そのいちばん手っ取り早いやり方として、群像新人賞の最終選考に残った人の原稿を取り寄せて、その中から僕と中上を選んで呼び出したのです。編集室が新宿・紀伊國屋の中にあるころでしたが、その部屋で会いました。

そのときは、僕は中上の年齢もわからないし、あの巨体ですから、こんな奴が小説を書くのかと思いましたね(笑)。中上のほうも、僕を彼と同年輩だと思っていたようです。それで、どっちも『三田文学』に掲載するのを断ったのです。中上は僕の態度がでかいことにあきれたということを書いていますが、実際のところ、中上も同じで、かなり偉そうなことを言って帰ったわけです(笑)。そのあと、喫茶店に寄って話したのが始まりです。遠藤さんは何も憶えていないでしょう。

川村　今、柄谷さんが言われたように、文学とはさほど関係のないような感じが最初にあったわけでしょう。僕もそうですが、僕が最初に会ったのは一九七四年だと思うんです。文藝賞の記念の会で、誰かに紹介されて初めて会った。

これは記憶がはっきりしないけれども、その前に、出版社のPR雑誌のようなものに座談会が載っていた。かなり大勢で喋る会だったけれども、そこに中上氏が出ていて、おそらく新進作家が多かったのでしょうが、左翼のいかにも教条主義のごちごちみたいな人も出席していた。

そういう人が喋るのに対して、中上氏が、ただ対立をつくり出す、あるいは相手を挑発するといった調子じゃなくて、左翼的な教条主義なんてものはもう力を失っている、それが力を失ったところでどういうふうに考えなきゃいけないかということを、僕などから見て納得のできる、しっかりした言い方で発言していたので、これはどういう人だろうと思った。

そのときまでに彼は『十九歳の地図』などを書いているけれども、あまり作品の印象はなかったな。ただ、とても腰の据わった発言をしているということ、そこに写真が付いていて、どうも文学に関わるような人の顔ではないな、と思ったことが記憶に残ったわけです。

そのあとすぐ『修験』や『羅漢』を読んだ。こういう作品は、表題そのものが暗示的であって、それこそ現代青年の鬱屈とか、そういうレッテルが付く内容ではあるけれども、ただ現代の、今日のというのではなくて、かなり広い時間のスパンにおいて人間の生を見ている人じゃないかな、というくらいの印象があったわけですね。

文藝賞のときに初めて会って、顔は写真で見たような顔だったし、そういう会だからか知らないが、ちゃんとワイシャツに背広を着ていたのですけれども、かなり似合わない感じで、こんなに背広姿の似合わない人は珍しいと思った。そのころはまだ羽田で働いていたんですかね。

いわゆる文学文学したものからずっと離れたところで文学をやっている人だな、というのが僕の第一印象で、その後、作品をどんどん書いていくにつれて、その印象もどんどん強められていったわけです。

柄谷　僕が最初に会ったころは、一九六八年で、まだ「全共闘」のような運動が広がる前でした。彼はブント系で活動していまして、その前年に、角材を持ちヘルメットをかぶって羽田のデモに行ったわけです。その後、その羽田空港に働きに行ったけれども（笑）。

そのころはおそらく早稲田のニセ学生だったと思うんです。去年（一九九一年）『國文學』で中上健次と対談（「路地の消失と流亡」『柄谷行人中上健次全対話』所収）したときに確かめたのですけどね。活動家からは早稲田の学生と思われていたみたいですね。そこのリーダーで、荒正人とは関係ないらしいけれども、荒というのがいて、そいつがとても文学好きで、中上に何か話せというので演説をした。そのとき「プロレタリア文学批判」をやったと言っていました。僕の印象では、初めから批評や哲学を読むのがとても好きでした。そこが僕と付き合えた理由です。

川村　柄谷さんが教えてということではなくて……。

柄谷　向こうが興味を持つから、僕のところに来たわけでしょう。小林秀雄も吉本隆明も徹底的に読んでいました。自分のやっていることに対する理論化はきっちりしていたと思います。

川村　作品の中で、そういうものをほとんど出さなかったでしょう。それも、僕が中上を小説家として立派だと思う大きな理由の一つですね。『枯木灘』を読んでいるときに、柳田や折口を読み込んでいることはわかる。しかし、そういうものを読みましたという読書経験みたいなものを、生のかたちではほとんど出していないわけですね。

柄谷　それは知的な問題そのものに純粋な関心を持っていたからですね。それを、小説に使おうとか、役立てようとか、そんな気持ちで読んでいなかった。それはそれで面白いのだから、それを小説に持ってこようとする、ケチな根性はなかったですね。

川村　僕は直接若いころの付き合いがないから、見当をつけるだけだけれども、批評的なもの、あるいは哲学論文みたいなものが好きだった。もちろん、それを役立てようというケチな根性はなかったというのはわかるけれども、理論として読み解こうという気持ちは、はっきりあったのだろうか。

柄谷　彼は最初から小説家としての意識をはっきり持っていました。当時でも珍しいぐらいはっきりしていましたね。でも、高校を出て上京してきてからの中上は、単に自分の直観でやるのではなく、自分の置かれてきた状況を、きっちり理論的に見なければならないと思ったんでしょうね。

彼は、ニセ学生としてマルクス主義の理論を勉強したけど、それも彼にとってはすごく新鮮だったと思います。自分を外から見るということを、彼は学んだ。最初に書いた彼のエッセイは「連続射殺魔」の永山則夫に関するものでした。永山自身がその後、獄中で勉強して『無知の涙』というような本を出版しましたが、中上も、いわば「無知の涙」を流したんでしょう。それは、普通の学生が理論の勉強をするというのと、意味が違いますし、中上の場合、その姿勢は最後まで変わりませんでした。

フォークナー的なもの

川村　若いころの読書については僕はよくわからないけれども、のちになって、構造主義とか、ポストモダンとか、いろいろそういうことがにぎやかに取り沙汰された。そういうところでもてはやされたものも彼は当然見ていたと思うけれども、もちろん作品のためじゃなくても、それを自分の中に取り込んでいくときに、その取り込み方は、かなり独特だったんじゃないかという気がするわけです。

たとえばクリステーヴァの用語に、「アブジェクシオン」という言葉が出てくる。要するに人間のくずということでしょう。そうすると、これはいいというふうに、面白がってそれを取り込んじゃう。厳密に理論とか体系とかをずっと追求していこうというのじゃなくて、面白いと思った言葉を取り込んで、しかし、取り込むことによって、彼の精神的肉体はそこでまた太った、というようなことじゃないかと思う。

柄谷　構造主義・ポスト構造主義が流行したころには、彼はほとんど影響を受けていないと思います。というのは、それは僕や彼が二十代のころに考えていたことをさほど超えるものではなかったからです。用語は別にすると、何も新しいものではない。だから、中上は、そういうことなら俺は昔から考えていたと思ったのではないですか。僕はそういう流行で物を考えてきたことはないし、したがって、中上もそうだと思います。

たとえば、僕は中上にフォークナーを読むように言った。それから、年譜に書いてあるように、フォークナーについていい本を書いていた蟻二郎を紹介した。蟻二郎は、フォークナー論で柳田や折口を使っていました。つまり、フォークナーと日本がくっついていたんです。そういう発想は、アメリカ文学者としては異例のことで、彼は結局、大学も首になってしまった。中上は、「蟻二郎は不良だ」と言っていましたけど(笑)、まあユニークでした。そのころから、中上は「俺は日本のフォークナーになる」というようなことを言っていました。

あとから思うと、六〇年代は、フォークナー的な文学はアメリカではもう終わっていて、むしろ、ラテンアメリカその他でそれが受け継がれるという時期だったんですね。中上がフォークナーを読んだのは、それとほぼ同時代的でした。『百年の孤独』（マルケス）と『千年の愉楽』のように作品名が似てしまっているから、そう思う人もあるでしょうけど、彼はラテンアメリカ文学の影響は何ら受けていない。

川村　ガルシア＝マルケスを読んで面白いと思ったことは当然あるでしょうね。

柄谷　それはそうでしょうが、俺と似たようなことをやっている連中がいるな、という感じではないかな。

川村　僕は新聞の追悼文に、そういうものを読んで挑発はされただろうけれども、挑発されることで、自分の根がぐらつくとかそういうことはまったくなかったと思う、というようなことを書いたけれども、影響とか根本的な教えとかは受けないでも、面白がることで太っていくところがある。ラテンアメリカ文学は、彼にとって、そういう意味である種の栄養になったのだろうと僕は思うんです。

柄谷　ただ、それがファッションになっていたからやったというふうには僕は思わないですよ。

川村　いや、ファッションにはなっていないんじゃないかな。

柄谷　一種の流行になった時期がありました。しかし、若いころの中上は、大江健三郎の影響を受けていましたし、『万延元年のフットボール』を読んでいました。大江さんは、あとで山口昌男を読んでいろいろ理論的なことを言い出したけど、実際は、この作品で全部やっていましたよ。それが本来的な「小説家」でしょうが。中上もそうです。もちろん、自分の書いてしまったことの意味を、あとからいろいろ考えることは別に悪くないんです。しかし、そういうときに言う「理論」と、理論を使うというようなこととは別です。

それから、大江さんとはたぶん違った意味で、中上は、さっきも言ったように、理論的な把握を必要としていたんです。ノーテンキに育ってきて、マスメディアから与えられたにすぎないものを「感性」などと呼んでいる阿呆作家どもとは違う。それから、一般的に、批評家は、勉強する小説家をいやがるけど、それは批評家が勉強しないで済ましたいからであって、何の意味もありませんよ。優れた作家は優れた批評家であるに決まっている。

中上が「日本のフォークナーになる」と言い出したのは二十一歳ぐらいですが、実際にそういうものを書き出したのは案外遅い。フォークナー的というのは、一つの作品ではなくて、連環していくサーガですね。『一番はじめの出来事』を書いた段階でその意思があったとは思えない。

川村　今、言われたフォークナー的な世界がはっきり出てくるのは、僕が初めて会ったころからだと思う。『修験』は一九七四年、七五年の『蛇淫』とか『荒くれ』、その辺からこの作家の本質がはっきり出てきたんだなという見方をしていた。それで、『岬』で芥川賞を取った。フォークナーのヨクナパトーファとパラレルになる熊野がはっきり出てきたのは、七五年あたりからじゃないですか。

柄谷　七五年ぐらいから、トポグラフィカルな設定ができるようになってきたんじゃないかな。

『枯木灘』は百年に一度の傑作

川村　僕は『岬』もずいぶん感心したけれども、やっぱり何と言っても『枯木灘』ですね。昭和文学のなんていうものじゃない。日本の近代文学の傑作として不動だと信じている。『枯木灘』が発表されたときに、僕が十年に一度の傑作と言ったら、「百年に一度と言え」と言われまして、そういう過激な言い方でもいいなという気がしているんだな。

柄谷　サーガといってもいろんな系列がある。相互に連環していますが、そこにやはり本筋のようなものがあって、人物でいうと、「秋幸」を主人公にするのがメインだったと思うんです。それは、現実的なモデルを反映してはいないけれども、彼にとっては「私」的な部分だったと思うんです。

『枯木灘』の続きは『地の果て 至上の時』ですが、さらにその続きを書けるという気持ちになったのは、彼がガンになってからですね。去年はその周辺を一挙に埋めるような仕事をしていました。五つぐらい連載していたかな。どれもそれまでの作品の続きで、かなり真剣にやっていました。『千年の愉楽』の続きもある。全部未完に終わりました。

病院で話したことがあるけど、彼は死を予感していたんですね。ガンとは思わなかったけど。とにかく全部書き尽くしたいという衝動に駆られていた。「秋幸」の系列は、そのあとに来るはずでした。ある意味では、ガンにならなければ続篇を書く気持ちにならなかったかもしれないけれども、ガンになったら書けなかった、ということですね。

川村　気持ちが出てきたのは、締めくくりをきちっとつけようとか、そういうことですか。

柄谷　死ぬつもりではなかった。それで終わるとは思っていなかった、と思うんです。『地の果て 至上の時』以来、十年あるんですね。たしかに『枯木灘』はいいと思うけれども、僕は今、一つ一つを切り離すような読み方ができないんです。実際、『地の果て 至上の時』が評価されていないのはおかしい。

川村　『地の果て 至上の時』は、もちろん秋幸もので『枯木灘』に続くということだけれども、『枯木灘』とある意味で対になっているわけです。『枯木灘』はどこもかしこも充実した、ここがどうだということを言っても意味のないような作と思うけれども、登場する人間で考えると、父親の存在感は圧倒的なわけです。「蠅の王」という言葉を使っていたけれども、子供が近親相姦しても何とも思わないような、善悪の彼岸にいるような、人間を超えたような父親像を『枯木灘』で出した。

ところが、『地の果て 至上の時』では、その父親はかなり人間的な尺度を具えた、平凡な感じになってくるわけです。

それは、『枯木灘』に感激した読者からすると、僕個人としては、ちょっと肩すかしを食ったような気持ちもなくはなかったんですけれども、しかし、それは対になっているわけで、人間は、人間を超えた途方もない存在のままではありえない。それの反面というか、陽に対する陰というか、そういうものは当然あるわけで、そのコントラストみたいなことを、作者が意図したかどうかは知らないけれども、そういう両面を具えた父親という人間、ひいては人間の全体性みたいなものを連作で表現するもくろみになっているのじゃないか、という読み方を僕はしたわけです。『地の果て 至上の時』では父親が死ぬわけですが、ただ、情けない人間が死んだというのじゃなくて、文化人類学的な読み方はあまりしたくないけれども、父親は形の上では自殺にしても、一種の王殺しとか、そんなほうに引っかけて読むことも可能ではないかとも思いました。『地の果て 至上の時』があまり評判にならなかったのは、いろんな要素が入り過ぎたということがあるんじゃないかと思う。台湾独立の話なんかが出てくるでしょう。それが入っていることが、一つの作品として統一感を損なうような感じがあったと思う。しかし、そういうことを言い出すと、作品の統一って何だとか、そういうことになるけれども。

柄谷　僕はここで作品論をやる気持ちはないのだけれども、彼がやっていた仕事というのは、やはり一つずつの作品ではないと思うんです。相互の作品の間に批評関係もあるし、たとえば、『地の果て 至上の時』というのは『枯木灘』に対する批評です。むしろ、父殺しは『枯木灘』のほうですし、古典的というかモダンですね。

しかし、『地の果て 至上の時』というのは、むしろそれが崩壊してしまう。その崩壊は、彼にとっても予想外だったんですね。あの作品は二年以上かけていましたが、中上が言うには、あれは途中までは父親を殺すつもりだったらしいんです。それが途中で殺せなくなって、つまり、どうしても殺せないということになって、自殺することになった、と言っていました。新宮の再開発があって「路地の消滅」が起こったということも関係しているでしょう。言ってみれば、あれはポストモダニズムであって、中上が直観的にそういうことをやっていたことに驚くんです。

　彼の場合、連環するサーガを書くといっても、その素材が対象として確定しているものではないんです。つまり、素材の歴史ではなくて、書かれた作品そのものの歴史性が重要なんです。そこから一つだけ取って、自分の美学的趣味に合うものを選ぶのはおかしい。僕は今すぐそうする気は起こらないけれども、丁寧に読んでいくと、作品の相互的な関係みたいなのが、中上自身の歴史性と一緒に絡んだかたちで見えるんじゃないかなと思っています。だから、これまでの自分の印象も、いったん括弧に入れようと思っているんです。

川村　のちの作品が先行する作品の批評になっているというのは、まったくそのとおりだと思う。

　『岬』の場合に、近親相姦が出てくる。僕は、『岬』の場合の近親相姦の書き方は、ちょっと引っかかったわけです。つまり、ちょっと文章が昂揚し過ぎているというか、何かパセティックなんだな。パセティックにそういう世界を捉えているという感じがある。

　ところが、『枯木灘』で同じ近親相姦が、結局父親のほうから見てということになるけれども、それが別に何ということはない、大したことはないんだというように、いわば相対化されている。だから、ああ、昂揚はこのように抑止されるのかと思って、そういうことも『枯木灘』に感心した一つの理由です。しかし、『枯木灘』で途方もない存在と思われた父親が、『地の果て』では、また普通のつまらない人になってしまう。

だから、そういう批評性というものがずっと、個々の作品じゃなくて、この作品の連環の中に貫かれているというのが、まったくもって作家としての腕力のすさまじさを示している。腕力といっても、もちろん批評性を含めてですけれども。

ただ、そこがとても微妙なので、やっぱり読むほうは、一つ一つの作品として読みもするんですよね。そこのところ、作品の完結性と連続性というところが、もう一つ僕はうまく捉えられないという気持ちはあります。

それは作品全体で、フランス語で言ういわゆるウーブル、全作品ということで見てしまえばいい、と言えばそれまでなんだけれども。

あと二、三年の命を与えたかった

柄谷　何度も言うけど、僕は今の段階では、彼の作品について語る気持ちには全然なれないんです。今言えば、今まで言ってきたことの続きになるでしょう。老大家が死んだ場合なら、それでもいいでしょう。しかし、僕は、中上が死んだとたんに、何かが違ってきたと感じているんです。不思議だけれどもね。作家が死んでしまうと、テクストの意味が違ってくるのは。まだ生きていて、別のものを書くという可能性があるときと、それがなくなったときとは違う。テクストの可能性は、たぶん、作家の可能性が閉ざされたときに開かれる。

しかし、僕はまだ、中上を死んだ人として見ることができない。かと言って、生きている人としても見ることもできない。すべて中途半端です。まだ、中上の今後の可能性を考えてしまう。まだ、無念という気持ちがある。たとえば夏目漱石の場合、『明暗』は未完です。しかし、中上に関しては、前代未聞だと思うのだけれども、未完作品が五つぐらいあるんです。比喩ではなくて現実に未完の、しかも体力があれば完結したであろう作品が残っている。

川村　『群像』の連載が未完だな。

柄谷　あれも一千四百枚書いて、あと六、七十枚で終わるはずなんですよ。他にも六百枚ぐらい書いたものもある。

僕は、今、あの作品がよかったとか、この作品がよかったとか言うよりも、まだまだ植物が繁茂するような感じで、いろんなかたちで交差していくような、諸々の作品が出てくる、そういう可能性が突然絶たれたというか、そのことの残念さを感じているんです。一つ一つに関して言うと、もうちょっと丁寧にやれよという気持ちはありましたけれども、これだけの勢いでやってきたから、結局、手遅れのガンになっちゃったようなものです。そういうことを思うと、すごく残念で、今はその思いだけです。年とってくだらぬものを書きまくって、昔書いたものの意味まで帳消しにしてしまう連中よりはましですけど、せめて、あと二、三年の命を与えたかった。だから、振り返って、作品がああだこうだと言う気にはちょっとなれないですね。

川村　植物が繁茂するようなと言われると、その感じは作品全体を通じてあるわけですね。だから、勝手な連想で言えば、彼の作品の中に、故郷を題材にしたというか、舞台にした作品はもちろんいっぱいあるわけだけれども、『浮島』という作がありましたね。新宮の浮島というのは、実に変な所です。行きました？

柄谷　いや。新宮に行ったのは、中上が死ぬ（一九九二年八月十二日）四日前が初めてです。

川村　とにかく、あれは天然記念物になっているのだけれども、島の下からメタンガスが出てきて、それで島全体が浮いているというのです。それで強く押すと動くというんだが、僕は乗っかって足踏みしてみたけれども、ちっとも動かなかった（笑）。

天然記念物になっていて、人間の手を入れないから、ものすごい植物の繁茂の仕方なんですよ。生命力というもののいちばん生々しく見えてくるところなのだけれども、同時に、手入れをしないから、台風なんかが来て木が倒れたりすると、倒れたやつもそのまま転がっているわけで、おびただしい植物の生命の繁茂する中で、倒れていくもの、朽ちていくものもそのまま一緒にあるわけです。

生きているものは、もちろん死ぬのだけれども、死んでいるものが生きているものと区別できないみたいに混じり合っている。そして生きているものの養分になる。そんな感じで、「ああ、中上の世界だ」と思いました。

両性的な存在

川村　『枯木灘』が出たときに、僕が雑誌の批評で、ものすごく感激したのだけれども、どういうふうに言ったらよいか、言い方をなかなかうまく思いつかなくて、音楽ということを言ったんです。

そのときに、ブルックナーなんていう名前を出したんです。あとで考えると、中上氏は音楽はもちろん好きだったわけだし、体の中に入っていたと思うけれども、やっぱりそれはジャズとかロックとか、そういうものが主だったでしょうね。そっちのほうは僕は全然知らないから。

柄谷　案外彼は、クラシックなんですよ。ワーグナーのことをよく言っていた。

川村　これはまずいことを言ったかなと思ったのだけれども、そうしたら何か高校のときはクラシックの歌手になるか、相撲取りになるか、どうしようかと思ったなんていうことをどこかで書いている。ああそうかと思った。

そういうところで僕のような趣味の古い人間が、それでも中上健次について何かしら言うことは、その関連でまあ許されるかという気がしたわけです。

つまり、クラシックを特別扱いする気はないのだけれども、とにかく彼の場合、クラシック音楽に入り込んでいって、それからジャズとかロックとか演歌、そういう世界にずっと入っていく。それは音楽だけで考えても、ずいぶん広い領域を自分のものにしていたということ。作品に与える感銘と、そういうことが結びついているという気がするわけです。

音楽に関して、ジャズやロックだけの経験に基づいて書いている人は、若手の作家にいっぱいいると思うけれども、僕はたぶんそういう人には肯定的に親近感を持てない。やっぱりそこが違う。

柄谷　去年やった僕との対談でもそのことを言っていましたけれども、西欧のクラシックが普遍的であるかどうかは別の話だとしても、そういう普遍性のベースみたいなものが彼の中にあったと思うんです。

今、クラシックということを聞くと意外な気がする人がいると思うのだけれども、そういう意外性は、他にもある。たとえば、彼は『文藝首都』に入っていましたし、むしろ「文学修業」みたいなことを経験してきている。村上龍以後とは違う。いわば、近代文学の人なんです。「内向の世代」ととても近いところにいた。そういうこととも関連するんですが、彼はすごく内面的な人間でした。

昔、彼は僕にこういうことを聞いたことがある。あんたは高校まで喧嘩したことがあるか、と。いや、俺と喧嘩する度胸のある奴は上級生にもいなかった、と僕は言ったんです。これは事実です（笑）。喧嘩は、体力の問題じゃありませんからね。すると、中上は、俺はやったことがないと言う。いじめられたときはどうしたと言ったら、黙っていたと言う。中上の攻撃性は、たぶん高校を出て、学生運動みたいなものに入ったときから出てきたと思うんです。それ以前の中上を、そこから見ていると間違えるでしょう。彼はとても文学的な少年だったと思うんです。外形ではわかりません。相撲取りになろうとしていたなんて嘘ですよ（笑）。

川村　しかし、高砂部屋から勧誘があったというのは本当じゃない？

柄谷　本当だとしても、彼がそういうエピソードを強調するのは、内向的な文学青年の部分を隠したかったからでしょう。

川村　誰だってすぐ思いつく譬えなんだけれども、何といったって熊野の人間だし、ああいう体つきだから、武蔵坊弁慶なんていうのがすぐ思いつくんで、僕も軽口で言ったことがあるんだけど、あの人は弁慶より義経だったんじゃないか。義経もいさましく戦うほうじゃなくて、いつも弁慶に庇護されているほうの弱い義経でもあったんじゃないか。そういう気がするわけです。弁慶でもあり、義経でもあったみたいな。

流行り言葉は使いたくないけれども、両性具有とか、そんなことも重なってくるんじゃないかと思います。僕は面と向かって、あんたは女だって言ったことがあるけれども、そうしたら別に否定しなかった。やっぱりそれは自分でも自覚にあったのかな。

柄谷　女というより、おばあさんですね（笑）。「オリュウノオバ」みたいなところがありますよ。

川村　「オリュウノオバ」は女かな。

柄谷　まあ両性的な存在ですから。実際、中上はとてもよく気がつく細かい神経を持った男でしたね。めちゃくちゃに人を傷つけるけど。

川村　さっき音楽と言って、言おうと思うことをちゃんと言っていなかったけれども、僕の知っているほうの音楽で、『枯木灘』を読んだときに、ブルックナーをすぐ思い浮かべた、結局それは何の印象かというと、終わらないということなんです。

だから、クラシックといっても、古典派の音楽のかっちりとした構成を持っていて、起承転結がはっきりしていて、ちゃんとフィナーレが来て「はい、終わりました」という曲じゃない。いつまで経ってもきりがなく、そのきりのないブルックナーのシンフォニーでは、フィナーレは無理やり取ってつけたようなことになる。

そうすると、たぶんジャズや何かのほうでも、そういうふうに、いつまでも終わらないという印象の音楽があるのだと思うので、何かそういう無限性を印象づけるものが彼の体質に適合していたのじゃないか、と思ったんです。

柄谷　『地の果て　至上の時』もそうですよ。初めから父を殺しそうなシーンが出てきて、全然終わらせないままで終わっているわけでしょう。

川村　未完の作品が多いということで言うと、世界の文学の中だったら、やっぱりドイツのロマン派がいちばんそうだったと思う。未完の作品だらけだから。それはもちろん文学者の才能の問題もあるけれども、ロマン派の場合は、終わりというものをはっきりさせることができないし、はっきりさせることを望まなかったのだと思う。

柄谷　彼は、実際の作品は一つ一つ終わってきたんです。ただ、全体として終わるはずのない作家であったと思う。仮に、次の「秋幸」を書いたとしても、それで終わらないでしょうね。

川村　さっき「アブジェクシオン」なんて言いましたが、そんな言葉を知って面白がったというところがあると思うんだけれども、リゾームなんていうのはどうだったかな。やっぱりああいうものを理論としてというより、イメージとして面白がったというところはないかな。

柄谷　それはそうでしょうけどね。しかし、中上はいつもそうですが、こういうふうに言うんですよ。「俺はこういうことを前から考えていたんだ」と（笑）。フォークナーなんかの場合もそうですよ。彼の、物を理解する直観力というのはすごいですよ。僕はあんなに頭がいい奴は見たことがない。もう一人、浅田彰という、これまた途轍もない奴がいるけれども、中上の理解力というのは、それとは異質のもので。

川村　全然反対じゃないかな。

柄谷　反対だけれども、やはりすごいですよ。僕が浅田を褒めるもので、中上は嫉妬して対抗的にいろいろやった時期がありましたね。タイプが違うんだから、そんな必要がなかったのに。

川村　ただ、理解したことを筋道立てて言おうとしなかったのか、うまく言えなかったのかというところは、僕はちょっとわかりにくいけどね。

柄谷　しかし、わかっていないかというと、そんなことなくて、それはわかっているんですよ。長く勉強したみたいなことを言っている人よりは、はるかにわかっている。

川村　僕は一遍買いかぶってもらったことがあるけれども、構造主義以後のいろんな難しい理屈はわからないけどと言ったら、あんたは知っていてそう言うんだろう、と言う。まあ、わかっていると言いたくない、あえてわからないと言いたい、そんな気持ちは多少ありましたが。自分が勉強家だから、人も勉強家だと思っているところがあった。とにかくわかる人ですよね。直観力なんだな。

　僕は、もちろん柄谷さんみたいに深い付き合いはしてないが、それでも折々会って酒を飲んだりはしていたのだけれども、たいてい怒られていた。いちばんよく憶えているのでは、僕は『懐古のトポス』という本をずいぶん前に出した。それをくそみそにけなされた。とにかく、あの本は実にくだらない本だということを言って、どこがどうくだらないかは言わない。どこがどう悪いと言われれば、反論もするのだけれども、それは言わない。

ただ、今考えると、直観的にくだらないと思われたのはよくわかる、という気がするんです。自分の本のことを言うことはないのだけれども、懐古、いにしえを懐かしむ。つまり今の人間には、いにしえ、古代なんていうのは懐かしむよりほかはないというのが、僕の本の一つのモチーフだったわけだけれども、そういう見方というのが非常に生ぬるくて、半端でというふうに思われたと思うんですけどね。

しかし、理屈で言えば、それは現代人が古代人になるなんていうことはできないわけなので、僕の言うのは、そういう意味では常識論なんだけど。しかし、そういうふうな考え方というものにすごく嫌悪感を持たれたというのは、僕は反省はしませんけれども、ただ、彼がそういうふうに嫌悪感を持ったことはもっともだと思っているわけです。

あの人は、ぱっと古代に入ってしまえるところがやっぱりあったんですよね。古代といっても、研究者が調べる古代じゃなくて、折口的な意味での古代だな。折口の古代なんていうのはいったいいつのことだと、実証的な研究者からは文句を言われるのだけれども、そういう意味で、時間のない世界と言ったっていいのだけれども、何かそういうものをつかむ直観力をはっきり持っていた。そういうところは、ほんとうに常識論を超越していたと思います。

柄谷　単純に、川村さんの本を読んだこと自体がすごいんじゃないの。

川村　よく読んでくださったとは思いました。ただ、延々とくだらない、くだらないと、言われ続けたから、ありがたさはあまりなかったけれど。

柄谷　自分のことが書かれているから読むという作家は多いと思うのですが、そうじゃなくて、評論を単に評論として読むなんていう作家は、僕はほとんどいないと思うんです。だから、そこのところを考えただけでも、中上が異例だということがわかると思うんです。本質的に知的な作家だと僕は思います。

昭和の終焉としての死

川村　中上氏は熊野大学をやったりしていましたが、あれはどうなんですか。

柄谷　僕はよく知らないんです。中上自身に対しては別ですが、彼の関係する世界には、僕は意識的に入らなかったから。だから、熊野にも一回も行かなかった。

川村　僕は自分の興味で、熊野は何度も行っているけれども、そういう関係で行ったことはない。もっとも、熊野へ行くのだったら、新宮にこれこれこういう人間がいるから、それと会えなんて言われて、住所や電話まで教えてくれたことはあるけれども、僕はそういうお付き合いは好きでないから、厚意だけを感謝して連絡はしませんでした。

いわゆる文学関係以外の人との関わりでいったら、僕がいちばんいい記憶として残っているのは、やっぱり都はるみを書いた小説の『天の歌』（一九八七年刊）の出版記念会ですね。あの会は思い出しても、いい感じの会だったなという気がしています。あのときは、柄谷さんは日本にいなかったんじゃない。

柄谷　そのときは日本にいたけど、行かなかった。あれは中上が最低の状態の時期だったと思う。

川村　僕は出かけてって、何かとてもアンティームというのか、たいてい中上氏と会えば、僕は怒られているか絡まれているかなんだけれども、あのときは柔和な顔でずっとにこにこしていて、いい会でしたね。何か田舎の宴会みたいで、野暮ったくてよかったです。

柄谷さんには最低だったのかもしれないが、中上氏の普通の意味での肌の温かさみたいなものが、こういうところでいちばん自然に出るんだなと思って、それはそれでいいなと思いました。

あのときは、柄谷さんもいたな。増上寺の本堂で上演された、韓国のサムルノリ。韓国の、あれは踊りだけど、ああいうときも似た印象だった。

その前にやっぱり中上氏に誘われて、池袋だったけどパンソリを聞いた。あれは韓国の語り物ですね。伴奏は太鼓だけだったと思うけれども、おばあさんがちょっと節をつけて長々と語っていく。そういうものに誘ってくれたりしているときの中上氏の感じが、僕にとってはいちばん和やかな感じで残っていますね。やっぱり音楽との関わりということだな。

柄谷　二、三日前から、ふっとこういう気がしてきたんです。一九八九年に昭和が終わった。それから、ソ連・東欧圏が崩壊した。中上は九二年の八月に死んだけど、何か、三年前の「終焉」をずっと引き延ばしてきて死んだのではないか、と。芥川が死んだときに、大正が終わったと言われたけど、あれも時期的にずれがある。そういう意味で、中上の死は「昭和の終焉」

を告げるものだったんじゃないか、と思ったのです。

九〇年の秋に、ニューヨークにいたとき、中上が訪ねてきまして、そのときかなり長く話したんですが、その時点では、自分は谷崎みたいに長生きする、じっくり仕事をすると言っていたんです。たしかにその証拠もあるんです。ハワイで、『異族』の原稿を百枚くらい書いているんですよ。朝から晩までやって、酒も飲まないで一ヵ月やっていたんです。ずっとこういうふうにやるのかなと思って、日本に帰ってきたら、湾岸戦争。それからはもう憑かれたように書き出したからね。

彼は、九〇年以後の「世界」について、日本の問題も外国の問題も全部考えていたと思うんです。僕自身には展望はなかった。彼もなかった。彼は物騒なものを感受していましたね。非常に危機感を持っていた。しかし、彼がこれからじっくりやると言ったときに、ほんとうは前に向かって進む気がなかったのではないか、という気がします。僕自身も閉塞感のようなものがありましたから。だから、僕は、何となく彼の死は自殺みたいな気がするんです。あれだけ体が悪いのに、医者にも行かないし、仕事はどんどん増やす。何回も忠告したけれども、そんなことを聞くような奴じゃない。ただ、僕もガンだとは思わなくて、肝硬変か何かで死ぬんじゃないかと思った。

川村　B型肝炎をやったよね。

柄谷　前にやっていますしね。このままいけば、急死するであろう。だから、昨年の九月に、『國文學』の中上健次特集で、対談（「路地の消失と流亡」）を頼まれたとき、僕はインタビューをしたんです。彼の生涯を回顧するような。それは、死ぬんじゃないかと思ったからです。それは僕の気分でもあった。しかし、僕が今感じているのは、中上が死んだのだから、僕は長生きしてじっくりやるほかないということですね。

三島由紀夫とは対極的だ

柄谷　熊野の話に戻ると、熊野というのは、中上にとっては、被差別部落をとった場合に、意味がないと思うんです。この前、新宮での葬儀に出たけど、和歌山県知事や新宮市長などが来ると、中上健次は熊野を愛した作家であるとか、たとえば佐藤春夫のような紀州出身の文学者の中に入れるとか、そういう感じになるんです。しかし、彼の場合、被差別部落の問題をとって、「熊野」の伝統なんてものはありえない。

川村　僕は、彼の熊野は、理念としての熊野だと言うんだけれど。初対面のときに、僕はまだ相手をよく知らないし、彼もまだ本当の作品を書く以前のころだったのだけれども、佐藤春夫と同郷ですね、というようなことを言ったわけです。そのときは、それに対して格別の返事はなかったけれども、それから何度か会っているうちに、また僕が佐藤春夫を言ったら、怒り出して、あんなものと一緒にしてくれるな、ということなんだ。こっちもなるほどと思ったわけです。

ただ、僕は佐藤春夫も好きだけど、自分の好き嫌いは別として、同じ風土ということだから、それは何がしかの共通点は探そうと思えば探せるかもしれないけれども、やっぱり違う文

富岡　関係ないんです。自分は詩歌だと言って、若いときは詩歌ばかり読んでいたと書いているけれども、どんな詩集を読んだかは、全然書いてないんです。

散文の元にある詩が違う

柄谷　中勘助が書いている中で、漱石による『銀の匙』についての批評がありますね。たとえば、仮名が多いということとか、『源氏物語』的であるとか……。

富岡　あれは非難でしょうね。

柄谷　非難ですね。漱石のその非難の筋を見ていくと、やっぱり漢文脈と和文脈の対立なんじゃないですか。

富岡　中勘助が和文脈？

柄谷　そう。漱石も詩人なんだけど、漢詩ですからね。そして漢詩と繫がる俳句でしょう。中勘助はそれに対する異和を、あたかも詩歌と散文の対立のように見ていると思うんですね。ほんとは詩そのものの観念において対立してるんじゃないか。どちらも散文を書き出したけど、散文の元にある詩が違ってるんだということです。中勘助の詩を読んでないから、はっきりとはわからないんですけど。

　それとね、漱石門下の弟子たちを見た場合、ほとんどの人たちが地方出身なんだね。

富岡　そう。安倍能成は四国ですね。

柄谷　それから鈴木三重吉が広島で、森田草平が岐阜。長塚節は茨城。そもそも正岡子規のような人が親友だったし。そういう田舎の人を漱石は愛していたし、そこから活力を得ていたことは間違いないけれども、彼自身にとって内面的な近親性を持つ人は少なかったでしょうね。

漱石が一方的に愛した者として挙げられるのは、中勘助、それから芥川ですね。だから芥川と中勘助には、漱石は他の弟子たちとはまるで別の関心を持っていたと思う。どちらも感受性はあるけど、線が細くて生命力に乏しい。それは彼らが東京育ちだったからではないかな。つまり漱石は牛込で、中勘助は……。

富岡　生まれたのは神田です。

柄谷　だから歩けば繋がるところですよ。芥川もそうでしょう。あの時代、十年や二十年では、環境はそう変わってないはずですからね。それで、彼らに対しては、ほっとするところがあったんじゃないかなと思うんです。

富岡　うーん……。

柄谷　自分の幼年期を書かれているような――全然違う幼年期だけども、むしろ漱石にとってはそうあってほしかった幼年期みたいなものを、中勘助に見ていたんじゃないか。だから、あなたは漱石が何でこんなに気に入るのかわからんと言うけども、彼のほうでは勝手に気に入る理由はあると思うんですよ。

富岡　いや、そのころの漱石は、私に言わせれば、『銀の匙』にかなり点が甘いんです。また、中勘助は「先生は耳が悪い」とも言ってるんですね。あれも不思議な因縁のつけ方で……。

だけど、考えてみたら、柄谷さんの本を読んでわかったんだけども、その当時まだ近代小説というふうなかたちに収斂されるジャンルではないものが漱石の背中にたくさんあって、漱石には、そういうところから、そう簡単に近代小説というものの軍門に降るまいとするような、何かちょっとしたこだわりがあるでしょう。

柄谷　大いにあるね。

富岡　大いにあるでしょ。そのことを「漱石とジャンル」「漱石と『文』」で、ちゃんとお書きになってるけれども、中勘助は逆に、漱石の文章から、そのことを敏感に感じ取ったんだと思うのね。漱石が、『猫』とか『幻影の盾』とかの後ろに、当時の口承文学みたいなものの名残としてくっついてる音を無頓着に引きずっているのを、中勘助は敏感に感知して、むしろ意識的に、「あんまり無頓着に前のいろんなジャンルを引きずっているんじゃないですか、先生」と、こう言いたいんじゃないかと。

柄谷　うーむ……。

富岡　漱石はそれに対して、柄谷さんがお書きになってるけど、『文学論』で自分の小説に対する考えを突き詰めていったでしょう。ところが中勘助というのは、自分の詩論というものを書かなかった人なんです。書かないで、そのまま散文に行ってるわけですよ。だから素手で散文に来て、前のジャンルを引きずっていないので、漱石から見ると、ちょっと羨ましい景色が見えるんじゃないか。だから行き方が違うんだけど、中勘助は詩だ詩だと言いながら、結局散文を求めたわけね。いろんなジャンルを無視して、あんまりそういうことを考えずに小説じゃなくて散文を求めた。叙事詩《エピック》とかじゃなくて散文《プローズ》。中勘助は、日本語では長篇詩が書けないから散文を書くしかない、ということを何回も言ってるんです。漱石は落語の影響も言われますでしょう。落語というのは、昔の人は「咄」と言いましたよね。柄谷さんは言文一致のことをいろんなところで論じておられるけれども、落語の話法というのは、一つの文芸の形として見たら、現実の生活の言葉の音で一致させた話芸だから、言文一致じゃなくて言音一致ですね。そういうものを漱石は無頓着に引きずっていて、それを濾過しないで文章書いたり、文芸の音の伝統みたいなものと距離感を持たないで平気でいるのに対して、中勘助は違和感を持った。そういうことが、彼に『猫』は全然面白くないっていうふうに言わせたんじゃないかな、という気がしたんですけどね。

柄谷　中勘助を中心に見るとそうだけど、漱石の側から見たら、中勘助はやっぱり大勢の中の一人だったと思いますね。

富岡　もちろんそうですね。

柄谷　ただ、大勢が漱石門下みたいなかたちで一つの集団をつくっているのに対する反撥みたいなものが、中勘助にあったんじゃないですか。

富岡　それはあります。

柄谷　というのも、中勘助は冷たそうに書いていながら、漱石の家によく行ってるじゃないですか。日にちをかえて行ってるでしょう。ほかの人たちが行く面会日でないときに自分は行った、と。

富岡　そうそう。みんなは木曜日なのに、自分はみんなのいるところはいやや、と。
柄谷　なぜ、それが許されるのかは書いてない。そうやって語っているわけですよ、自分は特別扱いされていたと。厭味な文章ですよ。その厭味は単に漱石に対する厭味じゃなくて……。
富岡　中勘助という人の厭味がよく出てます。

富岡多恵子は漱石である

柄谷　あの厭味はナルシシズムですよ。『銀の匙』もそうだけどもね。漱石は、むしろそれが羨ましかったのではないですか。漱石の幼年時代は、愛情に関して悲惨なものですから。
富岡　あ、そうか……。
柄谷　それから、中勘助は容貌に関してうるさいでしょう。漱石は背が低くて顔がでかいとか。
富岡　そうそう、喋り方や笑い方まで、いちいちうるさいの（笑）。
柄谷　ああいうことに過敏なのもナルシシストですね。
富岡　他の人はみんな「先生、先生」と取り巻きになっていくが、自分はいやだ、ああいうことはできないとしつこく書いてますよね。一人だけ、ええカッコしたいわけですね。
柄谷　のみならず、そういう文章を書いてしまうんですね。
富岡　『銀の匙』は、漱石先生は、幼年時代のことがうまく書けてると褒めるんですが、中勘助本人から言わせれば、この時期、おカネが欲しいから書いたものなんですね。いろんなお寺に転々と仮寓したり、野尻湖の中の弁天島に独り籠ったり、苦しい禁欲的な生活の中で純粋なものが出てきたみたいな神話がありますけど、ほんとはこの時期は、どうしても原稿で食っていくメドをつけなきゃならないときなんですね。だから、このとき急に漱石のところへ行ってるのは、どうしても原稿を読んでもらわなきゃ困る正念場なんです。そこら辺が面白いんですね。

柄谷　そうですか。

富岡　どうしても文章で立っていかんならんというときに何を書くかで、作家というのは、やはりいちばん正直に出ますよね。それがいちばんよく出てるのが『銀の匙』で、いかにも小さいときのノスタルジックな思い出みたいに見えるけど、おそらくそんなものじゃない。兄さんと対立して、追い出されて、家に入れてもらえない。原稿で身を立てるという約束。それでやむをえず、取り巻きになりたくない先生のところへ原稿を送って、何とか読んでもらって……というところがあるんですね、きっと。

柄谷　うーむ……。

富岡　だから『銀の匙』をきちんと読むと、ノスタルジーとかそういうことじゃなく、兄さんのことは前篇で一回しか出てきませんけど、ああいう兄さんみたいな人と私は絶対違う人間ですよ、と言いたいために書いてるんです。

柄谷　兄さんが漱石のような感じに見えるわけ？

富岡　そうじゃないの。だから、後篇になって、夏目漱石が学習院での講演で引用して喋ってるけど、中勘助は兄の魚釣りに、いつも連れて行かれるのね。いやだ、いやだと言いながらついて行って、帰り道、暗くなってきて星が出てる。そうすると「何、ぼんやりしてるんだい」「お星さんを見てるんです」なんて答えたら、将来大学の医学部教授になる兄が「男のくせにお星さんなんて言うな。星と言え」とどなりつける。だから、自分は男だけども「お星さん」と言う人間だ。兄は、男は「星」と言わねばならぬと思ってる人間だ。兄とは違う、ということを繰り返し繰り返し書いてますよ。

柄谷　うーん……。

富岡　だから、どうしても文章書いて立っていこうと思ったときに、『銀の匙』は、自分はどういう人間かアイデンティファイするための一種の儀式なんですね。そういうふうに書いてるのに、先生は全然そうは取らずに、文章の上で非常にいいと言ってるから……。漱石はあのころ『行人』を病気で中断していた。もう死ぬ前年で、かなり書き進んでるころですよね。その辺、とても面白いなと思ったんです。

柄谷　ただ僕は、富岡さんがなぜ漱石ではなく中勘助に共感を持つのか、よくわからないな。今度出される本を読めばわかるでしょうけど。漱石は読んだわけですか。

富岡　今度書くのに必要な作品はね。子供のときに読んで読み返す暇のないのもあったけど。

柄谷　富岡さんの話をしたら悪いけどさ……。

富岡　悪くないですよ。

柄谷　『水上庭園』ね、あれは何となく漱石みたいな気がしたけどね。

富岡　えッ！　読みはったの？

柄谷　読みはったよ（笑）。あれはほとんど現在形で書かれてるでしょう。写生文の特徴ですよ。それと手紙を使ってるでしょう。

富岡　手紙でしたね、そういえば（笑）。

柄谷　それから、批評的な言葉が多い。

富岡　そうですねえ。

柄谷　普通の小説のスタイルでは、ああいう言葉は入れられないでしょう。

富岡　入れられない。

柄谷　そうすると、中勘助と全然反対じゃないですか。漱石じゃないですか。

富岡　そう言われればそうですなあ（笑）。思いがけない、これは。

柄谷　だからあなたは知らん間にやってるわけですよ。

富岡　意識せずに、知らん間にやってる？　漱石先生じゃないけど、小説というあくどいものに食傷して……？　そうか、本人も知らなかった。誰一人、漱石みたいだなんて言った人はいませんから（笑）。

柄谷　僕が考えている「文」というのは、ほんとは漱石の時代の話じゃない。現在の問題だと思ってますからね。

富岡　そりゃあそうですよ。私みたいに漱石を丁寧に読んだこともない、むしろ読んでないに近い人が、柄谷さんの漱石論読んで面白いと思ったんだから。ふつう、あまり読んだことない作家について書いた批評ってわからないし、面白くないでしょう。それが面白かったというのは、やはり現代の問題だからですよ。

オタクの中勘助

柄谷　中勘助をやるっていうのは、やはり詩と散文みたいな話が元にあるからですか。

富岡　それもありますけど、中勘助っていう人は、フィクションとしては、『銀の匙』を別にすれば、八十いくつまで生きて、小説は三つしか書いてない。あとは全部、日記体随筆ですよ。自分の一生は全部、完全に物語にしてますね。で『銀の匙』ばかり言われるでしょう。『犬』とか『提婆達多《でーばだった》』みたいな、人間の性欲とか嫉妬とかをとり扱って露悪的なまでに書いてるものは、あまり知られてない。全部裏腹なんですよね。

それから、これはオフレコだけど、だんだん読み込んでくると、あの人、ひょっとしたら一生、女の人と何もしてないんじゃないかぐらいに思えてきた。私、女関係から洗っていったんだけど（笑）。

柄谷　オフレコの必要ないんじゃない。

富岡　いや、読者が泣いちゃいますよ。すごく神格化されてるから。研究者のものを読んでも、いろいろ同時代の批評を読んでも、あの人の小っちゃい女の子を溺愛する傾向について、誰一人「小児愛」という言葉さえも使ってない。だから、柄谷さんが『夏目先生と私』を読んで、ナルシシズムと言われたのは鋭い指摘。ナルシシズムですよね、「小児愛」というのは。

柄谷　そうですね。

富岡　でも、誰も言わないというのは、おかしいじゃないですか。

柄谷　今、思い出したけど、フロイトが、冷たい女に魅力があるのはナルシシストだからだ、と言ってるんです。フロイト自身もそうだったみたい。もし中勘助の言い分が正しいとすれば、漱石が中勘助に一方的に惹かれた理由もやはりそうだと思う。ナルシシストなんですよ、相手が。

富岡　中勘助が、冷たい女（笑）。

柄谷　冷たい女が、男が死んだあとに書いたら、やはりああいうものになるんじゃないですか。

富岡　小さな女の子も、五つぐらいから十ぐらいまでの間。そのことだけをずっと日記体随筆にしているのがあります。千駄ヶ谷に住んでるときに、一高時代の友達が引っ越してきたんですね。そこに女の子がいるんですよ。その家に毎日行ってはすごくベタベタして、キスしたり、ちょっとどうかなと女たちはそれを感じるんですね。ところが周りは、「あの人は子供の好きないい方ですねえ」とこうなるでしょ、普通。

柄谷　最近はなりませんよ（笑）。

富岡　最近はなりませんけど、あの当時は、子供好きイコール純粋でいい人っていう社会的な安心があるでしょう。だから誰も不思議に思わないわけね。女の子たちへのラブレターなんてすごいし、とにかく大変なわけです。ちょうどルイス・キャロルがアリスを可愛がったのとよく似ています。そのことを誰も何も書かないのは、いろんな問題があるからだと思うんです。私は明晰じゃないからそんな複雑に書けないけど。

柄谷　でも、書いたんでしょう。

富岡　多少は書いてますけど。だけど今までの批評には書いてないのは、不思議ですよ。岩波文庫でとにかく人気のある本でしょ。読者のネットワークというのがまたすごいもんで、好きな人は入れ込んで、神様みたいになっていく。

もちろん、文壇的に外在して、いわゆる文壇的な人と関わらない。だから批評されないということもあるけど、一方で、人に読まれていることを、本人もすごく自負してるんですよ、「愛読者が、愛読者が」って言って。野上彌生子にも「中さんはすぐ愛読者って言う。感じ悪い」と厭味を書かれてます。そう言うこと自体、もう作家というより、その人たちにとって教祖のような感じになっていくわけですね。それを本人もある程度自負してるんですよ。で、周りはそういうことに対して何も言わない。おかしいんじゃないかなあと思ったのよ。

柄谷　なるほどね。今で言えば、オタクっぽいですね。

富岡　オタク。だから逆に、一つの作品論として、この人の作品はこういうふうにいいとか悪いとか言えない作家なんです。言っても意味がなくて、書くとしたら全部書かなくてはならんわけ。

初めは私、全部書くつもりはなかったの。ところが、読んでいったら、自分の人生を一つの物語にして、突っ込んでいけないように配置してるんですね。完全犯罪をもくろむなかなかのワルですよ（笑）。

柄谷　ああ、なるほどね。でも、それこそナルシシズムの……。

富岡　中勘助のナルシシズムはすごいものです。

柄谷　いや、ナルシシズムって他人事みたいに言ってる僕も、かなりそれが強いからね。

富岡　ナルシシズムが？　で、他人事と思えずにわかるわけ？

柄谷　小児愛はありませんよ（笑）。たとえば僕は、自分の作品を褒められても「いや、あんなものは全然だめです」といつも言ってるし。じゃあ何がいいんだって聞かれて、中勘助は生涯言わないでしょう。それと同じでね。

富岡　そうなっちゃうのよね。漱石について、もっと教えを垂れてくれることがあれば教えてください（笑）。

柄谷　だから要するに、中勘助は不快なんです（笑）。漱石が若い人のものを一所懸命褒めても、別に何か見返りを求めているわけじゃないでしょう。たとえば、尊敬とか崇拝とか。漱石は単に機縁があったからそうしただけのことであって。たしかに漱石の弟子たちは、漱石を「則天去私」の悟達者みたいに描いたけれども、むしろ中勘助の『夏目先生と私』のほうが、漱石の偉さを感じさせますね。漱石の晩年は大正時代で、そのころ、いちばん流行ってたのがいわゆる「デカンショ」、デカルト、カント、ショーペンハウエルでしょう。僕は馬鹿にしてたんですが、最近気がつくと、僕はそういうことを考えてるんですよね。デカルトとカントと……。

富岡　「デカンショ」の時代なのね。

柄谷　ショーペンハウエルまで考えてはいないんですが、彼も面白い人で、ヘーゲルを「こんなものは哲学じゃない。哲学はカントだ」と滅茶苦茶に貶してるんですね。そういう意味でカントの系列の人なんですよ。ニーチェは、ショーペンハウエルのあとに来ますからカント系だし、実はマルクスもカント系です。経済学の「批判」を書いたほどですから。

それで最近「探究Ⅲ」（『群像』連載）を始めたけど、本当はカントについて書こうと思ってるわけです。「Ⅱ」はデカルト・スピノザ論だったけど。だから時代から言うと、漱石論も古い話だし、哲学のほうでもいわば漱石の時代のことで、世の中から見れば、僕は古いことをやってるんですね。

富岡　だけど決して今の問題とかけ離れてない。

柄谷　カントの晩年に、ドイツではシュレーゲルとか浪漫派が出てくるんですね。シュレーゲルは批評と小説と詩と全部ごた混ぜに書いた人で、それをアラベスクと呼んでるんです。アラベスク模様から来ている。それともう一つ、同じことなんですけど、イロニーということを言ってるわけですね。現在のポストモダニズムとして語られている思想や文学は、いわばアラベスクなんです。その意味でも古い話じゃないんですね。

大正時代にカント主義とかいろいろ言われたけど、ほんとはあの時代のカント主義者はカントなんか読めてない。どっちかと言うと、漱石のほうが読めていたのではないか、読んでないのにもかかわらず……という気がしている。

富岡　漱石を読まずに漱石みたいな小説を書いた誰かみたいなもんじゃないですか(笑)。

柄谷　しかし、富岡さんも実は漱石を読んでいるんですよ。漱石もたぶんカントを読んでいる。『文学論』などは明瞭にカント的な「批判」ですからね。大正時代の連中は新カント派にすぎない。

「人格」ということ

富岡　もう一つ、柄谷さんにきょう聞きたいのは、このあいだ、リービ英雄さんの会であなたと会って……。

柄谷　野間賞の授賞式のときね。

富岡　あのあとで私が中上さんのことでちょっと言ったら、柄谷さんが顔面蒼白になって怒ったんですよ。私はそのとき、こんなに他人のことで怒れるのかと感動したんです。私なんか、友達のためにあんなに真っ青になって怒りません。意識的にでもあるけど、もうちょっと人と淡く付き合ってますからね。だけど一瞬シンとするぐらいに柄谷さんは怒った。

柄谷さんが中上さんの葬式のときに読まれた弔文が『文學界』に載りましたね。その最後に、中上さんはいろいろあったけれども、最後に家族に囲まれて亡くなられたのはとても良かった、幸福だった、みたいなこと書かれた。それを私は表面的な意味で取って、軽率に、「それは柄谷さんがそう思ったから書いたんだ。作家が団欒の中で病気を治していく状況になったのは良かったと言うのは甘いんじゃないか」みたいなことを言ったら、柄谷さんは「いや、違う、全然、取り方が違う」って、怒ったのね。
柄谷　そう？
富岡　その「違う」というのは、中上さんは家族に囲まれるのが好きだし、賞を取るのも好きだし、お葬式に偉い人が来てくれるのも好きだ、そういう人間だったからあれで良かったと書いたんだ、何も自分がそういうことを好きだから良かったと書いたんじゃない、中上さんの立場になって書いたんだ、というふうに解説されたわけです。それで私は友情の深さにあらためて驚いて、これは中上さんとのことをもっと聞いておかねばと。
というのは、私が中上さんとまるでタイプが違うからかもしれないけど、普通はむしろ、どっちかと言えば友達には同業者は避けますからね。あなたは個人主義でウエットな付き合いはいやだという点では、私と似てるって言った。けれども中上さんとは深く付き合って、仲人して、さらに葬儀委員長までした。しかも相手は作家で一人は批評家。たまたまそうなったのかもしれないけど、この関係は今どき珍しいんじゃない？
柄谷　まあ、そうでしょうね。
富岡　たとえば中野重治と佐多稲子さんみたいな友情がありますね。考え方を同じくして、同じような生活の中の苦労もあって、若い日に中野さんの励ましと勧めで、佐多さんは小説書くようになったわけでしょう。
柄谷　ええ。
富岡　そういう友情もありますけど、あなたの場合は中上さんと年も近いし、男性同士だし、片方は批評、片方は小説を書いている関係で、あれだけ怒れる深い友情があるというのが不思議だった。それで改めて問う！（笑）ことになったんです。

柄谷　僕は、肩書きは批評家だから別にそのことで異議を唱えないけど、中上との関係においては、別に批評家でも何でもないからね。彼もそうだったと思う。

富岡　じゃ何？　男の子と男の子の友達？　じゃあないでしょう。

柄谷　うーん……。生きてるときは、いろいろぐじゃぐじゃしてますから思わないんですけど、中上が死んで思ったのは、カント的に言えばですね……。

富岡　そんなこと、わからへんよ、私（笑）。

柄谷　要するに「人格」ということが、いろんな意味で大きいと思った。カント——またカントのことを言うのいやなんだけど——にとって、人格というのは他者のことなんですよ。

「みんな、あたしが悪いのよ」

富岡　カントにとってじゃなくて、あなたにとってでしょう？

柄谷　うん、僕にとって。いや、その人格という言葉は、僕は今までいやだったから使ったことがなかった。大正ヒューマニストの言葉ですから。しかし、最近よくわかるようになった。現代の他者論とかの場合は、こうです。他者というのはわからない、だけど外形とか、その言葉とか、振る舞いとかで、背後になんとなくあるのではないかとか、そういう考え方なんですね。だけど実はそれでは他者はわからないわけです。でも、理論的にやったときは絶対そうなるんですね。だけどカントは……。

富岡　でも、付き合いは理論じゃない。

柄谷　実践理性というのだけれども、そちらでは、他者というのは人格として知りえるのだと言ってるわけです。それは今の文脈で置き換えていくと、たとえば中上が死んだらテクストが残りますね。それは、僕が理解しているものとは違う読み方ができると思う。今後において、テクストの背後に、何か別の作者らしきものが見えてくるであろう、と。だけど、僕はもうそれは結構なんですよ。中上という人格が、僕との関係においてあり、その人が死んだということです。それが自分にとって、いちばん大事なことだったんですよ。

富岡　だいたい個人とか主体とかいうのは、関係構造の中の関係項でしかない。ある項の中に誰かを代入すればいいわけでしょ。首相なら首相のところに誰かが入る。天皇でもなんでもそうです。その人間なんて、ほんとは大したことがない。代わりに誰かを代入すればいい。

柄谷　だけど中上さんは代入できない人格なのね。

富岡　そう。しかし、理論的には「代入」のほうが正しいんです。

柄谷　矛盾してませんか？

富岡　いや、そこから言えば、主体とか人格とかということは仮象なんです。それはそれでいいんですよ。そのあとから初めて、「人格」と言うべきものが出てくるんだから。

柄谷　で、中上さんの亡くなられたあと、あなたは直後の対談（「中上健次・時代と文学」本書所収）の中で、今は何も言いたくないみたいなことおっしゃった。でも、これから何も言わないわけにはいかないでしょ。

柄谷　いやあ、すでに言いすぎてますよ。たとえば、葬儀委員長としても言っている。僕は何を言われても構わんけど、葬儀を批判するとかいう人たちもいてね、追悼文批判とか……。

富岡　いや、私はそんなレベルで言ったんじゃないんです。ただ、今おっしゃったように、ほかの近似値的に近い人でも代入できないということでしょ、中上さんの存在というのは。絶対存在みたいなことでしょ。相対的な存在じゃないわけでしょ。

柄谷　ええ。

富岡　だから、そこまで深くあなたに感じさせる中上さんとの現実の関係というのはどういうものか、とても興味があるということなんです。

柄谷　特別には何もないですよ、普通の意味では。

富岡　通俗的な意味で言ってるんじゃないんですよ。たとえば……まあ通俗的になるのかな……やはり中上さんは実作者だから、方程式にするような感じで物を捉えてない、混沌とした中で、どちらかと言えば直観的に物を捉えて考えたと思うのね。たとえば、あなたが浅田彰さんのことを褒めたら、すごく中上さんが嫉妬した、ということもあのときおっしゃった。

そうすると私は、浅田さんの頭の良さと中上さんの頭の良さとは全然質が違うのに、嫉妬することないじゃないかと客観的に思うわけです。だけど中上さんに言わせたら、やはり自分にないものは欲しいでしょ。で、そういうことに関して、あなたもおそらく自分が持ってなかったものを中上さんに依存してた部分があると思うんです。

柄谷　もちろん、ありますよ。（ちょっと声を落として）それは最近感じてることですが、きょうの話の文脈では、どっちかと言うと、僕は中勘助の立場なんですよね。

富岡　急に何ですか、その低い声は（笑）。

柄谷　それでつくづく思うのは、浅田彰についても、今あまり頭のレベルでは考えてなくて……もちろん頭が良くないとありえないことかもしれないけど、彼は人格として、ほとんど信じ難いような人間ですね。ほとんど「無私の人」ですね。

富岡　そうか、浅田さんも中上さんも……。

柄谷　中上はちょっと違うんですけど……いや、中上もそうだったかもしれない。僕は自分の仕事に対するナルシスティックなこだわりがあるけど、彼らはそうではない。ひたすら私が悪い。

富岡　なんで、そんな昔の女みたいなこと言うの、「みんな、あたしが悪いのよ」って（笑）。

柄谷　そういうふうに最近は思う。中上はやはり誰に対しても愛情深かったし、文壇のことでも、僕はいろいろ巻き込まれるかたちでやってて、結局は僕が責任を取らされるみたいなかたちに外からは見えるけれども、ほんとは中上がいなかったら何もやってないわけね。書いてないけど、海外も含めて中上に巻き込まれてやったことは、ものすごくあるんですよ。自分一人だったら何もしないに決まってるんです、僕は。だから中上がいなくなると、あれはえらい人格者だったのではないかって、自覚せざるをえない。

カントと認識上の危機

富岡　でも当然ながら、中上さんを人格者とまったく思ってない人もいると思うのね。私は付き合いがないからわからないけど、むしろ、反人格者だと思ってる人もいたかもしれない。ということは、柄谷さんに見せてた中上さんと、他の人に見せてた中上さんと、二人いたかもしれないですよ。あなたに見せてる中上さんは、一面かもしれないです。そんなことはないですか？

柄谷　いやいや、そんなことないです。僕はいつも腹立ったし、ほかの連中が腹を立てる理由は完全にわかりますよ。中上のお陰で実に迷惑をしてますからね。

富岡　だけど中上さんのことをほかの人が非難するとすごく不愉快だけど、自分が非難するのはいいと思ってるでしょ、どこかで。

柄谷　あんまりそう思ってないですよ。しかし、死んだあとで中上を非難してる人がいるのかなあと思う。

富岡　これからわかりませんよ。

柄谷　うーん……いや、これからのほうが、非難する理由がなくなってしまうんじゃないですか。

富岡　いやあ、中勘助が死んでから何十年経って、どこかのおばはんが錆びた刀を研ぎ始めたようなこともあるんだから（笑）。

柄谷　それとは逆に、中上に中勘助のように愛読者が出てこない可能性がある。そもそもが偶像化されないのではないかという……。
富岡　不安がある？
柄谷　不安がある。まあ僕が死んだあとのことはわかりませんがね。
富岡　中上さんのこと話してると気が滅入っちゃう？
柄谷　気が滅入る。
富岡　話換えましょうか。
柄谷　いや、いいですよ。僕のほうが年上だから先に死ぬであろうと、何となく自然に順序を考えてましたからね。そんなことには何の保証もないけど、いちおうあるじゃないですか。そういう順序が狂ったとか、いろんなことと重なって、僕にとってはある認識上の危機があって、それでカントを読んでるんじゃないかなと思うんです。
富岡　カントも深いじゃないですか、理由が（笑）。
柄谷　さまざまに深いのです（笑）。カントは理念、イデー——プラトンのイデアから取ってるわけだけれども——について、イデーは仮象である、つまりイデオロギーであると徹底的に批判して、理論的には完膚なきまでに、仮象であるということを証明するわけですね。ところが、理念というのは実践的には必要であり、常に働いているんだ、というようなことを言うんですよ。
今起こってる出来事で言えば、たとえば共産主義という理念だけじゃなくて、自由主義という理念も、まあこの先見てればわかりますけれども、崩壊してるんですよ。ハイエクなんかが言ってる自由主義は、完全に理念だと僕は思うんです。初めからそうなんですね。つまり自由主義というのは根本的にアナーキズムで、国家は要らないんですね。「自由主義国家」なんてものは背理です。共産主義もそうなんです。それを現実的に可能なものとして見てきたのがいわゆる共産主義国家で、それが崩壊することで理念も崩壊したということになってるわけですけど、理念というのはそんなもんじゃない。要するに、達成できないから理念なのであり、したがってそれが働くということなんだ、と僕は思うんですね。だから……僕は先はもうそんな長くないけど……。

富岡　見切りつけるの早いのね。まだ五十になったばかりじゃないですか。

柄谷　あと十年や二十年生きたって、そんなものは短いです。世界史的な転換期だとか言われてますけど、そういう意味では十年や二十年じゃなくて、もっと長期的な歴史の理念の崩壊が起こってるわけじゃないですか。それを突き詰めていくと結局、カントの問題にいくだろうと思うんですよ。

富岡　で、「デカンショ」になっちゃうわけ？

柄谷　そう（笑）。

富岡　でも、中上さんの存在が、男性だったというのは不思議だと思わないですか？　女性でそういう絶対存在みたいな存在はないでしょ、今までおそらく。

柄谷　それはそうですが、別に中上が絶対存在ではないですよ。

富岡　でも代入不可能だもの。

柄谷　僕は、テクストしかないという考えが、今ものすごくいやなんですよ。作品なんかどうでもいい。まあ作品がなかったらだめなんだけど……。

富岡　商売あがったりじゃないですか（笑）。

柄谷　しかし、そのレベルで言ってるんじゃなくて、作者なり人間なりがあらためて重要なんだというふうに思うんですよ。それはやはり理論的には言えないですよ。今、僕はほとんど反動的なことを言ってるわけですからね。

富岡　柄谷さんの言おうとしておられること、わかるんですよ。でも柄谷さんがそれを理論的に言えないと言われるのに、私がそれをできるわけがない。

柄谷　でも僕が感じてることは、世の中より十年ぐらい早いですから。たぶんカントのことでも、そういうことを考えるようになると思うけども。

富岡　でも、羨ましいといえば羨ましい。誰かが死んで、そういうことを考える人いるかなあというと、私にはおそらくいませんから。

柄谷　僕が死んだら考えてください。

富岡　考えよう（笑）。ふつう、作家と批評家の関係といいますと、テクストを通じてというのが普通なんだけどねえ。そうじゃないからすごく面白い。

もう中上さんの話よそう、気の毒だから。憂鬱そうね。

柄谷　フーコーが晩年、友情ということを言い出してるんですね。フロイト以降の心理学では、友情というのは、ホモセクシャリティの側から見るわけです。だけど友愛というのは、そういう心理的な、あるいは感性的な基盤から見てはいけないのではないか、とフーコーは言ってたんじゃないかと思う。だから、男女の間には友情がないとかいう話があるけれども……。

富岡　そんなことないと思います。

柄谷　それなら同性の愛も同じことになるんです、ホモセクシャリティになっちゃうわけですから。だから僕は、友情という人格のレベルがあると思うんですね。それを言うと、ほとんど反動的なんだけれども、密かに思ってるわけです。

富岡　密かに？

柄谷　密かに。フーコーは古典古代に遡行して、それを示そうとしたけれども、考えていたのは今の話だと思うんですね。性的でない同性の愛というのはあるんであって、それが友情であるということだと思う。そうしたら、男女だって同じじゃないかと言えると思うんですね。なんでそういうことを考えるようになったかというと、精神分析以降は、どれも経験的なもの以外のレベルを認めないわけです。すべてを、なんらかの倒錯というかたちで読み替えますからね。ただ、すでにカントは、それ以外のレベルがあるということは理論的には言えないと言ってるわけです。しかし実践的にだけある、というふうに。僕は、それを実感してるんだけど……。

中上健次が発する「気」

富岡　その実感は、中上さんが生きてるときと亡くなられてからでは、どっちが強いですか。
柄谷　それは亡くなってからのほうが強いですね。
富岡　むしろ亡くなられたことによって、わかったんじゃないですか。
柄谷　うーん、まあね。ある意味では、テクストとかそういうことは、自分が言ってきた事柄なんですけど、だから自分がそれに反対してもいいわけですよ、自分で言ってきてるんだから。
富岡　逆に中上さんが、巫女的とでもいうようなもので、柄谷さんを巻き込んでいくようなパターンはありませんでした？　巫女というのは誤解される言葉ではあるけど……なんていうか、理屈なしにすーっと立ちのぼっていくような「気」ですね。あなたはいつもそういう気みたいなものが必要で、今、ずいぶん巻き込まれたと言われたけれども、彼がそういう気を発するのに巻き込まれることはとても良かったし、巻き込まれないと、何もしなかったかもしれない。そういうふうにパラフレーズできるんじゃないかな、と思うんだけどね。
柄谷　そうです。
富岡　だから彼の書いたもので、普通の批評家と作家という平凡な見方をすれば、作家が感じているものを批評家が理論化することによって、その理論化の渦巻きに乗ったあと実作者は元へ戻ってきて、またそれを自分で巻き込むというふうなことがある、と普通なら思うんだけども、逆だったかもしれない。

柄谷　お互いに書いたものの話をしたことないですから。それと中上とは外国で会うことが多かった。さっき言った「人格」というのは、国内では出てこないもんだと思うんです。

富岡　なぜ？

柄谷　共同体の中では感情的な結合と反撥だから、その中では人格は出てこないんですよ。僕は自分で友人だと思う人は、ほとんど外国人か外国で会った人ですね。大正時代の哲学者は全然わかっていなかったと思いますが、そういうときにしか「人格」というものは出てこないということが、漱石にはわかってたと思うんですね。漱石は、わざわざ別の日に中勘助と会った。それは、中勘助がどう思ってたかなんて関係ないんですよ。やはり漱石自身にほっとするようなところがあったんでしょう。漱石門下という仲良しの共同体があって、そこで繋がってるような雰囲気は、漱石は実は嫌いなんですよ。

富岡　そうだと思います。

柄谷　中上は、外国で会うと清らかですよ。

富岡　何が清らか？　気分が？

柄谷　中上という人格が、日本で会うときとは違うんですね。僕も清らかですね。

富岡　うーん、どう清らかなのか、見たかったわ（笑）。いろんな穢れを落としたところで、スーッと抜けたように会えるんでしょ。

柄谷　そうそう。でも、若いときもそうだったんですね、中上と会ったときには。

富岡　わかってきた、少しずつ。

柄谷　だから、中上が人間関係でいやらしいということは、僕自身よくわかってたことだから、そんなことで擁護する気なんか全然ないけど、彼はものすごい純粋なわけですよ。それは、こっちも純粋でないとわからない。

富岡　それはそうです。

柄谷　作家論というようなことは、僕にはもういいという感じがありましてね。人が死ぬって、そういうことじゃないかと思いますね。ま、ほかの文学者が死んだら、やはり代入できるというか……(笑)。

富岡　そうでしょうね。いやだな、変な人に代入されたくないな(笑)。

私、中上さんとは、ベルリンの作家会議へ一緒に行きましたね。飛行機では隣じゃないから喋らなくて、行った途端にあの人は病気でシンポジウムに出ないで、翌日かに帰っちゃった。だからほとんど喋ってないですね。そのあと、「こんにちは」って言ったのが一回か二回だけで。

柄谷　読むだけでは、わからないですよね。読むだけが正しい理解だっていう立場もあるでしょうけど。

富岡　でも、誤解されるんじゃないですか？　批評家が、読むだけではわからないと言うと。私は中上さんみたいに純粋じゃないかもしれないから。

柄谷　いやいや、そんなことないですよ。あなたは純粋ですよ。

富岡　どう、後光が射してない？（笑）私は、中上さんとはそのくらいしか知らないけど、しんどい気がした。純粋さはよくわかるんですよ。私は他人の噂とか、いろいろなことにごまかされませんよ。だけど、やっぱり深く付き合うのはしんどい感じ。

柄谷　そりゃしんどいでしょうね。

富岡　男女を別にしてですよ。

柄谷　僕は、しんどいと言っても、中勘助だからね（笑）。

富岡　新説ね、柄谷行人が中勘助だっていうの。

柄谷　きょうの文脈だけで、あれぐらいしか読んでなくて言ってるんだけどね。まあ、中上とは距離があるから……。

富岡　だけど距離とれる？

柄谷　距離が人格性なんですよ。

富岡　そうなんですけど、距離がとれますか。

柄谷　とれますね、僕は。むしろ、しゅっちゅうアタマにきてましたよ。

富岡　だけど中上さんのほうが、距離をとらせないタイプじゃない？　それがしんどそうで。

柄谷　そりゃしんどいでしょうね。普通の人は長く付き合えませんね。

富岡　直観したのよね、そういうの。

「則天去私」は理念である

柄谷　僕がいわば漱石で、中上が中勘助というポジションにあると思ってる人がいると思うけど、そうではないですね。中上は、僕のことをいつも庇護しようとしていたからね。「あいつは放っといたらどうしようもない。俺が庇護する」といつも言ってました。だから漱石みたいに、勝手に推薦してくれたりするわけよ（笑）。

富岡　困るよね（笑）。

柄谷　でもまあ、友人というのはある年齢を過ぎてから以降には不可能でしょう。だから中上への友情といっても、本当は僕の歴史なんでしょうけどね。

富岡　私は、中上さんが亡くなられたと聞いたときは、柄谷さんがこたえただろうなとまず思ったんですよ。

柄谷　なんで思った？

富岡　何か直観したのね。あんまりよく知らないけど、こたえただろうなと。

柄谷　うん、あなたが言ったようなことだけでもないと思うけど、やはり今起こってる出来事というのは、十九世紀以来そうざらにないものですよ。それを引き受けていくというとき、直観的であれ、どこか中上を頼りにしてたんですね。だから僕は今五十一歳だけれど、ほとんど最年長の意識ですよ。

富岡　個人的に？

柄谷　ええ。中上がいるお陰でまだ若いという気分になってたけど、もう誰も引っぱってはくれないという感じはありますね。今は、気が弱くなってるのかもしれない。人に対する感謝の気持ちが出てきたということは、ある意味では気が弱くなってるということの……。

富岡　いや、気が弱くなってるんじゃないですよ。人の死というものは、そういうもんなんですよ。

柄谷　いや、中上に対してだけじゃなくて、いろんな人に。

富岡　もちろんそうですよ。中上さんの死がそれをもたらしたわけだから。そういうこと今までなかったわけでしょ。

柄谷　ないですね。

富岡　感謝どころか、攻撃してたから（笑）。感謝っていうのは人に感謝？　生きてることがありがたい？

柄谷　いや、人にです。生きてることなんかは、ありがたくないです。

富岡　人っていうのは、つまり誰かが存在していることに感謝？

柄谷　ええ、さまざまにね。漱石の「則天去私」に関して言うと、あれは弟子が作った神話だと言われている。しかし、あれは「理念」でしょう。やはり漱石は本気でそう思っていたと思う。そんなものは別に実現できるわけでも何でもない。

富岡　そこへ行きつつあるんじゃないですか、中上さんの死によって。

柄谷　そうとは言えないけど、そういうことを言う気持ちはわかる。考えてみたら、漱石が死んだ年より僕は上なんですよね。

富岡　そうですよ。だから中上さんは、死を以てあなたにそれを悟らせたのだと、坊さんだったら言いそうですね。

柄谷　坊さんみたいな話は、これぐらいにしましょう（笑）。

〔『文學界』一九九三年三月号〕

文学の志

後藤明生

『挾み撃ち』とゴーゴリの関係

柄谷　先月、富岡多恵子さんと対談（「友愛論」本書所収）したとき、リレー対談ということなので、僕は次は後藤さんをと言ったんです。しかし、最近、後藤さんが「小説は何処から来たか」というエッセイを『群像』の新年号（一九九三年）に書いておられたのを読んだんですよ。そうしたら、僕の本が引用してあるものですから、都合がいいというのか悪いというのか（笑）。いずれその話になるとしても、とりあえず当初、後藤さんと話したいと思ったことから始めたいと思います。

去年、河出文庫で出た『挾み撃ち』を読み返しまして、いろんな意味で印象深かったわけです。一つは、とても懐かしいという感じがした。出た当時はそう思わなかったけれども、リアリスティックなんですね。それはリアリズムということではないんです。逆にリアリズムでないからこそ、とてもリアリスティックに見えるんですね。あの時期の小説で、同時代のことがこれほど書いてある小説はないだろうなと思った。

第二に、すごく新しいと思った。この新しさについて言えば、今の小説に比べても新しいという意味もありますが、もっと奇妙な、何かめまいがするような新しさなんです。『挾み撃ち』では、一九七〇年ごろから、一九五〇年代が想起されている。ところが、現在これを読むと、時代がひと周りしてしまったという感じがするんですね。

あの時代には「内向の世代」という一般的な名称がありまして、その中ですべてを見てしまう、という傾向があったと思います。そういうものが全部とれてしまうと、ちょうどひと周りする時代の真ん中にあって、まさに「挟み撃ち」という感じがする。今更ながら、画期的な小説であったと思います。だから、『挟み撃ち』の話から始めたい。

後藤　いや、本日はお招きにあずかりまして、ありがとうございます。ただ、柄谷さんから提示されたという「文学の志」というタイトルを聞いたときは、一瞬ギョッとしました（笑）。

柄谷　まあ、とりあえずの題ですけどね。

後藤　柄谷さんと話すことは無限にあるような気がする一方、あらためて対談となると、さて何を話したらいいのかなとも思って、「これは対談に使えるんじゃないか」と思いついたことをメモしたりしていたんだけれども、タイトルは「文学の志」だと聞いてから、もうこれ以上考える必要はないと思った。それを聞いたあとは、ココロザシ、ココロザシ、と念仏みたいに唱え続けていたわけです。

今、僕は満六十ですが、『挟み撃ち』はちょうど四十歳のときで、河出書房の書き下ろしです。福岡の「フクニチ新聞」という夕刊紙に連載していた『四十歳のオブローモフ』という小説と並行して書いた記憶があるから、四十歳というのははっきり憶えてるわけです。

柄谷　『挟み撃ち』には、それ以前のものがすべて合流している感じがあるでしょう。

後藤　そうですね。『挟み撃ち』以前は、自分の小説の起源をあまりはっきりさせないようにしてきた。これは当時の文芸ジャーナリズムの状況、文壇的な事情と大いに関係あると思いますが、ごくありふれた、一般的な言い方をすれば一種の自己韜晦かな。

あの当時、僕らの世代の文芸雑誌への登場の仕方を見ると、一人ずつそれぞれに違いはあったと思うけれども、今みたいに旗幟鮮明ではないわけです。旗幟鮮明にしようと思っても、いろいろとしにくいところがあって。その辺は柄谷さんのほうが、僕なんかより明快にあの時代を分析できると思うんだけれども。

柄谷　いやいや、僕自身も不透明な出方をしていたと思います。僕は、七五年くらいから自分の感じていたことを理論化できるようになったけれども、それまでは直観的に書いていただけです。

後藤　僕は、たしかに小説を書きたいと思っていた。小説という形で表現をしたいと思っていたし、頭の中には最初からゴーゴリがあったわけです。ドストエフスキーもあったけど、自分はゴーゴリから出発するんだということは、ずっと昔から決めてました。ほとんど学生時代からじゃないでしょうか。

ただ、問題は、それをどう小説にするかということですが、最初に「笑い地獄」というタイトルだけが決まっていて、全然何も書けなかったわけです。やっと書けたのは六九年になってからで、『早稲田文学』の復刊第一号に書きました。これはたしか芥川賞候補になって、文藝春秋から最初の中篇集『笑い地獄』として出ました。「笑い地獄」というタイトルね、これが僕のゴーゴリ論のテーマだったわけですが、しかし、実際に書かれた「笑い地獄」という小説の、どこがどういうふうにゴーゴリなのか。そこのところが、ちょっと厄介ではあります。

いわゆるパロディ小説と呼ばれるジャンルがありますよね。ゴーゴリについて言えば、たとえば『ゴーゴリの妻』という作品がある。作者はちょっと忘れたけれどもイタリア人じゃなかったかな。「ゴーゴリの妻」とは、すなわちダッチワイフです。ゴーゴリはさまよえるロシア人で、生涯結婚していませんからね。唐十郎も『ゴーゴリの娘』というパロディを書いてる。これは先の『ゴーゴリの妻』の、そのまたパロディですけど。カフカについても、いわゆるカフカ的なパロディ小説がありますよね。ところが、僕の『笑い地獄』は、その種のカフカ的とかゴーゴリ的といわれるパロディ小説とは全然別種のものです。

柄谷　カフカとゴーゴリという話ですが、僕の記憶では、カフカというのは昔から一貫してある種の価値であったけれど、ゴーゴリはそうじゃなかった。今、人がゴーゴリのことを言うとしたら、一つにはバフチンの存在が大きかったと思うんですね。しかし、後藤さん自身はバフチンを読んだのはだいぶあとでしょう?

後藤　あとです、バフチンはね。

柄谷　だから、自分のやっていることの理論づけ、裏づけが、バフチンでできたかもしれないが、あなたはその前からやっていたわけですね。その時点では、ゴーゴリと言っても、単に奇異に見えただけだから、なかなか言えなかったでしょう。

後藤　自信がなかったんですよ、ほんとうに言っていいのかどうか。自分ではゴーゴリから出発したのだと思っているんだけど、はっきり起源として明言できないわけです。今では嘘みたいな話かもしれないけど、まだ社会主義リアリズムが生きていた時代ですからね。ゴーゴリの笑いは「諷刺」じゃない、「笑い地獄」なんだということが、はっきり言えない。しかし僕の場合は、ゴーゴリ→ドストエフスキー→カフカと、はっきり繋がっているわけですよ。

ペテルブルグとレニングラードの間

柄谷　『挟み撃ち』には、二通りの「起源」が書かれている。一つは、後藤さんの個人的な過去ですね。朝鮮に育って敗戦に遭ったころからの。もう一つの起源は『外套』です。これは、ドストエフスキーが言ったように、「われわれはゴーゴリの『外套』から出てきた」という意味での起源です。『挟み撃ち』という作品そのものも、この二つの起源の間に挟み撃ちになっている。語り手の「わたし」は実際の外套を探しにいくんだけれども、実はゴーゴリの『外套』を探しているようなものです。人生ではなく、テクストが発端になってしまってるような小説でしょう。後藤さんは、ものすごく新しいことをやっていたんです。

後藤　『挟み撃ち』が書けたのは、実はペテルブルグへ行ってからです。

柄谷　その当時の名前は違うでしょう（笑）。

後藤　うん、レニングラードだ。『挟み撃ち』は書き下ろしだから、あちこちホテルにカンヅメにされたりしながら一枚も書けないで出てきたり、ウロウロしているときに、ソビエト作家同盟からの招待の話があった。本当に書けなくて逃げ回ってる状態だったので、渡りに船でした（笑）。

柄谷　僕はさっき時代がひと周りしたと言ったけど、たとえば現にレニングラードがサンクトペテルブルグと改名されたわけですね。今のペテルブルグは、むしろゴーゴリの〝ペテルブルグ〟に似てきてしまった。ただ『挟み撃ち』は、一行も書かないけど、〝レニングラード〟を横目で見ていると思います。〝ペテルブルグ〟と〝レニングラード〟の間で「挟み撃ち」になっている、いわば、それが戦後の日本文学でもあるのでしょう。

その意味で、『挟み撃ち』はゴーゴリじゃないと思うんです。そもそも、ゴーゴリを引用しているのだからゴーゴリじゃないんですよ。まったく新しい小説なんです。後藤さんはあれで何か飛躍したという感じがしますね。そのあとに書かれた『夢かたり』とか『吉野大夫』では、方法的に安定しているんだけど、『挟み撃ち』を書いたときは、ものすごい飛躍だったんじゃないかと思う。

後藤　あ、そうだ。いま思い出したんだけど、さっき『挟み撃ち』を、『四十歳のオブローモフ』と並行して書いたと言いましたけど、間違いでした。正確には、『挟み撃ち』と並行して書いたのは『笑いの方法──あるいはニコライ・ゴーゴリ』です。これは『第三文明』という雑誌に一年連載しましたが、文芸雑誌じゃないんで、ほとんど誰の目にもつかなかったと思います。実際、七三年に書いて、本になったのは八一年でした。しかし、もちろんあんなゴーゴリ論を文芸雑誌に連載するなんてことは、不可能な時代なんですよね。『笑いの方法』はおろか『挟み撃ち』ですらわからない。

もし、あれが書き下ろしでなくて、文芸雑誌だったら、あそこまでは書けなかったんじゃないかな。あの時代にあのまま文芸雑誌に載せられたかどうか。ちょっとわからないですね。

柄谷　そんなもんでしょう。僕も『マルクスその可能性の中心』を連載したのが七四年なんだけれども、そのころ『群像』の編集長が代わったことに対して戦後派作家・批評家が抗議したために、『群像』に書く人がいなくなっちゃったんです。ポカッとあいたから僕の連載が載ることになった、というアクシデントですよ。若い奴に、しかも文学に直接の関係もない長篇評論を連載させるという雰囲気は、昔は全然なかったです。

後藤　その点、今の新人を見ていて、うらやましいなと思うんですよ。言いたいことをあんなにハナから言えるんだったら、僕は『挾み撃ち』を二十代でさっさと書いていたような気がするな。だけどやはり二十代じゃあ、あれは書けなかった。

柄谷　書けない。それに、僕は今の人をうらやましいとは思わない、かわいそうだと思っている。

後藤　そう言うだろうと思ったよ、あなたは。僕が「うらやましい」と言ったのも、ほとんど反語的な意味だけどね。

僕らのときは、小説を雑誌に載せてもらうというのは戦争だったですよ。柄谷さんならわかってもらえると思うけどね。今だからこんな呑気なことを文芸雑誌の対談で言えるんだけどね。

僕の飛躍ということで言えば、『挾み撃ち』は書き下ろしだったことと、もう一つは芥川賞だね。さっき『笑い地獄』が芥川賞候補になったと言ったけど、あれがたしか四度目の候補で、そのあと僕は、もはや候補にもならなくなった。

だって、あのころの芥川賞選考委員には、瀧井孝作とか永井龍男なんて人がいたんですよ。

若いほうでは三島由紀夫なんかがいたと思うけど、たしか瀧井孝作に選評で「読んで、ただ疲れただけ」と言われた。あれは今でもはっきり憶えてます。いや、お年寄りを疲れさせて、まことに相済まんことだったと思いますけど、逆に言えば、一つの踏ん切りになった。つまり、この状況じゃあ当分俺は芥川賞は無理だと思った。それで文芸雑誌からふっ切れて、いわゆる開き直ったかたちで、ああいうふうに書けたんだと思う。

柄谷　振り返ってみて、よくもこういうものが書かれていたなと思う作品があって、たとえば大西巨人の『神聖喜劇』ですね。仮に評価されていたとしても、どう評価していたんだろうかという感じがします。戦後というより、昭和文学のベストテンに入る作品ですが、誰も理解していたとは思えないんです。

後藤　だって、あれはどこから出たと思う？　カッパ・ノベルスか何かじゃなかったかな。あれは日本文学史の謎の一つかな。

柄谷　あなたは「日本近代文学のペテルブルグ派」と言っているけど、大西さんも、どこから来たかと言えば、一種の「ペテルブルグ派」ですよね。そのことは今はっきり言えますが、昔の時点ではわからなかった。

後藤　そうなんだな。ベストテンの問題はともかくとして、『神聖喜劇』というタイトルは、まさしく「ペテルブルグ幻想喜劇派」ですね。

柄谷　たぶん書いている当人自身にも正体が不明だったんでしょうね。

読んでいなくても影響は受ける

後藤　はっきり言えば、批評の側の問題じゃないですかね。僕は、このあいだ書いた「小説は何処から来たか」というエッセイで、柄谷さんの文章を引用させてもらったんですが、実は削った引用が一箇所あるんです。十五枚と言われて、十七枚くらいになったので、書いてから削ったんです。これはいいところですから、今、読みますからね。

あなたの『反文学論』の最後の章、「理論について」からです。

「文学に理論はいらないという人達は、極楽とんぼである。なぜなら、彼らが理論でなく実感だと信じているものは、概ね十九世紀に確立した理論にすぎないからだ。現実があり、風景があり、内面があり、私がある、と彼らはいうだろうが、それらは、近年に作りだされた、そしてそのことが忘れられた一つの制度にほかならない」

これは、小説家だけでなく批評家にとっても問題のところですよ。

柄谷　僕は七五年にアメリカに行って、二年くらい何も書かなかったんです。文芸雑誌の批評家のようなことは一切やめていた。一生やめていいと思ったんですが、帰国してから、結果的に文芸時評をやってしまった。それが『反文学論』です。「反文学論」と題してやったわけじゃないけれども。

今それで思い出したのは、『すばる』三月号で村上春樹がジェイ・マキナニーと対談しているのをちらっと見たんです。アメリカに、今や一部にすぎないとしても、「日本文学は三島由紀夫である」とかね、そういうふうに紋切り型で考えている馬鹿な人たちがいるわけですよ。それに対して「村上は違う」と相手のアメリカの馬鹿な作家が言うと、村上は「自分は三島は読んだことがない。だから影響は受けるはずはない」という答え方をしているんです。

僕は、それは違うと思う。読んでいないから影響を受けているわけです。「私は小説は読んだことがない」と言う人でも、必ず子供のときから読んでいるわけです。そもそも漫画を読んでいるし、物語を読んでいるわけですから。したがって、「読んでいない」ということは、影響を受けていないんではなくて、その逆なのです。さらに言えば、読んでいなくても、似てくることはあるんです。

後藤　それは実に本当のことだね。さっき、ゴーゴリとカフカのことを僕は言ったでしょう。「カフカ的」とか「カフカの影響を受けた」とかいう言い方がありますね。このあいだ安部公房が亡くなって、彼については僕なりの評価はありますが、僕と安部公房の文学を比べてみて、安部公房はどこから見てもカフカ的である。しかるに後藤明生のどこがカフカ的か。そこのところが問題だと思う。

つまり、カフカ的とか、ゴーゴリ的と言われているその「的」とは何だろう。今、三島のことを柄谷さんは言ったけれども、その話を聞いていると、僕はゴーゴリを読まなくてもゴーゴリ的だったと言ってもいいんじゃないか、という気がするわけね。

柄谷　僕は、村上春樹が三島の影響下にあるなどと思っていない。思っていないけれど、僕がいやだと思う点においては、二人とも同じなんです。連中は「ロマン派」なんですよ。あなたが「ゴーゴリを読んでいなくても自分はゴーゴリだった」という意味で言うと、村上は三島を読んでいなくても三島なんです。しかし、そういうものと根本的に違うものが後藤さんにある。それは、何かを読んで学んだというようなものではない。

後藤さんの場合、いわば『挟み撃ち』のような感覚が昔からあったんでしょう。僕にもあるんです。「間にあること」と言ってもいいけど。それをずっと書いてるようなものなんです。だけど、それが若いときはなかなか言えないんですよ。

後藤　まあ、そういうことかな。

柄谷　ええ。しかし、理論的に言えるようになったと思って昔書いたものを読み返したら、むしろ昔のほうがうまく言えてたな、と思ったりする。直観的に言っていたときのほうがね。

後藤さんにしても、七〇年代後半からは、今の批評言語を使って自分のことを言えるという実感を持ったと思うんです。でも、その前は、それなしでやっていたんじゃないですか。

後藤　うん、そうなんだね。あなたの『反文学論』や『日本近代文学の起源』は数十年前、アメリカに行っていたころにすでに構想があった、と知って驚いた。これはえらい人だな、すごいと思ったんだけれども、今の話を聞いてみたら、やっぱりそうでなきゃいけない気もするんだ。だからといって、七五、六年の柄谷氏がむちゃくちゃ若いかというと、そうでもないんだね。

柄谷　若くないです。世の中ではどう思っているのか知りませんが、僕は、西洋で流行っているような批評タームというか、そんなものを知ったのは、すでに二冊の本を出したあとです。

しかし、そんなものの影響で書いたことは一遍もないんですよ。そして、むしろ古い言葉で考えたことのほうが、現在と直結していると思う。後藤さんの場合も、『挟み撃ち』はそういうものだと思うんです。

後藤　たしかに『挟み撃ち』のときは一挙にいろんなことをやっちゃった感じですね。『笑いの方法』と並行して書いたこともあって、あのときは、自分が考えていた文学というか小説というものを、徹底的に復習しなきゃいけなかった。集中的に自分の起源を問い直さないと、何もできなくなっちゃってる。要するに「小説は何処から来たか」ということですよ。そこで、その起源を考えていったら、復習していったら、すべてが一挙に出てきたという感じだね。

さっき柄谷さんが言っていたことと同じで、バフチンとかフォルマリズムとか、そういうものが最初にあったわけではないですよ。鍵は、ただ「笑い地獄」という言葉だけです。それと「笑う」⇅「笑われる」という関係だけです。それだけでゴーゴリの方法、方法としての〈笑い〉というものを自分流に考えていたところで、バフチンの「ドストエフスキー論」とか、エイヘンバウムの「ゴーゴリの『外套』はいかに作られているか」とか、ナボコフのゴーゴリ論などに出合った。そんなかたちだったと思いますね。

柄谷　一挙に見えるときがある、ということはわかりますね。たとえば『日本近代文学の起源』の中に「児童の発見」という章がありますが、あれはアリエスを盗んだものだと匿名でやっつけられたことがある。でも、僕はアリエスなんて名前も知らなかったし、だいぶあとで翻訳が出たので買ったけれど、いまだに読んでいない。しかし、こんな程度のことは具体的な資料なんかなくたってわかる。一遍に全部見えるわけですよ。そういう状態が『日本近代文学の起源』を考えたときです。他にもいっぱい見えたことがあるけど、もういちいち書くのが退屈に思えたのでやめたんです。そういう飛躍があるわけです。

二葉亭、ツルゲーネフ、ドストエフスキー

後藤　それでね、せっかく会えたので話しておきたいと思うことがあります。二葉亭のことです。

僕が『四十歳のオブローモフ』を初めて新聞小説として書くとき、どういうふうに書いていいかわからないわけです。そこで、漱石のことを考えたんだが、漱石は新聞小説に関してあまりにも完璧なところがある。そこでパッと浮かんだのが二葉亭の『平凡』ね。『平凡』のようにだったらやれるんじゃないかと、大それた考えを起こした。連載小説というよりも、一日に原稿用紙三枚半をとにかく考えるという方法です。自転車操業みたいなかたちで毎回毎回のやりくりで繋いで、書けなくなったら「書けない書けない」と書いちゃえばいいとか、不逞な考えを起こしたんです。

ずっと漱石を問題にされてきたあなたが、最近いろいろ二葉亭を問題にしている点が、僕はとても面白いと思ったのでね、ちょっと付け加えておきます。

柄谷　たとえば『浮雲』の場合、二葉亭本人はツルゲーネフのようにやろうとして、やっぱりゴーゴリ風になってしまった。一種の戯作になったと思う。というのが僕の理解でした。しか

し、これに関しては、国文学者の小森陽一によれば——彼はロシア語が自由に読めて話せる珍しいタイプですが——二葉亭は、いうならばゴーゴリのように書こうとしたんだ、と言うのです。つまり、近代文学を書こうとしたのに江戸の戯作のスタイルに支配されたというのではなくて、すでに意識的にゴーゴリ的であろうとしていたんだ、という解釈をしているんです。しかし、そこは曖昧だと僕は思うんですよ。彼自身がポリフォニックな小説を書こうとしたとは思えない。ただ、そこにいろんな意味で両義的なものがあった。だから、その意味で、二葉亭が近代小説の文章の見本になるなんてことは、本当はありえないんです。彼の翻訳が影響を与えただけであって、『浮雲』は何の影響も与えなかったんですよ。

後藤　あなたの言うとおりですよ。そこに二葉亭の不幸がある。結局彼は、ゴーゴリやドストエフスキーの小説を自分の起源と考えていたんじゃないか。『浮雲』を書くとき、二葉亭が考えたのは、たぶんゴーゴリの『狂人日記』からドストエフスキーの『分身』の線ですよね。ところが翌年発表したツルゲーネフの『あひゞき』の翻訳の影響があまりにも大きくなりすぎた。そのために、『浮雲』と『分身』、二葉亭とドストエフスキーの関係が後退してしまった。

二葉亭はゴーゴリの『狂人日記』や短いものは訳していますが、ドストエフスキーは、なぜか訳してないんだね。一つにはそれが誤解のもとだと言えるけれども、談話の中で、彼は、ドストエフスキーとツルゲーネフをきちんと比較している。つまり簡単に言うと、ドストエフスキーの場合は、人物がツルゲーネフのようにキャラクターとして輪郭的にきちっと書かれていなくて、書かれているのは関係だというわけ。

この比較は、まったく正確であり、かつ重大です。つまり二葉亭が採り入れたのは、ツルゲーネフの「キャラクター」ではなくて、ドストエフスキーの「関係」の方法だったわけだからね。

『浮雲』は、間違いなくドストエフスキーの『分身』じゃないかな。内海文三と、お勢、本田昇という三角関係、文三の失職、失恋、錯乱という構図は『分身』の構図にそっくり重なる。要するにその三角関係というテーマを、社会の枠組に当てはめてきちっと書こうとしてるわけで、そういう枠組から出てくるところの内面だよね。つまり、外部=枠組との関係としての内面であって、初めから内面を書こうとしているんじゃない。初めに三角関係がある、その外側に外部の社会、つまり明治の日本なり、ペテルブルグがある。

柄谷　ただ、ゴーゴリやドストエフスキーが先行していることを強調すると、別の誤解が生じると思うんですよ。たとえば、ロシア語というのは、エクリチュールとしてはそんなに古いものじゃないと思うんです。

後藤　うん、ロシアの近代という意味でいうならば、そうですね。

柄谷　明治文学に起こったことと同じことが、十九世紀のロシアで起こったと思うんです。二年前にコロンビア大学で教えていたときに、エドワード・サイードの弟子でパキスタン出身の人が僕の授業に出ていたんですが、『日本近代文学の起源』の翻訳草稿を読んで、十九世紀のインドでもまったく同じことが起こった、と言うんですよ。どう起こったのか、彼の話だけではよくわかりませんでしたけどね。

たぶんフランス以外の国では、僕が『日本近代文学の起源』で書いたことは、全部妥当するだろうと思う。書いたころはそんなことまで考えていなかったけれども、だいたい、どこでも同じことが起こっているわけです。要するに近代文学は、ある種のエクリチュールができないと成立しない。そしてそのときに、ある部分が全部排除される。

ゴーゴリの時代には、おそらくそのことが同時に起こっていたのではないか。つまり、ゴーゴリ自身がいわば二葉亭みたいなことをやっていたのではないか。だから、あんなけったいなものを書いたのではないか、と思うのです。

ロシア近代文学は「露魂洋才」

後藤　まったくそのとおりだと思う。つまり、ピョートル大帝の文化大革命によってつくられたロシアの近代は、フランスがお手本ですからね。そのロシア近代文学の始まりがプーシキンで、プーシキンがゴーゴリを発見するわけですけど。小森陽一さんが、あなたとの『海燕』三月号の対談（「夏目漱石の戦争」）でも言っていましたが、プーシキンがまさにエジプト系の混血です。母系のひいじいさんが黒人で、とても頭がよく、勉強してピョートル大帝の侍従みたいになった。これはエトランゼだね。外部の人ですよ。

近代ロシアの象徴であるペテルブルグという街が、まったく人工的な都市でしょう。ヨーロッパよりもヨーロッパ的な、というピョートル大帝のイデオロギーによってつくられた街だから、初めから混血であり分裂してるわけだよね。イタリア人の建築家を呼んできて、ギリシャ式から全部を集めろというので、泥沼の上に石を敷き詰めて、その上に建物が建てられたわけでしょう。ギリシャありローマあり、それからルネッサンスあり、ゴシックもバロックもありで、人工の地上に時間を並べたというか、空間の上に時間をつくった。
　その混血＝分裂都市のペテルブルグから、ロシアの近代文学は出てきているわけです。僕が「露魂洋才」と名づけてみたところの混血＝分裂の文学。つまり、日本近代の「和魂洋才」と同じですよ。

柄谷　漱石に関して言うと、「英文学」とか言ったって、彼が注目したのはスウィフトとスターンであって、彼らは両方ともアイリッシュです。それに、「英文学」という概念がつくられたのは、インドにおいてですね。漱石が留学した時点では、イギリスの大学に「英文学科」なんてないんですから。そういうことがみんな忘れられています。「日本文学」も「ロシア文学」も同様です。小説の起源というのは、やはりそういう混血と分裂にあると思うんですね。

後藤　きょうの対談のタイトルが「文学の志」だと聞いたときにパッと思いついたんですが、いささか大袈裟かもしれませんが、僕の文学の志を一言で言えば「日本とは何か」ということだと思う。あるいは「日本的とは何か」だね。いったいそういうものがあったのか、ということで、僕は、実はないんじゃないかと思う。ないんじゃないかという疑問の上に立って、「日本的」と言われてきたもの、あたかもそういうものが最初から存在したかのように言われてきたもの、それは何だったのかなと考え直してみる。それが、いわば僕の「文学の志」です。
　そして、僕はそれをロシア文学のペテルブルグ派から学んだような気がする。ロシア的とは何か？　ロシアの近代とは何か？　それはフランスを中心としたヨーロッパとの混血と分裂だったわけですよ。プーシキンの『エウゲニー・オネーギン』だって、ドストエフスキーの『悪霊』だって、まったくそこなんだよ。そして、それは「日本の近代」とは何か、の問題にそのまま重なる問題なんですよ。

柄谷　実は僕がいま『批評空間』で連載しているのが「日本精神分析」というんです（笑）。

小説の未来は小説の起源にある

後藤　あなたの哲学で面白いのはフロイトですね。

柄谷　僕の考えでは、フロイトもマルクスも、スピノザなんです。文学と同様に、哲学ではいわば哲学史という正しいコースがあるんですよ。その中には入らない人がいて、スピノザは入らないんです。

後藤　なるほど。これまでの、いわゆる哲学史には入らないわけだ。

柄谷　マルクスもフロイトも、入りません。そもそも経済学者や心理学者ということになっているから。しかし彼らがやったことは、経済学や心理学に対する超越論的な批評であって、いわばメタ・フィジクスなんです。僕は、それこそ哲学の本来性だと思うけど、「哲学者」にはそう思われていない。何かいかがわしいものだと思われている。

あなたが「小説は何処から来たか」の中で、「小説の起源はいかがわしい」という言葉を引用してますよね。それはそのとおりなんですけれども、世の中では、批評はもっといかがわしい存在だと思われています（笑）。近代文学だったら、小説が本質的で、批評というのは二次的で寄生虫的でいかがわしい、ということになっているんです。後藤明生ふうになれば、全然そうじゃなくなってしまうんだけれどもね。

僕は、たとえば三島由紀夫は小説家じゃないと思っている。あれは劇作家ですよ。批評というものも、アリストテレス以来、ポエティックス（詩学）として正統的なものがあります。そしてロマン派以後は「美学」です。だから、そういう正統的な批評には小説は入らないのです。詩と演劇は入るけど、小説は入らない。また「美学」が扱う小説は、いかがわしいものではありません。

ところが、僕が言う「批評」は、詩学や美学とは違うところから来ている。いわば、いかがわしい小説に付随して出てきたのです。明治の日本においても、批評というのは、あれがいいとかこれがいいとかいう評判記に始まるんですね。

カントが「批判」という言葉を使っていますが、あれはもともと、そういう「批評」の意味なんです。あれがいいとかこれがいいとか、みんなてんでにいい加減なことを言って、その中で誰も普遍性を主張できないということ、それが批評という意味なんです。だからこそカントは、いちばんいかがわしい意味での「批評」という言葉を哲学に持ってきたんです。ところが、カントから「美学」をつくってしまい、哲学を美学にしてしまったのが、シェリングやロマン派です。

僕は、自分が批評家だと言った場合は、いちばん曖昧でいかがわしい場所に立つ、という意味なんです。たとえば、中上健次という小説家と僕という批評家とがなぜ付き合えたのかなんて言われるけれど、僕や中上にとって、そんなことは本質的に問題にならなかった。僕は批評において、小説家のことを意識してないんですから。むしろ哲学者を相手にしたときに、僕は批評家なんですよ。僕が書いているのは本当は哲学ですが、しかし「哲学者」ではないんです。あえて「俺は批評家だ」と言う。それは、いかがわしいという意味で言っているわけです。

後藤　あなたが書いた「漱石の文」という言い方は、ちょっと見ると異様な感じがするけれど、これは、小説とか批評とかいうようなジャンル以前に、「文」という意識があったということですね。

柄谷　ええ。

後藤　漱石が文章を書くときに、これはいったい何だろうという意識、いわゆるジャンル意識を漱石がとても強く持っていたことはよくわかります。

だけど、柄谷哲学では、漱石が考えていないようなことまで書いてるわけだから、これはほとんど創作だと言ってもいいんじゃないか、と思うんだね。

柄谷　いいですよ、それでも（笑）。

後藤　要するに、柄谷哲学も僕の小説も、いかに読み、いかに書くか、ということになるんじゃないですか。

柄谷　後藤さんは「小説の未来は小説の起源にある」と書いておられた。これはたぶん小説に限らない。われわれはどこへ行くのかという問いは、どこから来たかという問いになるのです。しかし、「どこから来たか」という問いのときに、みんな間違えるんです。それが文学史だったり日本史だったりするんです。

後藤　そこが問題だね。

柄谷　それは全部嘘なんです。本当は、過去に行っては、いけないんですよ。なぜかと言うと、過去と言っているのは、実は現在を向こうに投影してるだけでして、実際は現在を言っているにすぎないからです。つまり、現在自明のことを過去に持って行ってるだけなので、それは「起源」ではないわけですよ。起源を問うというのは、過去のことをやることではないんですね。

たとえば、資本主義の問題でもいいけれども、みんな起源を問わないわけです。マルクスの『資本論』は、そのサブタイトルは「経済学批判」なんだけれども、「批判」とはカント的な意味の批判でして、経済学が成立している根拠そのものを問うているわけです。

ですから、起源を問うというのは、過去に遡行して、原始時代はどうだったとか、そんなことじゃないんですよね。原始時代はどうだったと言ってる人たちは、実は今の経済を向こうに投影しているだけです。そして、彼らは資本主義の「未来」について語っている。そんなものはインチキに決まってます。「小説の未来」について語る人も、まったく同じです。

後藤　たしかに柄谷さんが言うことは、僕の言い方では「原理的」だということね。ところが、文学にしても小説にしても、原理とか原則とか言うと、日本の文壇では野暮であるというような雰囲気があった。雰囲気というのは実体がないようなものと言うことだけれども、雰囲気そのものが実体だったということね。僕らが書き始めたころ、韜晦せざるをえなかったのは、そういう日本文壇の「雰囲気」のためじゃなかったのかな。

柄谷　現在は逆のことが起こっています。ある意味で現在は、僕らが四苦八苦して言ってきたことがいわばオーソライズされて、平気で物が言えるようになったところがあるでしょう。しかし、それは「原理的」ということとは違いますね。もっともらしいことを誰もが言うようになっただけです。そういう状態は……。

後藤　さっきは、それを不幸だと言ったわけだね。

柄谷　もう一つは、小説および小説家の「いかがわしさ」の意味が違ってきたことです。それは、具体的に言えば、誰も小説家に期待しなくなったということです。反文壇もくそもない。誰も小説家なんか本当は問題にしていない。単にそういう意味で「いかがわしい」存在になっている（笑）。それをさっきから言っている「いかがわしさ」と混同してもらっては困る。

ゴーゴリを「反復」する

後藤　そういう意味で、二葉亭は、起源としてたいへん鮮明だと思う。

明治四十一年に朝日新聞の特派記者としてロシアに行きますな。それで上野の精養軒で送別会をやるんですが、これは傑作だね。坪内逍遙から、田山花袋、徳田秋声、正宗白鳥から、自然主義から何から何まで、全部文壇が集まった。内田魯庵が代表で挨拶した。長谷川君を送る。あなたは特派員だけれども文学者である。だからロシアへ行ったら、よろしく日本の文壇の状況を伝えてください。同時に、露国の文壇事情も知らせてもらいたい、そういう仲立ちをしてもらいたい、と送辞を読むでしょう。

ところが二葉亭は、最後まで、私は文学者じゃないと言い続ける。僕は新聞記者だ、朝日新聞の社員として行くのであって、だから皆さんのご要望にはこたえられないって、これは厳しいね。私は日本の文学は紹介する。それは何のためかというと、文学として紹介するんじゃない、と。

つまり、日露戦争を再び起こさないためには、日本人の感情というものを、小説を翻訳することによって伝えることができる。だから、日本の文学を紹介はするけれども、それは文学として紹介するんじゃなくて、一種の情報として伝えるのである、と。早く言えば、そういう言い方をしてるわけ。

ここに二葉亭の絶望と同時に志があると思うんだな。自分が考えている文学は同時代の文学者にはとてもわかってもらえないという、絶望と志じゃないかなと思うんだけどな。つまり、ここに集まっている日本文壇を代表する皆さんが「文学者」ならば、私は文学者ではない。皆さんの書いている「文学」が文学であるならば、自分の考えている文学は文学ではない。文学である必要もない、ということでしょう。

柄谷　自分は新聞記者だということ。僕と小森陽一の、漱石についての対談でもそういう話になったわけですけれども……。

正岡子規も漱石も、「新聞屋」の意識なんですね。ノーヴェルというのはニューズと同じことだから、その意味でも彼らは「起源」に立っていたわけですね。「文学の志」というのは、むしろそういうことだと思うんですよ。「志」というと、文学主義と混同されやすいけれど。
後藤　二葉亭が考えた日本の近代は、混血＝分裂だったと思うんですよ。『浮雲』の文三もそうでしょう。役所をクビになって、本田、お勢との三角関係の中で錯乱し、分裂してゆく。重要なことは、二葉亭がその「分裂」を特殊なものとしてでなく、普遍的なものとして書こうとしたことだと思います。
漱石も「胸の中に熱塊がある」なんて書いているでしょう。その熱塊は何だったのか。そこに漱石の分裂があったんじゃないのかな。
二葉亭は、文三の「分裂」を特殊化するのではなく、明治近代の知識人の一つの典型として普遍化しようとした。ところが、それが後退してしまって、自然主義や「私小説」の、世界にただ一人しかいないという「特殊化」された「私」が、日本近代文学史の中心というか、主流になった。それが問題じゃないのかな。
柄谷　それはそうなんだけれども、僕は後藤明生の問題に戻りたいと思います（笑）。漱石や二葉亭ではなく、あなたの「熱塊」について聞いてみたい。本人を前にして言いにくいけど、『挟み撃ち』にはいわば、はみ出さざるをえない熱塊があると思う。
後藤　どの辺が面白いかな。
柄谷　すべてに面白いですよ。

後藤　さっき、時代と言ったよね。

柄谷　さっき言ったのは、歴史的に時代がひと周りしたという意味ですけどね。戦争とかアジアという問題もそうですけどね。しかし、ひと周りするということは、時代の順序が意味を持たない、ということですね。先にあるものが後になり、後にあるものが先になる。僕が『挟み撃ち』を再読して思ったのは、まさにそういうことですね。それは文学であろうと、哲学であろうと、同じことなんですよ。ある意味で、われわれは今、十九世紀以後に成立した時間的順序が、成立しない時代にいると思うんです。そういうときに、いわば「志」というものが純粋に見えてくる。

たとえばカントは、哲学は教えられない、「哲学する」ことを教えられるだけだ、と言っているんですけれども、僕はそれすらも教えられないと思う。「そうだ、気がついてみたら、俺は哲学してたんだ」というふうに、あとで思い当たるんですよ。プラトンはそれを「想起」と呼んだけれど、キルケゴールがそれを批判して言ったように、それは「反復」だと思うんです。なぜなら、それは創造的だからです。

あなたも『挟み撃ち』でやってしまっていたんですよね。いわば、ゴーゴリを「反復」したんです。誰もそれを教えることはできないでしょう。だから、未来に後藤明生の読者がいるとしたら、それは、その人が「反復」するときだけです。

僕らが漱石や二葉亭の話をしていても、昔の話なんか全然やっていないんですよ。反復って、そういうことじゃないんですね。

後藤　研究じゃないんだよね。

柄谷　全然そんな気持ちはないですよ。

後藤　反研究だね。

柄谷　「先のものが後のものに、後のものが先になる」としたら、たとえば「影響」なんてことは言えなくなるでしょう。アメリカの学生で、試験のとき、「ソウセキはカラタニの影響を受けた」と書いたのがいて（笑）、その答案を試験の先生から送ってもらいましたけれど、ある意味では間違いではない。

小説は、素材ではない

後藤　そうなんだな。もしゴーゴリを読まなくても、という意味のことをさっきどこかで言ったような気がするけど、そういう気が一方にはある。でもね、本当は読んでるわけです。それは二重に事実であるわけですが、もし読んでなければ、ということは証明できないわけです。しかし、あなたの言う「反復」の意味は実によくわかりますよ。

柄谷　あなたは二度読んでいる。つまり、実際にゴーゴリの影響を受けたとかいう一段階があるでしょう。だけど、あとからゴーゴリを発見してるんですよ。

後藤　つまり発見が起源だからね。同時に、起源の発見ということかな。

柄谷　その場合、後藤さんは、ゴーゴリを〝発見〟したのではなくて、やはり〝発明〟したと思う。あなたがいなければ、僕は、バフチンを読んでも急所をつかめなかったと思います。

後藤　ありがとうございます。僕はゴーゴリ、ゴーゴリと馬鹿のナントカ式に繰り返してきたんですが、僕の場合は、さっきも言ったように、ゴーゴリ、ドストエフスキー、カフカと繋がっていたわけです。そこへバフチンが加わった。だから、バフチンがいなくても『挟み撃ち』は書けたわけですけど、やはりバフチンは偉大だと思う。

柄谷　バフチンはマルクス主義者ですね。

後藤　とすると、これは面白いな。僕は、マルクス主義によって社会主義リアリズムから解放された、ということになるようだからね。

柄谷　バフチンのようなものがマルクス主義なんです。ところが、日本では、マルクスなど古いと言っているような人が、平気でバフチンを引用しているのだから、笑ってしまう。

後藤　繰り返しになるけど、僕はずっとゴーゴリ、ドストエフスキー、カフカを繋いで考えてきた。それが僕の「文学」であり、僕の「小説」だと考えてきたわけです。それで、さっき『挟み撃ち』には当然、はみ出さざるをえない熱塊のようなものがあったんじゃないか、とあなたに言われた。そのことに、ちょっとズレたけれども、今ここで答えるとすれば、いま言ったような繋がりで僕がずっと考えてきたところの「小説」や「文学」というもの、それ自体が、当時の「文壇文学」からはみ出していた、ということでしょうね。それが『挟み撃ち』で一挙に放出された、ということでしょうね。

そこへバフチンやエイヘンバウムやシクロフスキーが出てきた。出てきたというのはヘンだけど、読んで、なるほど自分がずっと考えてきた小説、文学というものを理論化すればこうなるのかな、と思ったわけです。同時に、自分が書きたかった小説を再発見したわけです。

柄谷　僕は七四年に『マルクスその可能性の中心』を書いていたわけだけど、そのときはほとんど文献を読んでいなかったんです。

後藤　つまり僕は、いま言ったようなかたちでバフチンを読んだ。すると、彼がドストエフスキーについて言っていることと、柄谷行人が日本近代文学について言っていることが、ほとんど同じだというのがわかる。

柄谷　バフチンは何も読んでいなかった。

後藤　そういう意味なら、僕だってバフチンを読まずに『挟み撃ち』を書いていたわけだから。

柄谷　だから、あとからいろいろ勉強したけど、結局のところ、前に書いたことのほうが正しかった、と僕は思っています。

後藤　そのことと繋がるかどうか、たぶん繋がらないと思うけど、二葉亭が『浮雲』の第二篇を書いたあと、第三篇の前書きみたいな文章の中で、この小説は「つまらんこと」を書いたものだ、とわざわざ断っている。「つまらんこと」というのはすごいと思うね。あれは文学として「つまらん」ということじゃない。つまり「つまらん文学」を書いた、ということじゃなくて、要するに小説は素材じゃない、ということです。

つまり、日本とか世界を考えれば、内海文三が下宿の女にフラれようが、フラれまいが、関係ないでしょう、つまらんことでしょう。だけど、そのつまらん三角関係をいかに書くか。つまらんことを書いたことの意味があるというのは、それは文体ですよ。エクリチュールですよ。

「つまらん」素材をいかに書くか。その方法を問題にしてるわけですね、彼は。そうすることで、カッコ付きの「文学」、つまり当時の「文壇文学」を否定している。例のペテルブルグ行きの送別会席上の「反文士」「反文学」宣言も同じことです。

柄谷　湾岸戦争のときに思ったけど、全共闘体験者みたいなのがいちばん文学的なんです。それは最初から文学的だったからですね。型通りに闘い、型通りに挫折する。二葉亭は、そういう「型」を最初に書いたけれど、しかし最初に否定した人でもあるわけですね。

後藤　だけど、あなたのキリスト教のあれはオモロかったな。「汝姦淫するなかれ」が要するに西洋の近代であるという、あれね（『日本近代文学の起源』Ⅲ章「告白という制度」）。

僕は『壁の中』の後半部分で、荷風との架空対談の中で、正宗白鳥と内村鑑三を出したんです。要するに「アーメン」をやったか、やらないかだね。荷風は全然バイブルを読んでないくせに、ヴェルレーヌの『サジェス（叡知）』のことを書いた。そこに、アーメン実践者としての白鳥が因縁つける、という設定だけどね。

日本のキリスト教には、内村鑑三と植村正久と二人の教祖がいる。そして白鳥とか有島とかが弟子入りするが、結局みんな逃げる。それを内村的に言えば、あいつらはみんな背徳文士である、と。ところが、だいたい日本の近代小説は反内村鑑三から出てるんじゃないのかな。白樺派の有島武郎、志賀直哉から自然主義の白鳥まで、みんな背徳文士でしょう。

柄谷　のちのプロレタリア文学でもそうですね。福本和夫というのは、マルクス主義において、いわばユダヤ＝キリスト教なんです。福本主義が入ったんで、みんな変わったんですよ。それ以前の、大正時代のマルクス主義は労働運動とか、いわば経済主義的なものですね。インテリを動かしたのは福本主義です。中野重治なんかも、福本主義になぎ倒されたわけです。だから、明治のキリスト教に起こったことは、昭和のマルクス主義においても起こっている。だから、そこから出てきた文学も同型ですね。

後藤　中野重治は大したことないと思う。

柄谷　そうですか（笑）。

後藤　さっき出た大西巨人をロシア文学のペテルブルグ派だとするならば、中野重治は、ロシア文学の、もう一つの系譜であるトルストイやツルゲーネフのいわゆる人生派、人道派だね。いま思い出したけど、『神聖喜劇』はロシア・アヴァンギャルドのメイエルホリドとマヤコフスキーの合作喜劇『ミステリヤ・ブッフ』のほとんど直訳ですよ。一方、中野重治にはペテルブルグ派の笑いがなくて、情緒的だね。柄谷行人みたいな破壊力がないよ。

柄谷　僕は、富岡多恵子さんと漫才について対談（「漫才とナショナリズム」＝『すばる』一九九一年八月号）したとき言ったけど、秋田実系マルクス主義者なんですよ（笑）。でも世の中では、僕は笑いのない人だと思われているらしい。「柄谷さんでも週刊誌を読むんですか」と聞かれたしね（笑）。

後藤　「柄谷行人に笑いなし」というのは、それこそ世の中の大誤解です（笑）。柄谷行人の破壊性には、ペテルブルグ派のユーモアと笑いがあります。

しかし、日本の文壇を支配したのは案外、中野重治だったかもしれませんね。明治以後の日本文学に最も影響を与えたのがロシア文学の人生派、人道派だったという意味でね。その文脈の中で、中野重治は日本近代の、いわゆる進歩的知識人の良心となった。また、日本近代文学の良心となったわけですよ。

もっとも、ロシア文学の誤読ということなら、小林秀雄の罪も大きい。僕は『壁の中』でも、小林のドストエフスキー論をかなり露骨に批判しておりますけど、日本におけるドストエフスキーの読み違えは、小林から出ているとさえ言っていい。バフチンが否定してるものを、彼は書いてるわけだからね。

柄谷　しかし、初期の評論なんかは、わりあいバフチンに近いですよ。

後藤　彼のドストエフスキー論は、ほとんど作中人物論でしょう。それはバフチンがいちばん否定したものでしょう。

柄谷　小林秀雄の批評は、だから、本当はマルクスを相手にしていたときにだけ生きている、と僕は思います。

後藤　ただ、小林の文章はあまりにも文学的じゃないかな。おどかしておいて煙にまいちゃおう、というところがあるでしょう。それと、美文家ですね。あれは散文じゃなくて気どった美文ですよ。だから、ある意味では、文章がうますぎるとも言える。

柄谷　『本居宣長』なんて、まるで読むに耐えないです。初期のものはいいけどね。

後藤　小林秀雄がドストエフスキーを日本人に読ませたという影響は大だけどね。

「マルクス主義者」と言うとき

柄谷　実際言って、後藤明生がいなかったら、僕はゴーゴリにも関心を持ってないな。

後藤　どうもありがとうございます。まさにゴーゴリ、ゴーゴリと飽きずに繰り返してきた甲斐があったというものです。ゴーゴリも、今ごろあの世で喜んでいることでしょう。そして、あの時代には思うに、芥川や宇野浩二たちは、ゴーゴリを英訳で読んだんです。そして、あの時代には「ゴーゴリヤン」という呼び方が流行した。だけど僕は、ゴーゴリヤンとして受け取られるのはいやなんだね。「ゴーゴリ的」とか「ゴーゴリの笑い」とか言うけど、それはいろいろ分裂しているんでね。ごくごく大まかに言えば、ウクライナ的ゴーゴリと、ペテルブルグ派のゴーゴリですがね。

柄谷　それは驚くべきことじゃないですよ。たとえば僕は、マルクス主義者です。マルクス主義者と言うときに、ものすごくたくさんの言葉を費やさなければいけないかもしれない、それは、まさしくゴーゴリ主義者と同じでね。でも面倒くさいから、僕は最近、マルクス主義者でいいんだ、と。

後藤　そう呼ばせておくということにしとけば、いいんじゃない。

柄谷　と思っています。

後藤　「内向の世代」という呼び方も、似たようなものだな。

柄谷　なにしろ、物を考えたことがない人間が、そういう言葉で言うだけでね。「反復」ということがわかっていないんです。哲学史とか文学史を読んで学習しているだけですから。それは今後も続くでしょう。だけど、そんなところには物を考えることはいっさい存在していないのです。少なくとも、ここで僕は言っておきたいんですよ。後藤明生は偉い、と。今、ここで言っておきます。僕のことも明生のことも、忘れられるだろうけど、いいですよ。

後藤　まあ、いいでしょう（笑）。

柄谷　いいですよ。将来、明生を反復する人間が間違いなく出てくると思うけどね。

後藤　たぶん、そのころは柄谷行人も、それから、この僕も……。

柄谷　その時はもう、われわれは死んでますから（笑）。

〔『文學界』一九九三年四月号〕

世界資本主義に対抗する思考——山城むつみ

『可能なるコミュニズム』へ

柄谷　今度、僕と山城さんと西部忠の三人で『可能なるコミュニズム』という本を出します。その本が出るまでのプロセスをちょっと振り返ってみたほうがいいでしょう。その本は、一応僕の考えからできあがっているとは言えるんだけれども、実際上は一人で考えたのではない。まず最初に、自分自身でも驚くような考えが突然出てきたわけです。それで周りを見渡してあまりにも孤立感を覚えたんだけれど（笑）、そのうちに山城さんがいる、西部さんがいるということがだんだんわかってきた。一九九八年の秋口のことです。

僕は、何回か『トランスクリティーク』の結論に当たる部分を発表してるんです。例えば京都大学の「とっても便利出版部」から『マルクスの現在』が出ましたけど、そこにもある程度書きました。しかしそれまでほとんど考えていなかった問題を考えるにつれて、細部においても、また大事な部分においても変わってきたんです。『群像』に発表したのは九八年のかなり前に書いたもので、今度『可能なるコミュニズム』に最後の章だけを入れますが、それもかなり違っているんです。『批評空間』でやっていたこととも違う。なぜ違ってきたかというと、それは西部さんと山城さんとの討議とか、その他何人かとの議論の中で修正をしてきたということで、これからもまだ修正するかもしれないんですけど、今日は、まあ今の段階で話したいと思います。

山城さんは、僕の『トランスクリティーク』を草稿段階から読んでいたんですね。その事情あたりから、始めましょう。

山城　僕は、九八年の初めぐらいから「マルクスと近代日本」というテーマで、ある勉強会をやっていました。僕は福本和夫のことをやった。しかし、福本の生産協同組合と『日本ルネッサンス史論』との関係を勉強しようというところまでいって挫折してしまった。勉強会の基調には、柄谷さんの圧倒的な影響力があったので、僕が福本をめぐって考えたようなことは非柄谷的なことで完全に孤立してしまったからです（笑）。マルクスは「哲学の外部への転回」ということを言いました。形而上学や宗教を批判するとき、マルクスは、単に形而上学や宗教の内部に矛盾を見つけて否定するのではダメで、むしろ形而上学なり宗教なりを必要とする現実そのものを変えなければいけないというふうに考える。そういう「転回」との関連でアンガージュマンということを再評価すべきではないかというつもりで、例えばサルトルの「実存主義はヒューマニズムである」というのに言及する。すると、それはヒューマニズム、疎外論、実存主義への回帰だ、そういうのは価値形態論によって徹底的に切断するべきだと切り捨てられていく。そんな感じです。文字どおりたいへん閉口したわけですが、自分にも甘いところがあったので、柄谷的切断でバッサバッサと切られると、自分の方向性に自分でも懐疑的にならざるをえなかった。それはそれでいいことだったと思いますが、他方で、福本和夫の勉強も一時放棄してしまった。しかし、しばらくすると、柄谷さんから『トランスクリティーク』結論部の草稿が送られてきたわけです。読んでみて僕はびっくりしました。柄谷さんは、マルクスをこれまでとまったく違う局面において読み直しておられて、消費協同組合をベースに消費者＝労働者のアソシエーションを形成することで資本と国家に対抗していこうという観点を明確に打ち出していた。ひとつには、マルクス的な意味での「哲学の外部への転回」が柄谷さんにあって驚いたのですが、もうひとつには、柄谷さんの議論が、福本の生産協同組合に力点を置いた議論と奇妙に交差するのに驚いた。『群像』の連載は読んでましたが、結論部がこんなふうになるとは思っていなかった。柄谷さんから、『トランスクリティーク』の最初の草稿を書いているうちに大きく変わって、自分自身でも驚いているという話がありましたが、僕も別の意味で非常に驚きました。というのは、僕が最初、「マルクスと近代日本」というテーマで、福本和夫のことを考えようと思ったのは、柄谷さんの今までのマルクスに対する読み方を踏まえつつも、柄谷さんとは違うことを考えたかったからなんです。ですから、僕が福本を考えるスタンスは、どちらかというと柄谷さんに批判的なスタンスになる。柄谷さんはこういうことだけは絶対考えないだろうと思って福本の生産協同組合論のことを考えていた。その結果、柄谷的切断の集中砲火をあびてめげざるをえなくなったわけですが、『トランスクリティーク』結論部の最初の草稿を読むと、柄谷さん自身が独自の角度から福本の生産協同組合論に交差してよぎっていくような感じがあった。それで驚いた。それで、一方では、大変勇気づけられて福本と生産協同組合の勉強を再開したりしたわけですが、他方では、これでは柄谷批判にならないんで、ちょっと困ったなと当惑もしたのです（笑）。

マルクスを考えるのに、ほんとうはコミュニズムのこと、現実を変えるという観点は切り離せないはずでしょう。しかし、マルクスの理論を通じて実際に現実を具体的にどう変えることができるのかと考えてもこれまでは全然、焦点が合わなかった。まして片方でソ連を初めとする共産圏があのようなかたちで厳然と存在していたときには、マルクスを論じてコミュニズムのことなんか、なおさら言いにくい。むしろ、そんなことを言うくらいなら、いろいろ問題があっても資本主義のほうがましではないかという風潮が支配的だった。マルクスを論じてコミュニズムに至るというような議論はもう通用しないという感じで。それで、世界を変えるというタイプの議論は、二重にも三重にも括弧に入れた上で、その括弧入れを前提に理論の解釈を様々に変えてみる試みがあった。それは洗練されていったし、『マルクスその可能性の中心』のように刺激的なものも生まれたわけですが、洗練も一定以上行くと、果たしてこんなことだけでやっていいのかというふうになる。旧ソ連・東欧の共産圏が解体したということも大きかったでしょうが、気がついてみると、自分では現実を方法的に括弧入れしていたつもりが、いつのまにか括弧が外せなくなってしまっていて、その括弧のなかで理論という名のもとに解釈ばかりが過剰に洗練されている。もちろん、理論に括弧入れは不可欠ですが、括弧に入れたり外したりできる状態で方法的に括弧入れしているというならいいけど、括弧が外せなくなっているところで括弧入れを前提にして解釈ばかりを洗練するのは問題だと思った。

それで、僕の場合、「哲学の外部への転回」（マルクス）とかアンガージュマン（サルトル）とか、そういう外的現実への視点の移動が「哲学」を変形させるところに「批判」があるようにあらためて思えてきた。しかし、では、マルクスの理論は今の現実にどんな接点を持っているのかというとこれは非常に難しい。ただ、福本が打ち出した生産協同組合をベースにするコミュニズムが、まだ非現実的な部分が多分にあるにせよ、賃労働の揚棄という一点において、現代の社会に対してもなお何らかの接点があるように思えたのです。それで、マルクスを読み直す取っ掛かりになるものを福本の思考から引っぱり出すことができるのではないか、と考えたのです。

十九世紀末の問題との連続性

柄谷　二十世紀を振り返ると、あらゆる事柄を起こした原因はマルクス主義、というよりもレーニン主義だと思うんですね。ファシズムもロシア革命に対抗した形で生じたわけで、もしロシア革命が成立しなかったら、二十世紀の世界情勢はかなり違った形をとったでしょう。一九八九年ソ連圏の崩壊のあとに優勢になったものは二つあります。一つは、いうまでもなく自由主義です。しかし、本当は、自由主義は、ハイエクの場合がそうであるように、一つの極端な理念であって、実行されない。実際に支配的になったのは、資本主義的市場経済をベースにしながら、それがもたらす弊害を議会制民主主義を通した国家的な制御と富の再分配によって解消しようとする、社会民主主義ですね。いわゆる自由主義はむしろ社会民主主義右派といったほうがいいと思う。たとえば、日本の自民党は社会民主主義右派です（笑）。共産党は、名前は共産党ですけど、社会民主主義の左派というところでしょう。とにかく国家によって富を再分配し、資本主義経済をコントロールする。それをハードにやるかソフトにやるかの違いはあるけれども、世界で今これしかないと思われているものは社会民主主義ですね。

それは十九世紀末のベルンシュタインの考えですね。一世紀たって、結局そこに帰着したということです。彼はエンゲルスの著作に関する遺産相続人でした。エンゲルスがよほど信用していたということです。カウツキーはこのベルンシュタインを「修正主義」と呼んで批判し、さらにそのカウツキーをレーニンは「背教者」と呼んで批判しました。カウツキーもレーニンも適当にマルクス・エンゲルスを引用して、自らを正統なマルクス主義者として位置づけた。しかし、最晩年のエンゲルスがどう考えていたかははっきりしない。案外、ベルンシュタインのような考えをもっていたかもしれないのです。いずれにしても、マルクスの「可能なるコミュニズム」についての考えは、エンゲルスともレーニンともまったく違うものです。二人とも、マルクスがもっていた視点を捨てている。

二十世紀をふりかえると、結局、十九世紀末にあった問題を本当に解決することができずに、また振り出しにもどったという感じがするのです。レーニン主義は滅びたが、社会民主主義が残ったからです。そうなると、マルクスに戻って考えなければならない。これは、たんにマルクス主義の中での狭い議論ではない。世界史的に重要な問題です。

山城　柄谷さんは、百年ぐらい前にあったものがまた帰ってきているといわれました。僕は片方で、柄谷さんもよく言われていたように、六十年ぐらいのスパンで現在を考えています。たとえば、一九四〇年前後にできあがっていたレジームが今もう壊れてきているという考え方がありますね。野口悠紀雄の『１９４０年体制』は、現在の日本の社会を考える時に一定の意義があると思います。九〇年代の日本の不況はバブルの崩壊という短期的な視点ではなく、一九四〇年前後に築かれた社会・経済的なレジームが六十年の寿命を経て機能しなくなっているためだと位置付けるのが実感的にもよくわかる気がします。野口悠紀雄によると、一九四〇年前後に築かれた社会・経済的な体制があったからこそ戦後の高度成長もあった。一九四〇年前後と現在とが、敗戦による切断よりも深い地盤において地続きの連続性において考えられている。今年はちょうどこれから二十一世紀に入る世紀の変わり目に当たりますが、一九四〇年前後に出来たレジームが現在に至って、六十年のスパンを経て機能しなくなってきているのだとしたら、現在はたんに世紀の変わり目というだけではなく、ちょうど、経済・社会のレジームでも六十年サイクルで更新されるその変わり目に当たっているわけです。

ファシズムとレーニン主義は左右別々のもので、しかもすでに克服されたように思われますが、一九四〇年前後に日本にできたコーポラティズム的なレジームを間においてみると三者は同列の一括りのものに見えます。ファシズムというと独裁者のイメージとセンセーショナルな響きがあるので、日本の近衛新体制がやったことは、ムッソリーニやヒトラーのファシズムとして言えるかどうかは微妙ですが、一九二九年の世界大恐慌で資本主義が一定の限界に達した後に、国家が資本を統制下におこうとして築き上げたレジームは、そのコーポラティズム的な構造においてはファシズムの組合国家の構想とアナロジカルなのではないでしょうか。また、ファシズムも、社会福祉、あるいは富の社会主義的な再分配という要素を含んでいますから、その国家資本主義的なコーポラティズムの形態においては社会主義とも同型でしょう。そうした観点から考えると、近衛新体制も、ファシズムも、社会主義（レーニン主義、スターリン主義）も、イデオロギーこそ異なるが、一九四〇年前後に確立されたレジームとしては世界的にひと続きの構造として見ることができると思います。その構造がほぼ六十年を経て崩壊しつつある。そういう意味では、八〇年代末から九〇年代初めにかけての旧ソ連・東欧の共産圏の瓦解と九〇年代日本の不況とは同根のものだと言えるのかもしれない。ともあれ、一九四〇年前後に形成されたレジームが、六十年のスパンを経て世界的に朽ちつつある転換期の現状が我々に、これまでとは違った思考を強いつつあるのではないかという気がしています。

自由は人間の義務である

柄谷　僕はいわゆる共産主義に幻想をもったことは一度もありませんでした。それはたんに国家資本主義の一形態にすぎないと思っていた。僕は資本主義の「批判」をずっとやってきましたが、その中にはソ連邦も含まれていたのです。或る意味で、米ソの二元的対立（冷戦構造）が世界資本主義経済の問題を隠蔽してきたと思う。だから、八九年以後、資本主義が勝利したのではなく、それと同時に、世界資本主義の問題が純粋に露出してきたわけです。しかも、それと同時に、アメリカを批判すると同時にソ連を批判するというような態度、いわゆるディコンストラクション的な態度も、もはや意味がなくなったと思います。われわれは、あらためて、資本主義に直面しなければならなくなっている。

これまで、僕は積極的なことをいうことができなかった。たんに「批判」的な態度をとっていただけでした。というのも、資本主義にとってかわるような何かを考えても、それは現状よりもっと悪くなるだけだと思っていた。むしろ、資本主義そのものが脱構築的な運動であって、たえず固定した状態を解体・再構成していくものなのだから、そのほうに期待した方がましだ、とさえ思っていました。九〇年代にはいってから、それは違うと思うようになった。しかし、どうしても積極的なものを見出すことができなかった。『トランスクリティーク』を書いていても、そうでした。

『トランスクリティーク』は、カントとマルクスに関する論文ですが、カントの方は先に書き上げて、マルクスの最終章だけを残していました。ところが、最初にのべたように、そこで決定的な転回がおこったわけです。しかし、それはたんにマルクスだけでなく、カントについても同時におこったのです。僕は九〇年代に入ってから集中的にカントを読み、「探究Ⅲ」を書いていました。しかし、カントを読みながら一つだけ僕が避けていた部分があって、それは『実践理性批判』なのです。一番大事であるにもかかわらず、それを避けていた。カントは、そこで、義務に従うことが自由であるといっています。これがわからなかった。他の人の解釈を読むと、わかったように辻つまを合わせているとしか思えない。公然と批判している人はいますよ。フロイトもそうですし、フロイトを使ってアドルノもカントの義務に従うことにおいて自由が可能であるという考えを批判しています。アドルノは、義務は必ず共同体から課せられた義務である。それゆえ、体制的なものになる。義務とはフロイトで言えば「超自我」でしかない。

ところが僕はふと気がついたんですけど、義務というのは「自由であれ」という義務ではないか。そうだとすれば、その義務に従うことによってのみ、自由がありうるのだから、何の矛盾もない。自由というのは、自己原因的であることです。通常は、どんな自由意志による行為にも（自然的）原因があり、実は他律的であって、けっして自由ではない。だから、そのレベルでは、主体も責任もない。自由というのは、行為が自分に原因するかのように見なすことです。そのときに、はじめて主体あるいは責任が生じる。しかもその「自由であれ」という義務は、他者を自由として扱えということを同時に含んでいるわけです。

カントは、他人は単に手段として扱うのみならず目的として扱わなければならないと言っています。旧来のカント派、日本で言うと大正時代のカント派は、いわゆる人格主義ですね。他人を手段としてでなく目的として扱えというふうに理解してきた。しかしカントは「のみならず」と言っているわけで、他人を手段とすることを否定していない。また、否定できない。たとえば、旧制高校の寮の中で人格主義を唱えている人も、親を手段にしているか、または親が他人を手段にして手にしたカネで暮らしているわけです。他者を手段とすることは、分業と交換の中で生きている限り免れ得ないことです。しかし、ここで「同時に他人を自由として扱え」と言うならば、それはもはや主観的な人格主義にとどまり得ない。結局、他人を手段としてしか扱うことができないような資本制的生産関係の変革ということになります。要するに、「義務に従う」ということから、コミュニズムが出てくるのです。初期のマルクスも、そこから考えていたと思います。つまり、コミュニズムは富の平等とかいうことではなくて、倫理的な問題です。

僕が『トランスクリティーク』を書いた時には気がつかなかったんですが、それ以降いろいろ調べると、新カント派の左派は、カントは最初の社会主義者でありマルクスに必然的につながるのだ、と言っているんですね。最近手に入れたのですが、昭和十二年に岩波文庫でフォルレンダーの『カントとマルクス』という本が出ています。僕は困ったなと思った（笑）。僕が知らなかったぐらいですから、たいがいの人は知りませんし、英語の翻訳もありませんが、いまさら無視できない。だから、『トランスクリティーク』の英語版の序文には、カント派マルクス主義についてちょっと書きました。要するに、僕は書いてからこの本を見つけたので、別に読んでから考えたわけではない、と。さらにいうと、あまり質がよくないのです。やはり『資本論』をきっちり読んでないために、突っ込んだ議論ができていない。初期マルクスについては、かなり妥当しますが、『資本論』がいわば資本＝理性の批判だということがわかっていない。とはいえ、今も読むに値します。このようなカント的マルクス主義を徹底的に駆逐したのが、レーニンです。

カウツキーやレーニンだけでなく、すでにエンゲルスの段階からそうですが、マルクス主義は、資本主義のあとにコミュニズムになるということを、自然史的な法則であるかのように考えていました。しかし、そんな法則はないんですよ。歴史に目的はない。目的とか意味とか自由とか、そういうものは倫理性のレベルにおいてしか存在しないのです。初期マルクスはその意味で、きわめてカント的ですが、それは生涯において変わっていません。

山城　最初「義務に従う」というのが嫌だったというのはよくわかりますね。今の話をきいて思ったのですが、柄谷さんは九〇年代になって「死の欲動」ということを言われた。「死の欲動」というと、ふつうはエロスに対するタナトスと言って、暗い無意識の破壊衝動を指すように言われますが、「超自我」の理論的深化として「死の欲動」が出てきたわけでしょう。あえて意識・無意識と区別していうと、道徳のような意識ではなく、無意識において働く「超自我」でしょうか。柄谷さんは、フロイトの「死の欲動」をカントに引き込んできて、カントの道徳を、無意識のレベルでやみがたく動く「超自我」として読み直されたのだったと思います。柄谷さんが「義務」についてあらためて考えなおされたことも、「死の欲動」という言葉で考えられていたことと関係があるのでしょう。

柄谷　そうですね。「死の欲動」の問題は、むしろ超自我の問題ではないかと僕は思っているのです。以後のフロイトは後期フロイトだと考えられていますが、そのころ、彼は超自我について新たな見方をもつようになったわけです。たとえば、ユーモアについても、彼は超自我の役割を認めています。苦痛の状態にある自我に対して、そんなことは大したことはないよ、と慰めるのが超自我です。彼は超自我の積極的な役割を認めたのです。一種の「自律性」(自由)をもたらすものとして。

前期フロイトでは、超自我は共同体や両親の規範を内面化したもので、一種の「検閲官」として見られていました。その場合、もう一つの例をいうと、フロイトは、親が子供を甘やかして育てた場合に、子供が非常に厳しい、倫理的な人間になる場合があると言っています。この場合、「超自我」が両親や共同体の規範の内面化だとしますと、それは説明できない。自分で自分を律するということは、外から来たものではない。内から来たのだ、というのが、フロイトで、彼はそれを「死の欲動＝攻撃性」に求めたのです。カントのいう「義務」もそれと同じで、外から来たのではない。そういうことを以前から考えていましたから、今度カントの実践理性（倫理）について考えた時、別の形でそのことが出てきたのだと思います。マルクスにおいても、実践理性が重要なのだと思うんです。

山城　ふつうは「死の欲動」とマルクス的なポジティヴな実践とは結びつかないですね。だいたい「死の欲動」というふうに言われると、ネガティヴな感じがする。僕は、柄谷さんがなぜ、九〇年代にカントとフロイトを論じて「死の欲動」を強調し始めたのか、正直言って、わかりませんでした。しかし、柄谷さんの場合、「死の欲動」は、カントの道徳がマルクス的な実践につながる契機になっているんですね。「義務として自由たれ」という道徳が「死の欲動」によって、マルクスの主体的実践に開いていくわけです。なんで柄谷さんが「死の欲動」と言い出したのか正しく評価できなかったけれども、それを通じてカントからマルクス的実践に開いていったということは、今思えば、九〇年代に「死の欲動」について考えていたときから既に、現実を、世界をどう変えるかをポジティヴに考え始めておられたのだと思います。

「消費者としての労働者」の運動

柄谷　ファシズムは単なる反革命ではなくて、対抗革命、カウンター・リボリューションです。したがって、それ自体が革命です。これは必ずしも戦争と結びついていませんね。実際に結びついたのはナチぐらいで、スペインでもイタリアでも別に戦争はやっていません。これは、ロシア革命に対抗する手段だったと思います。それで、本来だったらそういうことが嫌なブルジョアジーも、対抗上ファシズムを支持せざるを得なかったわけです。映画の『地獄に堕ちた勇者ども』はその典型で、粗暴なものが嫌いなブルジョアの一家が、ナチを認めていかざるを得ない。日本でも同じだと思います。近衛新体制などは、メンバーの中にソ連帰りのような人がいた。ロシアの五ヵ年計画を真似していますからね。対抗革命は相手側に似るものです（笑）。

最初の話に戻りますが、カウツキーは、レーニンがクーデターで権力を握ったロシア革命を批判して、社会主義は民主主義と切り離せない、ロシア革命のおかげで社会主義そのものが回復不可能なダメージを受けたと批判しました。それに対して、レーニンは「背教者カウツキー」を書いて反論したわけですが、僕は、基本的に、カウツキーの批判は正しかったと思います。ボルシェヴィキの革命がなければ、ロシアは社会民主主義になったでしょう。ロシア革命がなくても第二次大戦はあっただろうが、もっと違ったものになっていたはずです。そして、社会主義は理想として残り得たでしょう。しかし、レーニンの社会民主主義批判も正しい。なぜなら、社会民主主義は、ソフトな国家主義であって、結局ナショナリズムを避けることができない。実際、社会民主主義者は第一次大戦に参戦することを支持したのです。

しかし、レーニンもカウツキーも完全に忘れていたのは、マルクスがいう「可能なるコミュニズム」、つまり消費・生産協同組合のアソシエーションです。それによって、資本と国家が消滅するような形態のヴィジョン。アソシエーションはロバート・オーウェンのような人が考えたものだし、実際上アナーキストが推進してきたものです。しかし、マルクスはこれに積極的な意味を見出そうとしたわけですね。彼はパリ・コミューンに関して、協同組合のアソシエーションについて言っていますが、イギリスではもっと日常的にアソシエーションが存在していました。今でもイギリスはすごい。協同組合大学までありますから（笑）。政党もあり議席もありますが、労働党と提携しています。ただし、だんだん衰微している。しかし、そういうものが一八五〇年代から六〇年代に非常に大きくなり活発になっていたわけです。

マルクスは『資本論』第三巻で、株式会社について述べていますが、それを資本制の中での資本制の揚棄だといっています。それは、株式会社においては、旧来の資本家が消えてしまうからです。現在の用語でいえば、資本と経営の分離です。株は売り買いできるものですし、一方、経営者は多くの場合株主ではない。そういう意味で、株式会社は資本制の中で資本制の揚棄だというわけです。しかし、マルクスはそれと同時に、生産協同組合を並べて取り上げている。そして、そこに、資本制の揚棄を見出しています。マルクスにとって、コミュニズムは、消費・生産協同組合のネットワークが資本制生産にとってかわり、かつ国家にとってかわるというようなものだったと思います。それはレーニン的な国有化とは違うだけでなく、エンゲルス、あるいはカウツキー、ベルンシュタイン的な社会民主主義とは似て非なるものです。

山城　マルクスが生産協同組合を肯定していく過程は、経済学の研究が深化してゆく過程と並行しています。アソシエーショニズムはもちろんマルクス以前にも個々別々にいくらもありましたけれども、マルクスの場合、経済学の研究の過程でアソシエーションに見出していった理念は、通常のアソシエーショニズムの理念とは違う。マルクスが言っているアソシエーションは、現実の組織や運動体としては同じでも、理論における評価の仕方として、つまり現実を変えるという線での位置付けが違う。

最近、バクーニンを読み返していて気づいたのですが、彼もやはりロシアの農村共同体における生産協同組合的側面を高く評価していたんですね。しかし、バクーニンは農村共同体には家父長的で封建的な遺制が厳然としてあるから、そんなところに可能性を見出していてはだめだと言って、実践的には蜂起主義的な方向に行く。それには、バクーニンはやはり、経済学の科学的・批判的研究を通じて生産協同組合の可能性を、現実を変えるコミュニズムの線に位置付けて評価するということができなかったということがあると思います。バクーニンに比べると、チェルヌイシェフスキイははるかに理論的にやっていた。彼もやはりロシアの農村共同体における生産協同組合的な要素に、資本と労働を揚棄する可能性を見出していましたが、バクーニンと違って、経済学の科学的・批判的研究を通じてその可能性をつかみだそうとしていた。チェルヌイシェフスキイは、現在の地点からマルクスと比較して見ると、まだまだユートピア主義的なナロードニキの理論家にしか見えませんが、そのチェルヌィシェフスキイをマルクスは絶賛していて、彼をシベリアの流刑地から救出することに一肌脱ごうとまでしていた。それはチェルヌイシェフスキイが、理論が何であるのかを分かっていたからですね。バクーニンはマルクスの学者根性を揶揄しましたが、それは理論家肌とか学者肌というのとは根本的に違うことでしょう。

アソシエーション主義でやっていく場合、マルクス以外の展開として例えば、アナルコ・サンディカリズムがある。サンディカリストも、単にゼネストによる革命を言ったのではなく、アソシエーション的、生産協同組合的なものを取り込んでいる。レーテの運動などにはそうしたものが基盤としてあったでしょう。しかし、マルクスが資本に対してやったような原理的洞察を踏まえず経験主義的にやるから、限界が出て来ると破綻してしまう。もしくは、限界の内部で自足するわけです。アソシエーションは、現実の運動体としてあるけれども、理論として原理をつかまえた上でアソシエーションを展開していかなければ「可能なるコミュニズム」につながっていかないのではないか。

柄谷　僕が「トランスクリティーク」に関して何度も修正を加えているのは、その問題があるからです。資本制経済を止めるのは理論的には簡単なんです。剰余価値がなければいいわけです。つまり、G－W－G′（貨幣―商品―貨幣）という増殖過程が成立しなければ、資本は終りです。それには二つの方法があります。それはG－Wというところでなす資本への対抗運動です。それは、ネグリが言っているように働くなということです。でも働くなと言っても、コンビニで働いてたんではしょうがない（笑）。アルバイトも賃労働ですし、資本にとって労働者がパートタイマーになるのは大変望ましいのです。働くなというのは、賃労働をするなということです。もちろん、働かなければだめですよ。働かないと、親のカネで食う人格主義の類になってしまう。そこで、賃労働でないような労働の形態をつくらなければならない。それが生産協同組合です。

その場合、古いイメージで、生産協同組合を考えてはいけない。それから、プロレタリアという言葉も古いイメージで考えられています。それは日本ではもう存在しない、とか。しかし、プロレタリアとは、二重の意味で自由な人間、つまり、封建的・共同体から自由で、且つ、生産手段から自由な（生産手段をもたない）人間のことです。いわゆる貧民は、相互扶助的な共同体にいて、そこに従属している。ウォーラーステインはそれをセミ・プロレタリアと呼んでいます。家族を養える給料をもらえるのがプロレタリアです。世界的に見れば、プロレタリアの割合は少ない。その意味では、現在の日本では、ほとんど皆プロレタリアになっているんですよ（笑）。奇妙なことに、商店や中小企業の経営者も、子供を大学にやってプロレタリアに仕立てようとしている。ただ、現在の不況とリストラで、サラリーマンは自分らがプロレタリアなのだということが少しはわかったと思うけどね。実際、親の家業を継ごうという人たちが増えているから。

現在の資本制生産の段階は、情報技術革新によって、生産力や生産をあげるというよりも、その間のコミュニケーションや流通過程を短縮することによって、剰余価値を得ようとするものです。それはこれまでのシステムを根本的に変えてしまいます。そのことは、僕が関係している領域でいえば、特に、出版などにおいて露骨に出てきています。たとえば、編集者は、もう大きな出版社に通勤する必要はない。家にいてもいいわけですから。であれば、編集者の協同組合をつくればいい。むろん、小出版社の企業組合も可能です。会社にいると、利潤を上げるために、入社するときには考えてもみなかったような不本意なことをいろいろやらされるわけでしょう。それで、何かニヒリズムに陥って、売れれば勝ちだというように居直ったりする人がいますけど、それ自体悲惨ですね。

出版流通に関しては、プリンティング・オン・デマンドが普及して在庫をつくらないで本が売れるような形態になったら、もう編集者のアイデアだけが問題になってくるでしょう。同様に、坂本龍一がやっていますけど、音楽家のアソシエーションはインターネットで直接配信して楽曲を売ることを考えているわけですね。中間搾取がなくなれば、上がった利益は作り手である生産者たちにそのまま分配されるようになる。映画製作だって協同組合的な形式でやればいい。消費者（観客）が最初から出資するというようなやり方でできるわけでしょう。そんなふうに、アソシエーションの可能性はいろんなところに出てきていると思うんですよ。協同組合では、個々人は生活に必要な分は働くけど、それ以上は無理して働かなくてもよい。しかも、あくまで一人ではなく、協同作業ですから、資本制と同じ、あるいはそれ以上の生産性をもつ。

もう一つの対抗運動の可能性は、W－Gにあります。つまり、それは「買うな」ということです。これはガンジーが始めた運動でした。ガンジーの時代には武装闘争がすごくありました。しかし彼はそれを斥けて不買運動をやった。イギリスは一ヵ月でギブアップしました。どんな武装闘争をやってもイギリス軍から見ればどうってことありません。よく新左翼が武装闘争とか言いますけれども、あれは武力とは言い難いものですからね。非暴力の不買運動が資本にとって一番こたえることです。しかし、買うなと言うためには、他にものを買うところがなければいけない。買うなだけだったら死んでしまいます（笑）。ガンジーは一方で消費・生産協同組合をつくろうとしているんですね。アメリカでも、最近知ったことですけど、マルコムXは黒人に対する社会福祉などを要求するのではなく、黒人による商店の協同組合的経営、さらに生産協同組合を志向していました。それと差別的な白人の商店のボイコットをくっつけてやろうとしたわけです。彼は、そういうことを言い出した時点で殺されてしまったんだけど、それが実現していたら、今のようなゲットーはなかったでしょう。社会民主主義的な福祉政策やPC的要求では、黒人問題を解決できないのです。というわけで、資本制の中での闘争と、資本制でないような消資・生産形態をつくりだすことの両方がなければならないということです。どちらに比重を置くかではない。僕は内か外かという問題で揺れ動いたわけですけど、今の結論としては、「内も外も」です（笑）。

最近、『買ってはいけない』という本が話題になっています。これは消費者運動で、それなりに重要だと思いますし、企業にはこたえると思います。しかし、それだけではだめだと思う。自分たちが消費・生産協同組合をつくっていく方向が必要です。市民運動や消費者運動は、労働運動と別個のものとして考えられています。しかし、資本の運動とは、実際は、労働者が作ったものを労働者が買うということにあるわけです。だから、消費者の運動は、労働者の運動です。これまでの革命理論は、生産過程での労働運動のみを重視してきました。しかし、そこでは、労働者は「主体」にはなれないのです。消費者として買う立場においては、主体的でありうるし、普遍的な立場に立てる。たとえば、自分の会社で作ったものでも、消費者としては「買ってはいけない」という立場に立てるわけです。だから、労働運動がなくなって、消費者運動が出てきたというふうに考えるべきではない。実際は、「消費者としての労働者」の運動なのだと考えるべきです。その点でいえば、一般にエコロジストやフェミニストは、生産関係に触れようとしていない。しかし、「消費者としての労働者」の運動において、それらが重なり合うと思う。また、そうでないようなエコロジズムやフェミニズムはもはや大して意味がない。

LETS（地域交換システム）の可能性

山城　フェミニズムやエコロジーなどの問題に対する取り組みを、数珠つなぎにつないで反体制的な連帯をつくるという見方がありましたが、資本主義との関係でフェミニズムを考えたり、あるいは地球環境の問題を考えようとしても、そこに一貫した原理が今まではなかったですね。

マルクスが一般のアソシエーショニズムと違っているのもそこです。アソシエーション主義・協同組合主義、あるいは生産協同組合や消費組合は散在して、孤立した形でいくつもあります。それは結局、共同体と同じような形で存在していますが、それが横断的に連携するためには資本に対する原理的な洞察が不可欠だと思います。フェミニズムもそれなしには閉塞していくだけではないでしょうか。資本主義とフェミニズムという問題はこれまでにも考えられてきた問題ですが、二十一世紀に展開していくためには、もう一度マルクスの原理的な分析に戻って、資本に対する抵抗運動という構図の中に位置付けなければならないのではないでしょうか。特に『資本論』を、柄谷さんも「トランスクリティーク」で示唆されていたように、価値形態論を軸にして読んでいけば、フェミニズムやエコロジーの運動などがアソシエーションとして連帯しうる原理を出せると思います。しかも、資本自体が国家を超えて展開しているものですから、それに対するアソシエーションも、たんに国内的にではなくて国際的な形で展開しうるという展望もあります。その可能性は、やはり原理を踏まえた上で現実を変える理論を打ち出せるかどうかにかかっている。資本に対して現実的に有効なカウンターを食らわせうるのだというポテンシャルを持つ理論がないと、アソシエーションも「可能なるコミュニズム」として展開しないと思う。その意味でも「トランスクリティーク」は非常に重要な試みだと思います。

柄谷　資本制でない消費・生産の形態をつくりだすと言いましたけど、それは実際には非常に困難なわけです。要するに、信用の問題ですね。結局は銀行に依存することになります。無店舗生協でも、大きくなってくるともう株式会社にしたほうがいいというふうになってくるんですね、銀行との取引関係で。だから、たんに消費協同組合、生産協同組合だけでなく、それらの間での信用システムをもたないと崩壊する。資本制外の交換において一つの自律的な決済システムをつくること。これは西部忠が理論化しようとしているLETS（地域交換システム）ですね。これは外国では或る程度実現されていますが、非常に興味深いものです。貨幣をこちらで作ってしまうわけですから。

昔の例で言うと、日本の村では、頼母子講というのがありました。例えば設備投資をするとか、家を改築するとか、非常に多額のカネが要る場合がある。しかし銀行から借りることはできない。昔は農協もありませんし。そこで、みんなでお金を出し合って、くじで当たった人が順番にそれを借りるわけです。しかし、これはムラ共同体の中でなされるものです。つまり、共同体的拘束によって可能です。しかし、それが互いに見知らぬ人たちのアソシエーションとしてなされている例があります。たとえば、カナダでは、住宅を建てるのにそういうやり方をしている。これもLETSがあるところでは、もっとうまく行きます。僕は西部さんの提案が大事だと思うのは、そういうことに関して、可能なる技術を提示していると思うからですね。

山城　LETSについても、それを理論化していく作業が重要ですね。たとえば、LETSにグリーンドルというものがあります。これは、貨幣のようで貨幣でないようなものと位置付けられていますが、一方に今一般に流通している貨幣を軸にした価値形態があるとすると、ではLETSのグリーンドルでの売りと買いはそれと比べてどういう価値形態を構成するのか。一般に流通している貨幣と比べて価値形態論的にどういう差異があるのか。何が変わるのか、どこが変わらないのか。西部さんのやっている理論について僕が関心を持っているのは、そういう観点からです。たとえば、そうしたことを理論化することが非常に大事なところだと思います。

もう一つ、一般の流通貨幣とは違う交換体系のシステムを現実につくりうる可能性が具体的にあるのだという事実そのものも非常に大事です。たとえば、今話に出たカナダの住宅購入の例もそうですね。ほかにも、生活協同組合とのリンクもあると思います。そうした具体的な運動体や組織との結合関係を背景として踏まえてしかも理論化が進められていくということが西部さんの仕事で非常に重要なところだと思います。

賃労働とは何か

柄谷　十九世紀末からのマルクス主義の問題は、アナーキストも同じですが、生産過程中心主義であることです。そこで、例えばアナルコ・サンディカリズムでもレーテ運動でも、工場を自主管理したりするわけですが、これはうまくいかないと思います。なぜなら、資本と競争しては勝てないからです。なぜ流通（消費）過程を重視しないのだろうか。資本の運動が実現される場所は二重に見ないといけない。マルクスはこう言っています。剰余価値は流通過程にはない、しかし流通過程にしかない。そこで、「ここがロードス島だ、ここで飛べ」というわけです。剰余価値に関して、彼は一種のアンチノミーを指摘しているわけです。では、この二律背反をどのように解決すべきか。それは剰余価値が、異なる体系の間での交換による差額だと考えればいいわけです。それは流通過程にある。しかし、産業資本主義においては、そのような価値体系の差異は、技術革新によってもたらされる。その意味では、生産が剰余価値を生み出すともいえる。

生産過程で労働者は搾取されているという理論は、根本的には領主と農奴の関係の延長だと思うんですよ。スミスでもリカードでも、古典経済学者は基本的に農業資本主義を念頭においていた。その時代は工業などほんの局所的なものだったから、彼らは主に農業の資本主義的形態を分析していたのです。領主が今まで農奴に対してやってきたことを、農業資本家としてやることになったわけですね。ヨーロッパの場合、農奴の地代は、日本のように現物地代ではなくて、ほとんどが労働地代でした。賦役ですね。だから、週のうち何日かは領主のために働く。それが剰余労働ですから、はっきりわかるわけです。ところが資本主義的な形態をとると、身分的な隷属関係でなく契約関係になります。それによって、自由であるとともに、いつクビにされても仕方がないようになる。と同時に、どこからが剰余労働かがよくわからなくなる。従って、本当は剰余労働（剰余価値）が搾取されているというのが、リカード左派の理論です。これはマルクスの考えではない。マルクスが生れるころから、イギリスでは、剰余労働時間、剰余価値を取り返せという理論がありました。一八二〇年代ぐらいからそれにもとづく労働運動がさかんになって、労働組合も成立していたわけです。一八五〇年代には、もう「労働貴族」という言い方まであった。そうすると、『資本論』を書こうとしたマルクスが、リカード左派と同じことをいうはずがないと考えるべきです。

生産過程中心主義の考えは、農奴が領主に対して立ちあがるように、労働者が資本家に対して、立ちあがれという考えになりやすい。それはヘーゲルのいう「主人と奴隷の弁証法」になる。ところが僕の考えでは、マルクスは資本主義を農業資本主義というような形態ではなくて、商人資本から見たと思うんですね。古典経済学は重商主義を否定し、商人資本を否定した。産業資本は商人資本のように差額から儲けるのではない、と考えた。アダム・スミスは分業と協業のために生産性が上がり利潤が出るのだと考えたのですが、リカード左派は、いや、そこに剰余価値の搾取があるのだと考えた。何度も言うけど、このような見方はマルクスの言い出したことではないし、マルクスの独自性はそんなところにはないのです。マルクスは、資本制の問題を商人資本から考えようとしたわけです。つまり、彼はあくまで流通過程を重視した。その点で、僕がちょっと疑問に思ったのは、山城さんが流通過程と言いながら、なぜ労働時間説に回帰するのだろうか、ということです。

山城　僕は福本からアソシエーションの問題に入ってきた関係で、生産協同組合か消費協同組合かと言ったときに、前者のほうから両者の結合を考えてきました。そういう意味で、生産というか労働の面を無視することができない。とくに賃労働の揚棄という課題はコミュニズムの理念として重要視しています。だから、もちろん生産過程中心主義には批判的だけれども、それが流通過程のみを問題にするとなると疑問に思う。それで、生産過程を重視するというのとは違った立場で、「労働」という問題を重視したいのです。それを切り捨てることには抵抗がある。そこが柄谷さんに疑問を呼び起こすのでしょうが、それは批判にはならないと思うのです。

まず最初に断わっておけば、僕は「労働時間説」には全然、こだわっていません。時間のことはあまり考えていない。ただ、労働という観点を抜きにしてしまってはいけないと思うだけです。同じ交換過程の中に入って売買されるのだとしても、労働力という商品はやはり普通の商品とは違うと思うのです。モノの売買と労働力の売買は基本的に違う位相にある、と。モノは労働力と同じ次元で同列に商品化するわけではなく、まず労働力という特殊な商品の売買が軌道に乗らなければ、労働力以外の一般商品の売買が近代のように社会の過半を覆うということにはならず、社会の周縁（共同体と共同体の間）にとどまったままに終わるでしょう。労働力の売買が自明のものとなる体制ができて初めて一般的な商品が社会の全面を覆うようになるわけです。モノの売買と労働力の売買は、同じ売買であり商品交換の過程でありながら、位相の違うものとして考える必要がある。流通過程を重視するためには、この位相の違いを混同してはいけないと思います。

そういう意味で、流通過程を中心に考える場合でも、労働というファクターはやはり重視するべきではないかと思うのです。労働力という商品は、自分を再生産する以上のものをつくり出す。そこに絶対的剰余価値の起源があるわけです。労働が交換過程の中に労働力という商品として組み込まれたときに剰余価値が出てくるという考えは、柄谷さんが言っていることと基本的に不整合はないと思うんですよ。ただ僕が重視したいのは、同じように交換過程に組み込まれていても、労働力は、一般の商品とちがう位相にあるということです。

もちろん、モノの場合も、違う交換体系の間の「差額」として剰余価値を考えることができます。しかし、モノが売買される場合の「差額」という意味での剰余価値と、労働力という特殊な商品が交換過程に組み込まれて売買される場合に派生する剰余価値とは違うと思う。繰り返せば、僕は特に「労働時間説」にはこだわっていません。ただ、流通過程を重視する場合にも、労働という観点は切り捨ててしまってはいけないと思うのです。同じ交換過程の中に入るとしても、労働力という商品はやはり普通の商品とは違うという点は押さえないと、絶対的剰余価値の概念があいまいになる。

柄谷　それは当然です。労働時間説についていっておくと、マルクスは具体的労働時間と抽象的（社会的）労働時間を区別していて、それは古典経済学がやらなかったことだといっていることになる。たとえば、僕が十時間働いても、その仕事が売れなかったら、社会的には何も働かなかったことになる。あるいは、フィリピンで労働者が日本人と同じことを同じ時間働いたとしても、社会的にはわずかしか働いていないことになる。要するに、抽象的労働時間は、交換・流通なしには存在し得ないわけです。だから、マルクスは労働時間に、流通過程を入れたということができると思う。

とはいえ、具体的労働や労働時間はあくまで存在する。抽象的・社会的には、少ししか働いたことになっていないとしても、現に働いているわけだから。それは、よく考えるとおかしい。いくら働いても貧しいのはおかしい。では、なぜそうなのか。生産が商品生産であり、さらに、労働が賃労働だからです。だから、賃労働あるいは労働力の商品化を廃棄することが、コミュニズムだと思います。これがないかぎり、コミュニズムと名乗っても、虚偽にすぎない。たとえば、ソ連では、国有化において、全員が公務員として賃労働をしていたわけです。その意味で、たんに国家資本主義だったと思うのです。国家が資本家、党官僚が経営者であった。しかし、コミュニズムは国有化と何の関係もない。

問題は、どのようにして労働力商品を廃棄するか、ということです。宇野弘蔵は、労働力商品こそ資本制経済の矛盾であり、それを廃棄することがコミュニズムだといっていましたが、どのようにそれを廃棄するのかを言っていない。「南無労働力商品」を唱えているだけでした。

山城　たしかに、宇野弘蔵は労働の商品化ということをナムアミダブツのように唱えておけばよいと言っているだけで、具体的にそれを廃棄する方法を言ってませんが、ひとつ非常に面白い事実がある。宇野弘蔵と福本和夫は、互いに心理的な確執があるんだけれども、宇野は非常に福本の仕事を重視していたし、福本も宇野の『原理論』が出たとき非常に詳しく勉強して批判をしようとしていました。福本のやっていた生産協同組合は、さっき言われたような限界があります。限界はあるけれども、その限界の内部では賃労働は揚棄され、労働力の商品化は廃棄される。非常に狭い、狭隘な限界ではあっても、それがなくなるんですね。そういう意味で、宇野の理論だけで見ている限りでは必ずしも対応物はないかもしれないけど、福本と宇野を対にして見ていったときに、対応物が見えてくる。

労働というのは大昔からあった。しかし、労働が交換の対象になって交換過程の中に組み込まれていく場合、労働の意味は変質すると思う。そこが、概念としては労働力として区別されるところでしょう。交換過程も古代から、共同体と共同体の間に常にあったわけですが、近代になるまで、労働を取り込むところまでは行かなかった。しかし、労働が商品化されて、交換の中に組み込まれたところで初めて資本の原始的蓄積が生まれ、資本主義が立ちあがってくる。いいかえれば、資本は、商品と貨幣の位置の落差によって駆動するのだとしても、労働がそこに組み込まれないかぎり、資本主義は問題にならなかった。そういう意味で、資本主義を批判してそれに対する対抗運動を作るというとき、商品と貨幣の交換関係を重視するのはいいのですが、労働というファクターを無視することはできないと思うのです。

マルクスが商人資本を重視してそこから産業資本を見たというのは、僕も同じ考えです。労働力商品化（賃労働）の揚棄には、生産組合が対応するけれども、そこに限界がある大きな理由は、仮にその生産組合の内部でそれを労働力商品化を揚棄したとしても、その外部には圧倒的な商品交換があるわけで、それと無関係ではあり得ない。だから、仮に生産組合をやっても早晩、株式会社に転化するか倒産してしまう。ですから、労働力商品化の揚棄のためには、流通過程を重視して、商品交換を揚棄すること、交換過程を変質させることが必要になってくる。柄谷さんが強調して来られたように、価値形態論はそれを考える上で非常に有力な理論だと思うんです。だから僕は、柄谷さんが言われたことが批判になるとは思わないのですが。

柄谷　それでいいでしょう（笑）。

アソシエーション主義の限界

山城　たとえば現在、集団として、ヤマギシズムのようなものがありますね。そういうあり方については、どう考えていますか。

柄谷　それがまさにアソシエーションの限界ですね。つまりローカルには成立する。また、資本制化しにくい領域では成立する。協同組合も同じです。それは今までもあったし、今後もあると思います。しかしそれは、どうしても資本主義の中でのたんなる補完物にとどまると思うんですよ。資本と国家にとってかわることはできない。つまり、それらは資本と国家に抵触するものではないと思います。もし抵触するものになったならば、途端に、パリ・コミューンがそうですが、干渉され弾圧されるでしょう。実際、その結果として、協同組合やアソシエーションではだめなんだという考えがマルクス主義者の中にこびりついたと思うんですよ。やはり先に国家権力をとらねばならぬ。アナーキズムではだめだということが反省として出てきたと思うんです。もちろん権力をとるにも幾つかの方法がある。晩年のエンゲルスは、ドイツで社会民主党が合法化されて躍進したこともあって、議会制民主主義で権力をとれると考えていた。それが社会民主主義です。このドイツの社会民主党は、本来、ラサール派です。

話が違うけど、安岡章太郎さんはなぜかラサールが好きなんですよ。僕に会うと、いつもラサールの話ばかりしていた。小泉信三の影響かもしれませんが。あれは国家による社会主義なんですね。ラサールはドイツ社会民主党の基礎をつくり、ビルマルクと交渉したりしたわけです。しかし、どうも、ビスマルク的な国家主義と対応するのです。彼は協同組合を奨励するのですが、それを国家の手でやろうとした。ところがマルクスはラサールを痛烈に批判しました。協同組合に意味があるのは、それが国家にとってかわるからであって、国家によって養成された協同組合なんて意味がないといったわけです。たとえば、ユーゴスラビアでは、協同組合による労働者の自主管理があって、ソ連とはまったく違っていました。だから、それはチトー主義として、ソ連からつねに攻撃されてきたのですが、ここでも、やはり国家による協同組合でしかなかった。

われわれはたんに協同組合のアソシエーションをいうだけでは、これまでの試みの挫折を超えることにはならない。協同組合の限界を明らかにしながら、それをやっていくべきだと思います。だから、資本制生産の内と資本制生産の外と、同時に両方で資本と国家への対抗運動をやっていかなければいけない、というのが最近の考えです。

山城　マルクスがラサールを批判しているのは、端的には国家との関係の問題です。ビスマルク国家との妥協という点です。しかし、それは同時に『資本論』の原理的根幹にかかわる問題でもあったと思います。マルクスは自分の言っていることがラサール経由で流布し、それゆえ誤解されることを非常に恐れていた。現に、ラサールのせいで、バクーニンのマルクスに対する批判が出る。そこで、マルクスは『資本論』の商品について書いた章をできるだけわかりやすくしなければいけないと考えた。ラサールの誤解の原点は、商品交換に対する原理的な理解がなかったことですね。ところがマルクスの場合は、最終的には価値形態論に結晶する商品分析が非常に緻密になされていた。ラサール流の理解をしていくとそういう側面が全部消えてしまう。国家に結びついて、国家を介して資本を統制しようとする社会主義（国家資本主義）と
そのことは不可分の関係にあります。

たとえば、柄谷さんは価値形態論の読解を通してマルクスの分析を新しく前進させようとされていますが、何が大きな前進かというと、商品や貨幣の分析が、究極的には国家が問題とな

る地点まで先鋭化されているということだと思います。たとえば、LETSでも、今の状態では国家には抵触はしていないけれども、一定の規模以上に発展すれば、国家と抵触する可能性がある。逆に言えば、貨幣を媒介にした流通形態は、単に経済的なものではなくて、同時に、その貨幣を発行する国家を構造として組み込んだ形態になっている。マルクス自身は、商品論から始まる原理的な考察の果てに税金の問題まで考えるつもりでいたようですから、国家の問題を商品交換の問題と切り離して考えていなかったはずです。一般に国家に対してどう対抗するかという議論になると、議会主義でやるかあるいは暴力革命でやるかという話になってくる。けれども、そういう外在的なこと以前に、やはり、商品交換過程の分析において内在的に国家の問題にぶつかってそれとの対抗を考えるという姿勢がなければいけないのだと思います。端的には税金の問題がありますね。

柄谷　非常に簡単に言うと、非資本制的な協同組合はNPO（非営利団体）なんですよ。でも、そんなものが増えると国家は困る。税金を取れないから（笑）。もしそれがある限度をもって拡大するならば、国家と衝突します。今のNPOは国家によって認可され保護されたものですが。

山城　一部の組織がノン・プロフィットでやっていけるのは、大半の企業がプロフィットを出していて、それを税として徴収して運営している国家の保護を大前提にできるからでしょう。

柄谷　NGOというのもありますね。ノン・ガバメントというけれども、あれは実はガバメントですよ（笑）。今まで国家が援助していたのをやめて、NGOという媒介によってそれまでの弊害を避けようという程度のものだと思うんですね。だからこれらが拡大していって、よくなるというのは幻想だと思う。まあ、それはあっていいし、もっとそれを広げるべきだと思いますけど、それが国家から自由だということはあり得ないと思う。

プロレタリアート独裁とくじ引き

柄谷 僕は「可能なるコミュニズム」の方向を非常に現実的に感じうるような環境が今あると思います。それは中小企業や失業者を見ればわかる。好況に戻るまで待っていよう、あるいは国家の援助を求めようという発想は、社会民主主義的です。僕は、失業者が協同で企業を起こせばいい。中小企業も企業組合を作ればいい。その際、LETSのようなことをやればいいと思う。というのは、今の不況は、短期的な景気循環とは違って、慢性不況になると思うからです。アメリカは好況だといわれていますが、あれは完全にバブルだし、かなり近いうちに崩壊すると思う。そうすると、慢性不況は二、三十年はつづくでしょう。これは国家の経済政策が拙劣だとかいうようなことではない。

長期的な景気循環に関しては、コンドラチェフの長期波動の仮説があります。僕は、それと別に、六十年周期の循環を考えています。六十年ごとの大きな技術革新と生産力の発展がその周期性をつくるわけですね。たとえば一八一〇年ぐらいは、産業革命による綿工業を中心として、資本制生産が拡大した。その次は一八七〇年代の重工業化でしょう。一九三〇年代は耐久消費財を中心にした大量生産と大量消費、いわゆるフォーディズムですね。九〇年代に起こったのは情報技術革命です。この場合、ある観点から見ると、一八一〇年代のそれと一九三〇年代のそれとの間に類似性があり、一八七〇年代のそれと一九九〇年代のそれとの間に類似性がある。たとえば、重工業化と今日の情報産業化とはまるで異質のように見えます。しかし、労働力をさほど必要としないという点では、似ています。

宇野弘蔵は、日本資本主義論争、つまり、日本の社会にはなぜ封建的なものが強く残っているのか、なぜ資本主義の発展とともに封建的な構造が解体されないのかという問題に関して、それは国家による重工業化が先行したからだと言っています。重工業においては、固定資本の割には労働者が要らないんですね。重工業が発展しているにもかかわらず労働者はあり余っていて、それがみな農村に滞留する。そのせいで小作料が上がってしまう。農村に封建的な支配が存続しているように見えるが、それは資本制経済によってつくられたものであるというのが、労農派の意見でしたが、宇野はそれを重工業化段階の特性から説明したわけです。

一方、日本では『女工哀史』などで知られているけれども、綿工業あるいは繊維工業は人手が要るんですね。さらに、耐久消費財（電気製品や自動車）の生産もそうです。だから、雇用が多く、したがって消費も多い、という好循環になります。ところが、それはもう限界に達してしまった。現在のような産業革命（情報技術革命）においては、重工業化においておこったことと似たような事態が生じます。つまり、慢性不況です。ヨーロッパでは、一八七〇年代から慢性不況が始まり、帝国主義的な段階に移行し、第一次大戦まで行きついてしまった。僕が十九世紀末のマルクス主義者の多様な分岐の諸相を重視するのは、そのためでもあるわけです。

現在の慢性不況と、その中でのリストラクチャリングが落ち着くには、三十年ぐらいかかると思います。その間に、ひとが黙って耐えるということはありえない。放っておけば、戦争になるでしょう。たとえば、ヨーロッパは、国民国家の原理をこえたというけれども、すでに一つのスーパーステート（帝国）です。彼らは社会民主主義者です。しかし、民主主義的であることと、対外的に帝国主義的であることは、すこしも矛盾しません。社会民主主義だからこそ、国家的利益を優先せざるをえないのです。

レーニンは「帝国主義戦争から革命へ」といったけれども、このような傾向を放っておいて、その破綻のあとに来る革命を待て、というような考えをぼくはとりません。それに対抗するような形態をグローバルにつくっておかなければいけないと思うんです。それは平和運動とか、そんなものではない。むろん、それは日本の中だけでは済みません。僕が外国に行く理由は、本当はそれです（笑）。

山城　つまり、日本の場合も、封建主義が強くなっているかのような外観になるけれども、構造的には資本が貫徹されているということですね。それが、情報化の過程においてはもっと厳しく出る。しかし余剰になった労働者は、今度は農村に行くわけではない。だから、封建的になるわけではない。では、どこに行くのかといったらば、とりあえずは失業していくほかないでしょう。マルクスが考えていたのと似た状況が来ているわけですね。そういう意味でも、コミュニズムは、非常に現実性のある「可能なる」ものだと思います。

柄谷　ただ、マルクスがはっきりさせていなかったことを、われわれははっきりさせておかねばならない。それは権力の集中という問題です。マルクスはアナーキストがいうような集権主義者ではなかった。しかし、やはりあいまいなところがある。たとえば、マルクスはプロレタリア独裁ということをいいました。ここから、ソ連のような共産党の独裁が出てきた。だから、それをやめて議会制民主主義をとるというのが今の左翼だし、それはすでにエンゲルスにもあった考えです。しかし、「プロレタリア独裁」ということの意味をよく吟味した人がいるだろうか。僕の知るかぎり、いない。皆あいまいです。たとえば、日本共産党は一九七〇年代に、それをプロレタリアの執権とか言い換えたことがありましたが、それは独裁ということで非難されたくなかったからにすぎず、何もそれを明らかにしていない。「プロレタリア独裁」は「ブルジョワ独裁」に対応する概念です。「ブルジョワ独裁」というのは、普通みんなが考えている独裁と全然違うものです。つまり議会制民主主義のことを意味している。絶対主義的専制を打倒してできた民主的議会制が、すなわちブルジョワ独裁です。独裁がそのようなものだとすると、「プロレタリアート独裁」はどのようなものでありうるか。それは封建的専制や絶対主義的独裁になるはずがない。しかし、現実には、ソ連ではそのようなものになった。だから、マルクス主義者は「プロレタリアート独裁」という言葉を避けたがるわけです。

たとえば、レーニンは、官僚を輪番制にするということを考えていました。もちろん、そんなことはできなかった。しかし、これは「プロレタリアート独裁」ということと密接に連関しているとと思う。マルクスも官僚について同じことを考えていた。おそらく、彼らはアテネで、公務員をくじ引きで選んだことを念頭においていたと思う。ブルジョワ議会制＝代表制は、アテネの直接民主主義と比較されます。しかし、その違いを、直接か間接かという違いとして見るのは間違いです。アテネの民主主義は、議会にではなく、本質的に公務員のくじ引きに存するのです。そもそも、議会は貴族制にも王制にもあるので、徳川の政府にしても、大名たちの議会制によっていたといっていい。だから、幕末には、幕府側は、それを拡大して代表制議会に置換しようとしたわけです。どこでも、代表制議会はそのようにして始まった。それが最後に国民の総選挙というかたちをとっても、本当は、起源においてあったものが残っている。だから、代表制を、どう直接民主主義に近づけようとしても――たとえば比例代表制にしても、国民投票にしても――、それは不可能なのです。僕の考えでは、議会制民主主義がブルジョワ的な独裁であるとするならば、くじ引き制こそプロレタリアート独裁だというべきです。

代表制議会は、生産関係から切り離された抽象的な個人が投票することによって成立します。人々は会社で、社長や重役を選挙で選ぶわけではない。そこには民主主義はない。たんに、政治的選挙においてのみ「主権者」であるだけです。一方、それに対して、レーテやソヴィエトのように、生産関係に根ざした労農評議会のような議会がありうる。しかし、これもまもなく権力関係が固定化してしまうのです。協同組合にしても同じことです。このような弊害を避けるにはどうすればいいか。官僚制は、分業の発展した社会においては不可欠です。しかし、官僚制の弊害は、権力の集中にある。それを避けるにはどうすればよいか。つまり、くじ引きです。これは、権力が集中する場に偶然性を導入することであり、そのことによってその固定化を阻止するものです。

本当は、革命には外科手術のような暴力はいらない。そんなことをしても、もっとひどくなるだけです。必要なのは、骨盤のずれを直すことから始める「整体」のようなものです。それは今でもただちに可能です。具体的にいうと、会社でも官庁でも、トップを選ぶ時に全員で選挙で三人ほどを選び、その中でくじ引きで決めればよいわけです。その場合、買収や票読みをしても仕方がない。選ばれた者は、威張ることもできないし、自分の勢力を固めることもできない。また、それが定着すれば、選挙の段階で、「出たい人より出したい人」が自然に選ばれるようになる。こういうシステムがあると、その組織の雰囲気は一変します。僕は教育その他で人間の性向を変えることができると思わない。しかし、システムが変わると、人間は変わると思う。そして、現在の体制においてこういうことが進行しているのでなければ、革命はありえないし、あっても意味がない。LETSも一つの技術ですが、くじ引きもコミュニズムにとって不可欠な技術だと思います。

山城　今、話されたくじ引きの問題は、個人的にも刺激的な議論です。僕は生産協同組合の問題を価値形態論との兼ね合いにおいて考えて行って、国家の問題にぶつかって、最終的にプロレタリアート独裁の問題は避けられないと思った。ふつう、プロレタリアート独裁というと、プロレタリア革命後の一定期間、旧ブルジョワ層が形成する可能性のある反動・反乱を抑圧・鎮圧することと理解されているけれども、そういう暴力装置的なことでなく、労働力の商品化を廃棄した後に、さらに商品交換そのものを揚棄していく過程として位置付けられないかな、と思ったのですが、明確に概念化することはできなかった。だから、今、ブルジョワ独裁と明確に対比した上で具体的にくじ引き制度を提案しつつなされたプロレタリアート独裁の概念は個人的にも非常に斬新なものに思います。また、くじ引きの問題は、不可欠な技術であるだけでなく、権力（政治）と偶然性（確率性）の関係について理論的な興味も刺激するものだと思います。

インターネット時代の移動

山城　最後にこれからアメリカに行かれることについてお聴きしたいのですが、先ほどの話で理論との関係で少し言及がありましたが、具体的にアメリカではいつどのような形で本を出されるのですか。

柄谷　英米で『トランスクリティーク』を出版します。もともとそのために書いたものですから。二〇〇〇年の秋には出ると思います。だから、二十一世紀には間に合う（笑）。僕が今日話したのは、その最終章の部分だけですが、実は外国人にとっては前半の部分が画期的に新しいと思う。今日話したような部分の方がむしろ新しくないかもしれない。実際の運動の問題として見たら、イギリス・カナダや北欧の連中はずっと先行しているからです。理論的には弱いけど。マルクスは、帰国が許されたあともずっとロンドンにいた。それは、何か新しいことが起こっているところにいたかったからでしょう。本当は、原理的にはどこにいたって同じだし、またそれが僕の言う「トランスクリティーク」なんですが、具体的な移動には何かがある。コミュニケーションから言うと、インターネットの時代には、どこにいても同じです。しかし、やはり違いがある。

山城　今日は『トランスクリティーク』の結論部分を主に話をしてきましたが、「トランスクリティーク」には、もちろんそれだけではなく、カントとフロイトから導き出された「死の欲動」に関する新しい読み方、価値形態論の新しい読みなど、これまでの柄谷さんの「理論的仕事」がカントとマルクスを機軸に集大成されています。それは海外でも非常に新しいものとして高く評価されることと思います。他方、結論部分の「可能なるコミュニズム」の議論は、イギリスやカナダなどでは、運動や組織として日本よりも深く根づいていて議論としては新しくないかもしれないとのお話でしたが、しかし、だからこそ、今度、そういう環境に拠点を移されることで、今柄谷さんが模索されておられる「可能なるコミュニズム」の諸問題についても、今よりずっとリアリティのある環境で取り組まれることになるわけで、日本にいては出てこないような新しいアイデアがそこからは出てくるものと思います。海外に移動されてからの新展開を大いに期待したいと思います。

〔『新潮』二〇〇〇年三月号〕

時代閉塞の突破口

村上龍

「NAM」と「エクソダス」

村上　先週韓国に行ったんです。記者の人たちがみんな、「先週、柄谷行人が来て、日本文学は死んだといっていましたけれども、どうですか」って質問するんです。「それはたぶん、総体としての日本文学は死んだということで……」と説明したんですが、柄谷さんの意見には僕は基本的に賛成です。

柄谷　韓国では、韓国の文学は死ぬんじゃないかと思っているんですよ。ソウルの国際会議は「グローバリゼーションのもとでの文学の危機」というテーマだったんです。僕は会議では文学の話をせず、「トランスクリティーク」について話しただけですが、記者会見では文学の話を求められて、そういうことをいいました。韓国は日本と違って人口が少ないので、本当に危機感がある。日本は一億人のマーケットがありますから、外国と関係なくやれると思いこむ人が多いが、韓国の規模では無理ですね。状況は同じようなものですが、グローバリゼーションの影響が深刻に受け取られている。それと、彼らはノーベル賞には妙にこだわっている。その会議にもノーベル賞作家が四人ぐらい招かれて来ていたらしいけど、僕はだれ一人名前を知らなかった（笑）。ノーベル賞などその程度のものだけど、韓国ではまだ受賞者がいないから、何とかしたい、という気持が強いんでしょうね。もちろん、韓国の批評家は、会議でもそのような傾向を批判していましたが。

村上　韓国ではサイン会に、ピアスとかタトゥー入れた若い人が二百人以上来ました。読者層は日本と変わらない。みんな結構頭よさそうで、十四歳ぐらいの子もいるんです。「韓国のことは全然書いてないのに、どこがおもしろいんだ」って聞くと、「近代化を急ぎ過ぎた国の人間の病理が描いてあるから参考になる」みたいな答えがあった。

柄谷　それはかなりシニカルな人の言い方でしょう。日本の小説であっても、いまの自分たちの問題と同じだと感じているんじゃないかな。しかし、韓国人も、ものすごく急いでいますね。英語教育なども急いでいる。英語ができないと国際的にやっていけないと感じているからですね。僕が驚いたのは、獄中五年といった左翼でもみんな英語をしゃべることですね。たぶん、十年後には、日本人と決定的な差ができると思いますね。

村上　韓国へ行くと、政治を感じますね。日本だと「政治は嫌いだ」といっていられるけど、韓国へ行くと自分の存在そのものが政治的なので、「政治に関心ない」とか恥ずかしくていえない。「政治にはもちろん関心はあるけれども、いまの日本の政治家には関心はないんだ」と逃げましたが。

柄谷　今日、君に見せようと思って持ってきたものがある。僕は先頃、NAM（New Associationist Movement）という運動をはじめました。この対談が雑誌に出るころには『NAM原理』という本が出ていますから、とくに説明する必要はないと思うけど。その教育部門のメーリングリスト（ML）の中で、よく君の小説を話題にしているので、それを見せようと思ったわけですね。

村上　いろいろ違ったセクションのMLがあるんですか。

柄谷　そうです。実際に活動をはじめてから一ヵ月もたっていないのですが、この反応は君にとっておもしろいでしょう。

村上　おもしろいですね。例えば教育のセクションのMLというのは、基本的には討議する場ですか。

柄谷　そうです。「教育」の場合、現在、フリースクールを構想しています。それを、他の部門、例えば、「法律」や「LETS」という部門が協力して、プロジェクトを立てています。そういうカテゴリーを関心系と呼んでいるのですが、どの個人も、同時に、地域系に属します。多数の関心系・多数の地域系のそれぞれの代表などが、センター評議会を構成する。どのレヴェルでも、全部、メーリングリストを通して、毎日会議をやっています。会員登録すれば、それを読むことができます。

村上　中学生ぐらいが参加する可能性が大いにありますね。

柄谷　廣松渉や岩田弘が、戦後まもなく、中学生のときに共産党に入党したといっていましたけどね。旧制中学に行くのは一〇パーセント程度のエリートだし、中学生で共産党に入るのは別におかしくなかった。大人と同様にふるまっていた。ところが、違った意味で、いまはそういう状況に近い。メディア・リテラシーにおいては、大人よりも中学生が進んでいるからね。だから、何をやるかということがわかってきたら、行動は早いと思います。それに比べて、大学生は当てにならないという感じですね。

村上　僕も『希望の国のエクソダス』を書くときは、高校生でもちょっとリアリティがないなと思ったんです。

柄谷　今日は文学の話はしないという約束で来たのですが、『希望の国のエクソダス』という君の小説について話したい。ただ、文学として論じるという気持ちはまったくないんですよ。僕が興味をもったのは、いつごろ君がこういうことを考えるようになったか、ということですね。僕がNAMをはじめたのは今年（二〇〇〇年）六月だけど、それを考えはじめたのは、去年（一九九九年）の八月ぐらいからですね。そして、その基本的な考えが出てきたのは、さらにその一年前です。「村上龍の今度の小説はNAMに似てますよ」と人にいわれて読んだんですけど、確かに似ているところがあった。いつごろ、この小説を書こうとしたんですか。

村上　僕の読者がつくっているホームページがあって、その中の掲示板に、よせばいいのに、「いまの教育制度をあっという間に変えられる方法がある。それは何でしょう」という質問を出した。僕の答えとして「百万人ぐらい不登校になればいいんだ」と書いたら、「そんなばかな答えはない」と一部の人にいわれたんですね。

みんな「システムの変革」とかいいますけど、そのためにはどうしても法律を変えなきゃいけない。そのためには国会議員や政党や官僚とのかかわりが必要で、僕はそういった連中とはかかわりたくない。法制度を変えなきゃいけないのに、そのことを無視して、システムの変革とかパラダイムの変革とかいっている人たちがいるじゃないですか。すごく不愉快というか、無力感を感じていました。そういうことがあって、『エクソダス』を書いたんです。

柄谷　不登校というのは、一種のボイコットだと思うんですよ。僕が二年ぐらい前に突然考えたのは、労働者の運動を生産点を中心に考えるから間違っているということです。労働者が生産点でストライキをすることは難しいのです。労働運動が弱体化してくると、消費者運動や市民運動が盛んになりました。しかし、「消費者」や「市民」などという抽象物は存在しない。彼らは、広い意味で労働者なのです。消費者とは、労働者が、自分たちがつくったものを買う場所に立つときに出てくる姿です。労働者が買わなければ、剰余価値は実現されない。生産点での闘争は困難だけれども、この買う場所での闘争は容易です。ボイコット、不買運動には、資本は勝てない。だから、消費者運動とはかたちを変えた労働者の運動であり、それは、ストライキのかわりに、ボイコットを武器とすることによって、資本に対抗できる。ボイコットには、買わないというだけでなく、売らないというものもある。つまり、労働力を売らない（賃労働をしない）で、非資本制企業で働くということもボイコットです。

その意味で、不登校というのはボイコットですね。全共闘はストライキだった。それから、「校内暴力」はサボタージュですね。いまは大学生の間に、学生運動がないけど、それは社会的矛盾に面する段階が早期化して、中学や小学校の段階に下降しているからでね。そこに、ボイコットが大量に発生している。実際はともかくとして、君がそこに、新たな闘争のカギを見いだそうとしたことは、重要なヒントだと思う。

村上　確かに学校は、中学生にとってはサービスを受ける場所ですものね。

柄谷　そうですね。それから、インターネットのことがある。僕はＮＡＭを構想したとき、インターネットでやるほかないと考えた。僕自身、大半、外国に住んでいますから、インターネットなしには緊密な連絡がとれないから。ＮＡＭの会員には、嫌でも、コンピュータをやってもらわないといけない。そういうことを考えていたから、村上君の小説を読んだときに、同じようなことを考えているものだなと思って感心したんですよ。

僕は、学生の運動が復活してほしいと思っているんです。学生というのは、いわば純粋消費者で、これから労働者になろうとしている存在です。昔は、学生じゃだめだ、労働者が偉いというような考えがあったのですが、消費者としての労働者の運動という観点をとれば、そのような区別は意味がない。学生の方が中心になれると思ったのです。ただ、僕の印象では、大学生の反応が非常に鈍い。君の小説を読んだとき、僕は、学生といっても、高校生、中学生のことを考えていなかったな、と気づいたわけです。

村上　ＪＭＭというメールマガジンをやっていて、それは柱が金融、経済なんです。ＪＭＭと、『エクソダス』を書いたせいで、経済誌などから取材が来て、中高年のひとがインタビューに来る。で、まとめた原稿が、愕然とするぐらい文脈が違っているんですよ。インタビューは四十分ぐらいでも、直すのに一時間半かかる。書いた方が早いといつも思いながら、本当に頭に来てるんです。

あるフリースクールの生徒から、自分たちの新聞に出てくださいとインタビューされました。彼らが送って来た原稿は、一時間半ぐらいしゃべって、それをまとめたやつなんですけど、狂いがないんですね。不登校になって、フリースクールに行ってある程度回復した子は、「ウッソー」とか「イヤダー」とか「バカヤロウ」というだけじゃ伝わらない言葉、つまりフリースクールの中でコミュニケーションを獲得したので、ひとの話をよく聞くんですね。それと、コミュニケーションが成立しているかどうかということに危機感をもっているわけです。

柄谷　昔は、大学生の間はラディカルで、それから挫折して、企業に入り、大人しくなったわけですね。たぶん、いまの大学生は、もうすでに挫折して、大人しくなった人たちなんでしょうね。

ボイコットの有効性

村上　昔、ある大手製造業の幹部と飛行機の中で隣り合わせて、話したことがあります。そのひとは海外の現地法人を立ち上げる仕事をしていて、現地法人をアメリカ南部につくることになった。そのときに、日系とか韓国系に対する差別、レイシズムによる妨害が起きて、人種差別主義者から家に火炎瓶を投げ込まれたり、アメリカの右翼系企業などが妨害すると脅してきた。裁判をやっても長引きそうだったので、アジア系のひとたちに呼びかけて不買運動をやったそうです。レイシズムに加担している企業の物を買わない。加担している商店で物を買わない。半年ぐらいしたら向こうが音を上げて、勝ったという。NAMを読んだとき、その話を思い出しましたね。

柄谷　いままで興味なかったんですけど、ボイコットのことを考えてから、僕は急にガンジーの映画をビデオで見た。さらにその伝記を読んだ。ガンジーは南アフリカに長い間いて、そこで弁護士として闘争していた。その間の経験は非常に深いものがあったのでしょうね。その間に、ソローとかトルストイとか、非暴力的なアナーキストの影響も受けています。非暴力の闘争というのは、実は、ボイコットなんです。そう思ってふと気がついたんだけど、ルーサー・キングが最初にやった公民権運動も、市営バスのボイコットです。バス会社が一年ぐらいでギブアップして、それで勝ったわけです。インドの場合は、イギリスが一ヵ月でギブアップした。軍事闘争だったら、イギリスはすぐ弾圧できたわけですが、「買わない」といわれたら、買わせることを強制することは絶対できない。ストライキなら、すでに労働力を売る契約をしたのだから、働かせる強制はできます。だけど、買わないことに関しては、資本制国家において、強制する権力はどこにもないわけです。

村上　キャッシュが入ってこないから、効きますね。

柄谷　マルクス主義者もアナルコ・サンディカリストもゼネストによって資本主義を打倒できると考えてきたけれども、実際にはゼネストはできない。ところが、ボイコット、不買運動は、一〇パーセント程度でもこたえるんですよ。実は、マイノリティの運動も、フェミニズムの運動も暗黙にボイコットを使っているんですね。それをやられたら、企業はすぐに降参します。

村上　いま、日本で企業業績は上がっているのに、消費が伸びないといって、政府が困っている。もちろんNAMの運動とは別ですけど、国民の抵抗ですね。広義の不買運動ではないかと思います。

柄谷　政府は、消費を増やそうとして、公共投資やその他、いろいろやっています。もうそういうケインズ主義的な政策は無効です。マルクスが『グルントリセ』で書いていますが、どこの個別企業も、自分の労働者には賃金をなるべく少なくしたいが、他の企業には労働者にはもっと賃金を払ってほしいわけです。しかし、互いにそうしているから、大不況から出られない。一九三〇年代に出てきたのは、個別資本を越えた、いわば総資本の立場であって、それがフォーディズムあるいはケインズ主義だと思います。いいかえると、お互いに、高賃金を払って、大量生産＝大量消費をさせる。また、国家による公共投資によって、需要（消費）をつくり出す。このようなやり方で、大量生産＝大量消費を六十年ぐらい続けてきた。その結果起こったのが、地球温暖化に象徴されるような現象でしょう。だから、不況だから消費しないというよりも、人々は、もう一般的にいままでのような消費の仕方をしなくなっていると思いますね。それを、公共投資その他で、消費をあおるというのは間違っている。

では、失業者が増えているのにどうするのか、ということになりますが、本当は、その問題の解決は簡単です。労働時間を減らせばいいのです。給料を下げないで、労働時間を短縮する。それによって、雇用は増え、同時に、消費が増える。個別企業は、自分のところはそうしたくないが、よそにはそうやってほしいと思っているはずです。現在、日本の総資本として望ましいのは、労働時間を劇的に短縮することです。ところが、日本の労働組合は、個別企業と一体化していますから、リストラに協力し、賃金を下げ、もっと会社のために働こう、などといっている。こういう労働組合は個別企業にとってこれまでは便利であったけど、総資本にとっては、いまや困った存在なんですよ。別に、資本のために心配して忠告してやるつもりはないけど（笑）。

村上　オランダだったと思うのですが、冷戦が終わって、安い労働力の西側への流入でデフレになり、失業が非常に増えたときに、労働組合が、会社が苦しいのも理解できる、ただ単純にレイオフされるのはわれわれも困るからということで、ワークシェアリングとかいって労働時間を減らした。それが成功して雇用危機から脱したというのを読んだことがあります。

柄谷　ヨーロッパから、日本の労働時間は長過ぎると文句をいってくることがよくあるけど、あれは正しい。労働時間が長いということは、相対的に労賃が安いことで、一種のダンピングです。労働時間短縮は、一国だけではできない。ほかの国にも労働時間を下げる圧力をかけないといけない。だから、世界資本主義、世界総資本としてはそうせざるをえないでしょう。でも、個別資本、個別国家はそれに反対する。一時的には、損をするように見えるからね。

『エクソダス』で、いまのひとは会社に入ってどうのこうのと考えていなくて、全部放棄してしまう、脱出するということを書いていたでしょう。その場合、脱出したら、アメリカやアメリカの企業に入るという感じです。確かに、「頭脳流出」は一般にそういうものです。しかし、ここでもし、「頭脳流出」が、資本制経済の外に向かったとしたらどうか。実際、『エクソダス』では、大量の中学生が北海道に移住し、資本制経済の外に出てしまう。僕がＮＡＭで考えているのも、そういうことです。優秀な頭脳が資本制でない生産形態に流出すれば、資本にとって大変なことになる。

一九二〇年代に、日本のマルクス主義運動が国家権力にとって脅威だったのは、労働運動などが強かったからではないですよ。それは微々たるものだった。脅威は、東大・京大などの法学部の学生が左翼になったことです。明治以後の官僚体制は帝国大学法学部で成り立ってきた。その後継者の優秀な部分が全部共産党に行ってしまったら、他の運動が何もなくても、大打撃だったのです。

村上　まず官僚制が崩れてしまうわけですね。

柄谷　そう。だから、ほかの国とは、左翼運動の弾圧の仕方が違っています。学生を弾圧するだけでなく、彼らを権力の側に回収しなければならなかった。だから、ひどい弾圧はしていない。いわば「教育的指導」をしたわけです。日本以外のほかの国ではたんに弾圧があった。

村上　確かにチリとかでは転向はありませんね。反体制派を全員サッカー場に集めて射殺して終わりですものね。

柄谷　そうですね。

インターネットの可能性

村上　NAMの考え方の契機は昔からあったのでしょうが、柄谷さんの現実的な危機感というのはどういうものだったんですか。

柄谷　僕は、湾岸戦争のころから、現実的に、政治的にコミットしようと思ってやってきたけれど、それはうまくいかなかった。負けた、と思いました。湾岸戦争のころ、いわゆる全共闘世代などの、僕に対する批判はすごく嫌らしいものだったんです。加藤典洋みたいなのがその代表だけれども。それは、湾岸戦争がターニング・ポイントだということを、彼らがわからなかったからです。彼らはタカをくっていたんですよ。しかし、湾岸戦争のときに政府自民党が出してきた戦争への法的準備体制は、九九年に完全に実現されました。十年前だったら、「そんなことがもし本当になされたら立ち上がる」といったようなひとたちが、ろくに反対もしなかった。今後も、何が起こっても、立ち上がらないでしょう。僕は、もういままでのやり方ではだめだ、と思ったのです。

先ほど法律を変えるという話があったけど、法律を変えるには議会を通すことになる。しかし、僕は、議員や政党などにかかわり合いたくない。

村上　かかわってはいけませんよね。

柄谷　それは田中康夫についても同じことです。僕は、選挙などで一喜一憂するのではなく、小さくても、絶対に将来に力をもつ運動をはじめようと思った。それがＮＡＭです。

村上　敗北感というと、例えばネットがないころの、昔の、メディアと知識人と大衆の関係ってありますね。『群像』も、良くいえば知識人の雑誌だけど、例えば『批評空間』などで知識人が集まって話しますね。『批評空間』の部数は少ないけど、読んでいるひとたちも知識人で、みな各分野で指導的な、というか、教えるような立場にいる。いま僕はあえて非常に古い言葉を使っているわけだけど、そこから大昔ふうにいうと、前衛とか細胞とかが生まれて、運動の母体となるみたいな、そういう構造そのものが、とっくの昔に機能しなくなっていたこともありますね。そういった不毛な感じはなかったですか。

柄谷　だから、『批評空間』もやめたじゃない。

村上　あ、そうか（笑）。『批評空間』の批判じゃないんですよ。そういうトップダウンのネットワークが機能しなくなったということですが。

柄谷　実は、『批評空間』は再びはじめますが、今度は、生産協同組合としてはじめるわけです。それは、いまの流通機構を解体するための一つの運動です。『批評空間』に何が書かれるかということではなくて、その形態そのものが重要なのです。だから、休刊して、新しい企業を準備してきたわけです。僕自身、アメリカにいてよく知らなかったけど、休刊に関して、くだらない憶測による噂がとびかったという話は聞いています。しかし、来年、批評空間社ができたら、みんなが驚くようなことをやりますよ（笑）。

NAMの特徴の一つは、代表者を選挙とくじ引きで決めることですね。この考えがなければ、僕は運動をはじめなかったでしょう。

村上　くじ引きというのは最高ですね。

柄谷　僕はいま代表ですけど、それは暫定的なもので、正式には、三名連記の選挙とくじ引きという過程を踏まないといけない。いまは数が少ないからくじ引きができないから、いまの段階では普通の組織と似ているように見えるけれども、根本的に違う。逆に、大きくなったときに、本当にNAM的になると思うんです。君の小説では、中学生の組織に関して、そこが具体的に書かれてないね。

村上　さすがにくじ引きは考えつかなかった（笑）。

柄谷　でもあれは、一種のくじ引きでしょう。それを読んで、僕はちょっと焦った（笑）。
村上　もちろんASUNAROの代表者を選ぶ「投票」は、インターネットがないとできないことなんです。しかし、最近、電子政府とか電子県庁とかいってるけど、いまのソフトでも、二択か三択だったら、一瞬のうちにパーセンテージがわかる。
柄谷　選挙プラスくじ引きも、電子的にやると、あっという間にできます。
村上　市民や県民の総意が一瞬にしてインターネット上に反映されるわけだから、市や県はそのことをわかったうえで電子県庁とかいってるのかな、と思いますね。職員が大量に要らなくなるわけですからね。
柄谷　国家機構というものは、なるべく小さい方がいいわけです。税金の大半はそういうものを養うために使われているのであって、本当はあんなに要らない。
村上　そうですよね。余剰の人員をどうするかという問題と、カウンセラーなどを増やすシフトの問題はありますが、いまの公務員の数は半分にしてもまだ多すぎるでしょうね。

「日本（人）」というくくり

村上　僕がJMMをやろうと思ったのは、年下の友人がメールマガジンは儲かるといったからです。結局儲かってないんですけどね（笑）。もう一つは、テレビとか雑誌とか新聞をいちいち批判するのが嫌になったんです。徒労感があって、こんな連中を批判してもしようがないと思った。メールマガジンの発行主体になれば、それは自分でメディアをもつことになる。自分でメディアをもてば、ほかのメディアを批判するのではなく、それを充実させていけばいい。それでＪＭＭをはじめたんです。無料だからほとんど儲からないんですけど、いま七万八千部ぐらいですからね。そこでは、金融の現場のプロのひとたちと話したり、メールをもらったり、僕が質問して答えてもらったりする。経営をテーマにした座談会のとき、アーサー・アンダーセンというコンサルティング会社の人が来て、「日本型経営とアメリカ型経営」といって、日本型はだめだからこれからはアメリカ型だとか、二十分ぐらいしゃべり続けたんです。そのうち、ＪＭＭの寄稿家が、厳密にいって、あるいは普遍的な問題として、日本型とかアメリカ型というふうに区別できるのだろうかという話になったんです。日本型、アメリカ型というふうに簡単にはくくれないことがわかってきて、日本企業の中にも良いシステムはあるし、アメリカの経営のすべてが優れているわけではない。要するに、いまの日本に足りないものをみんなアメリカ型といっている場合が多いわけです。

ＪＭＭをやっているうちに、「二十一世紀に日本経済はどうなるか」とか「日本文学はどこに行くのか」とか「日本人は」とか「日本経済は」とか「日本企業は」とか、ひとくくりにすることがすごく不自然だなと思えてきた。この前も坂本龍一と『EV. Café』をやって、そのとき坂本と同級生の塩崎恭久さんという自民党の代議士がゲストだったんですけど、やっぱり「日本は」とか「日本人は」という主語になっちゃうんです。あとで坂本から、「日本人は」というたびに違和感を感じたというメールが来た。

世の中は、完全に二極化というか多極化しているけれども、いまのメディアには多極化とか二極化した現実に対応できる文脈がないから、例えば「日本に二十一世紀未来はあるか」という問題の立て方しかできない。問題の立て方が間違っているから、どんな答えを出しても全部無意味なわけです。例えば教育雑誌の表紙とかに「あなたの子どもは大丈夫か」と刷ってあるけれども、それは、大丈夫な子どもと大丈夫じゃない子どもがあるというのが前提になっているわけですが、そういう前提はもちろん幻想です。だから、答えは全部無意味になっちゃう。そのへんがメディアに対して抱いていた違和感ですね。

『エクソダス』で、不登校に対する概念が少しだけ変わるとか、あるいは、柄谷さんがいってくれたみたいに、中学生にもひょっとしたら可能性があるんじゃないかとか、読者の既成概念みたいなものをちょっとでも変えるというようなことなんですけど。

柄谷　ある話し方をすると、どうしても「日本は」とか「日本人は」という話になっちゃうんですよ。例えば「NAMの運動が拡大すると、日本経済は落ちこんでみんな困るんじゃないですか」という質問をするひとがいます。しかし、この運動は、アメリカでも、どこでもやります。でも、僕は日本人のためにやっていると思っている。日本の運動は、つねに外国から来たものを真似しているだけですね。

村上　もちろん真似だから全部だめということはないんでしょうが、環境問題の運動とか、NGOとかNPOというシステムの発想とか、全部真似ですね。

柄谷　フェミニズムだってそうです。

村上　そうですね。

柄谷　しかし、NAMの運動は、いわば日本産です。僕は、本来この運動は日本でなくて、アメリカやイギリスでの方がうまくいくと思っていますけど、日本でやっておかないと、日本人に気の毒だと思ってやっているわけです。わかる？（笑）

村上　わかります。そのあたりは柄谷さんは昔から一貫してますね。

柄谷　本当は、困難なところではじめなかったら、理論的原理は試されないと思うからです。NAMを、ここ大阪ではじめたのも同じ理由ですね。東京でやった方がうまくいくに決まっているんですよ。ところで、運動をはじめて少しわかってきたのは、コンピュータに関して反感をもつ人が多い。保守的なひとならわかるんですが、左翼的なひとに多いんです。

村上　資本主義のシンボルみたいに思っているんですかね。

柄谷　そうでしょうね。僕はずっと前から、左翼であるためには、英語とコンピュータができないとだめだ、そうでないヤツは左翼ではなくてロマン主義者だ、といっているんだけど、ロマン主義者が結構多いんです。しかし、現実に、運動をはじめたら金が要るじゃないですか。それはほとんど印刷物と郵便代です。僕は、こんなものに一銭も使いたくない。電話代のかかるファックスも使いたくない。Eメールなら、何百人に出しても十円ですむ。

村上　柄谷さんはあえて「左翼」といっていますけれども、誤解されちゃいますよね。

柄谷　何で？

村上　一般的な文脈で「左翼」というと古臭いと思うひともいるかもしれない。まあ、適当な言葉がないんですけどね。

柄谷　うん、ない。しかし、僕は別に遠慮する必要はないと思っている。いま、日本には左翼がいないから。たかだか社民じゃないですか。最近は、共産党もはっきり社会民主主義であると声明した。

村上　そう考えると、確かに「左翼」がいちばんいいかもしれないですね。

自然主義と社会批判

柄谷　本の反響はどうですか。

村上　十五万部だから、『群像』とかに載っている小説に比べると売れているんですけど、ものすごく反響があるわりには売れていないという実感ですね。僕の場合、出て一ヵ月後に映画化やテレビ化の話が来たりということはあまりないので、そういった意味ではすごく反響は大きいんですよ。菅直人が国会で森首相に「これを読んだか」といったりもしている。でも反響のわりに売れていないということは、文藝春秋の努力が足りないわけじゃなくて、二極化している証拠じゃないかなと思います。「業界」というか、マスコミ関係、代理店、それにIT関連のひとたちとかは、ほとんど読んでるんです。都市部では売れていても、田舎ではまったく売れてない。その傾向は僕の場合、昔からあったんだけど、ある種のひとたちが嫌がってというか、恐がって避けているというような雰囲気を感じました。

柄谷　それは左翼だからじゃないか？　僕はよく知らないけど、君は芥川賞の選考委員になって、最近の小説について何かいったという話ですね。それは何？

村上　ナッシングということです。伝えたいことが何もないということをわざわざ小説で書かなくてもいいじゃないかなと思ったんです。自分には書くことが何もない、小説にすべき情報が自分の中に何もないということをわざわざ小説でいわなくても、書かなければそれで済むのに、というようなことです。

柄谷　僕はいま、近畿大学大学院で教えていて、アナボル論争をとり上げているのですが、その一環として、石川啄木の「時代閉塞の現状」を読んでいたんです。それは、魚住折蘆というひとが、自然主義を「自己主張の思想」であり、国家強権に対抗するものだと評価したことに対して、書かれているのです。そのような対抗は、一つもないじゃないか、と啄木はいうわけです。もう一つ、同時期に書いたエッセイ（「性急な思想」）の中で、彼は、「時代の弱点を共有しているという事は、如何なる場合の如何なる意味に於ても、且つ如何なる人に取っても決して名誉ではない」と、書いています。

僕は、この当時すでにそうであったように、日本の「自然主義」を正確に定義することはできないと思います。それは文学理論とかいうことと関係がない。だから、ほかの文学流派があっても、それも「自然主義」と同じです。したがって、むしろ、「時代の弱点」、時代のネガティヴな面をとらえることが文学だという考えを、自然主義と呼べばよい、と思うのです。とすると、「自然主義」はいまも支配的であるということがわかります。

戦後の文学でいろんな論争があったけれども、基本的には「主題の積極性」を否定するということにあったわけです。つまり、社会を変えようという志向があっても、それは文学的にはだめで、むしろこの社会の病をより深くとらえていることによって、暗黙にその変革を示唆するというようなものが文学的に優れている、という主張です。君がいったことでいえば、何も積極的にいうものがないこと、それ自体がこの時代の病をとらえているということで、評価される。ネガティヴなものは褒められるけれども、積極的なものが出てくると嫌がられるんです。君の小説でも、SMとか、そちらの方は褒められる（笑）。が、『エクソダス』は文学的にはけなされるでしょう。僕自身も、これを文学として読んではいない。しかし、君がこういうものを書く気持がよくわかるのです。自分が社会の病を代表している、象徴している存在というだけでは、やっぱり嫌じゃないですか。

村上　例えば、『トパーズ』なんかで描いた人間たちは、八〇年代、非常にマイノリティだった。エズラ・ヴォーゲルの『ジャパン・アズ・ナンバーワン』で日本人がみんな浮かれていた時代に、ああいうSMをやるひとたちを書いたわけですけど、いまインターネットのページを見ると、例えばSMにしても「同好のみなさん、ぜひおたよりをお寄せください」みたいな感じになっている。洗練されてきているわけです。じゃ、そういうひとたちが病んでいないかというと、明らかに病んでいるんですね。

昔より生命力が落ちて、突然通り魔で、金づちでガーンと殴る男もそうだけれども、僕が昔描いてきたような主人公たちとはタイプが違うんですが、そういうひとたちがマジョリティになっているような気がして、マジョリティのことを克明に記録してもしようがないと思うようになってきました。『エクソダス』はそのことを考えて書いた最初の小説で、それは学校だったけれども、今度は同じ戦略で家族のことを書こうと思っているんです。

僕は、『単一民族神話の起源』や『〈日本人〉の境界』を書いた小熊英二の、現実の認識の仕方に敬意を表していて、この前彼と対談したときに、家庭や学校が「壊れている」というのはちょっと違うということを聞いて、その通りだと思いました。大家族制も、昔の農業社会の産業形態にとってはもっとも効率的な家族システムで、高度成長とか近代化のときには核家族がもっともフィットした。でもいまはさらに変化が起きていて、教育も家族のシステムも変化にフィットしなくなってきた。要するに変化に対応できていないだけで、「悪くなった」とか「崩壊している」という言い方は違うんじゃないかという話になったんです。

小説はソリューションを示すことはできないので、『エクソダス』の場合には中学生が学校から、あるいは日本という国から外に出るという話だったけれども、今度家族のことを書くときにも、そういった視点から、つまり「崩壊している」という視点ではなく、変化に対応できていないという視点から、書こうと思っています。

主題の追求

柄谷　さっきの続きをいうと、自然主義は文学史の概念で、いろいろ議論はあるけど、その同時代でもはっきり定義できなかった。ヨーロッパの自然主義と比べてもしようがない。むしろ、いままで君がやってきたようなこと、ほかの作家もみんなやっていること、これを自然主義と呼んだ方がいい。要するに、ネガティヴなことだけを描く。しかし、そのことが結果的に国家への対抗になっているのだ、と。私小説もそうです。自分の病理的な世界を書く、しかし、それが同時に世界の病理であり、その「鏡」になっているのだ、というわけです。だから、何を書いても許されるし、くだらない自己暴露が妙に評価されたりする。石川啄木が「時代閉塞」と呼んでいるのは、大逆事件後の状況ではなくて、「時代の弱点を共有する」文学の状況です。本当は、その「鏡」から出ることが大切ではないか。でも、出方が難しい。第一に、それは文学的に評価されないという覚悟をしないとだめです。あのころ、それをやったのは、みんなばかにするけど、武者小路実篤ですね。例えば、彼は「新しき村」をやった。君の小説だって「新しき村」ですよ（笑）。

村上　確かにそうですね。

柄谷　大杉栄は、武者小路を褒めていて、文章も真似しています。武者小路は口語でめちゃくちゃなスタイルで書き出した。武者小路実篤は文学史的には全然残らないけれども、彼の文章その影響力はすごいのです。口語的に書いているいまの作家は、みんなその末裔にすぎない。それ以前の漱石、鷗外みたいなひとたちが健在であるときに、口語で奔放に書き出したのが武者小路実篤ですから。彼は「新しき村」をつくった。それはみんなにばかにされたし、実際、「新しき村」は根本的にだめです。

村上　でも、何か変化に対応したいという希求があったんでしょうね。

柄谷　そうですね。それは時代閉塞ということを、彼も、啄木とは違った意味で、感じていたからだと思うんです。君は小説で「希望がない」といったけれども、それは時代閉塞ということじゃないですか。

村上　『エクソダス』とほぼ並行して、『共生虫』というのを『群像』に連載していたんです。こちらは谷崎賞をとったんですけどね（笑）。引きこもりがテーマで、主人公のウエハラという引きこもりの青年がある老婆と出会う。老婆はフィルムからビデオへという映像素材の変化の影響で、ネガフィルムの編集者をとっくの昔に首になった。その部屋に昔の記録フィルムがいっぱいあって、水俣の映像とか昔の戦争の映像を見る。おばあさんは気が狂っているから、だれかと勘違いして「あんた、いまからあの防空壕に帰るの」とかいうんですが、ウエハラは若いから「防空壕」が何かわからない。インターネットで「防空壕」を検索するとバーッと出てきて、父親をバットでぶん殴ったあとにその一つに行き、イペリットという旧日本軍の毒ガスを発見するというストーリーです。『コインロッカー・ベイビーズ』のラストシーンでは、「僕の、新しい歌だ」と書くことができた。あのころ、その台詞を無自覚に書いたけど、ウエハラの場合は自覚的にならざるをえなかったんです。防空壕で毒ガスを発見して、それをそのまま昔の防空壕に自分のものとしてキープして、ラストシーンで、ウエハラは新宿を歩く。ウエハラを何とかしてやりたいと思ったんですね。そのときに、自分に「希望」という言葉が生まれた。つまり、欠如として、希望という言葉を発見したわけです。物語がはじまる前と、そのあとでウエハラを、あるいはウエハラの状況や価値観を変えてあげたいと思ったけれども、どうしようもなかった。結局新宿の町を歩かせて終わったんですけど、あのときに何も彼に与えてやれないと思ったその無力感みたいなものが『エクソダス』に反映したのかなというふうにも思うんです。

考えてみれば当たり前のことですが、引きこもりしていて、おやじをぶん殴って、防空壕で毒ガスを手に入れた男が変化してしまうと嘘になってしまうんです。彼が覚醒してもいけないし、要するに変わらない。それを書いたんだけど、『共生虫』のラストシーンを書くときの作家としての無力感は強烈でしたね。

柄谷　でも、それは評価がよかったんじゃないの。

村上　だから、谷崎賞を……（笑）。

柄谷　「自然主義」だから。

村上　確かに。

柄谷　日本の文壇は、いろいろいっても、「自然主義」ですね。

村上　ただ、こういう書き方はもう最後かもしれないなと思いながら書いたんですけど、『ライン』のときもそう思ったからなあ。

柄谷　僕は映画をよく見るけど何もいわない。しかし、日本の映画についてしゃべってくれと頼まれて、一回しゃべりに行ったことがあるんですよ。三年ぐらい前かな。そのときに、日本映画は主題が抜けているといいましたね。

例えば台湾の侯孝賢《ホウシャオシエン》の『非情城市』を見たときに、このひとははっきり主題をもっていて、この映画で台湾の運命を描いている。天皇が敗戦の演説をしているときにオギャーと産まれる私生児が台湾です。監督自身は本土から来た外省人だけど、ネーションとしての台湾の形成を描こうとしたわけです。例えば、台湾の左翼らが蔣介石によって弾圧されるんですけれども、彼らは台北の帝国大学を出た左翼であって、たとえ毛沢東が来たって弾圧されたでしょう。左翼そのものが「日本文化」なんですね。とにかく、彼の主題は明白です。僕がその映画を見に行ったときに、パンフレットみたいなのを見たら、蓮實重彥が、ここのアングルは小津の引用だとか、そういうことしか書いてないんですよ。

村上　本当ですか。

柄谷　監督は明らかに、そのような主題なしにこの映画をつくらなかっただろう。技術的な問題は映画監督なら当たり前のことですよ。しかし、蓮實重彥は主題などを見るのは素人だ、俺はそんなバカではないという感じで書いていた。しかし、アングルがどうのこうのなんて、そんなもの映画をつくっている人間から見たらカスみたいな話ですよ。素人が映画を見まくって覚えた程度の技術論なんか関係ない。みんな苦労しているから、それぞれに技術をもっていますよ。批評家がそんなことを得意そうにいう筋合いはない。小説でも同じことですが。日本の映画がなぜだめかというと、主題がないからだ、あんなカスみたいな趣味的評論は全部否定しろ、主題をもつ以外に日本の映画は復活できない、と僕はいいました。小説も同じですよ。

村上　例えば黒沢清とか、映像の作り方はほぼ完璧です。ほとんど全カット、間違わずに撮るし、編集も見事です。ただ、根本的な問題として、こういう映画が本当に必要なのだろうか、と思うことがあります。人間の不安状態を映像として提出するのは案外簡単で、簡単なことを堂々とやるのは基本的におかしいと思います。

柄谷　根本的に主題がなかったら、ろくな映画はつくれない。主題を否定することで逆に何かをやっているかのように見えるとしても、多くの場合、そんなものはたんに、何もないだけ、です。

村上　主題を否定することで、何かそこに価値があるという倒錯はいたるところにありますね。昔、柄谷さんが、七〇年代から日本は価値観も何も変わっていないから、そういうところで果たして文学が成立するかどうかわからないといわれたのと同じことかもしれませんね。

文学が今できること

村上　いま、僕は小説というか、物語に求められているものがあるような気がするんです。自殺する人を救うとかそういうことだけじゃなくて、ポジティヴに新しい文脈を伝えることができるのは、イデオロギーとかスローガンじゃなくて、物語じゃないかと思うんです。それも物語の復権とかそういう反動的なことじゃなくて、自覚的に、戦略的に物語を利用して何かを伝えるということです。

メディアと教育が顕著ですが、文脈がもう変わっているのに、それに対応できていない。例えば「日本経済」「日本型経営」というカテゴライズしかできないわけです。二極化したり多極化したりしている現実に対応できるパラダイムがない。小説でその状況が変えられるという単純なことではないんですが、例えば『エクソダス』を書いたら不登校という概念が少し変わるとか、そういったことです。

柄谷　小説で状況が変わるとは思いません。しかし、小説というかたちでしか書けないことがあると思います。例えば、ウィリアム・モリスの『ユートピアだより』という作品があります。モリスはアーツ・アンド・クラフツという運動を起こしたことで知られていて、日本では柳宗悦の民芸運動がその影響を受けているのですが、イギリスの、もっとも初期のマルクス主義者です。晩年のマルクスが手紙で彼のことをコメントしていますから。僕は、モリスのようなイギリスのマルクス主義者がやったことは先進国での運動であって、この方が正統な運動だと思っています。ドイツやロシアでなら革命と呼ばれるようなことがもうとうに起こってしまった国で、社会革命がいかにして可能かを、考えたわけですから。彼の『ユートピアだより』は、君の小説の最後の部分にかなり似ている。本土から訪ねて行ったひとがこうじゃないんですかといったら、「いや、そういう時代が昔あったということは聞いている」という（笑）。

村上　中学生たちがつくった新しい町のタクシーの運転手がそういうことをいいますね。

柄谷　それが『ユートピアだより』とそっくりなんですよ。トマス・モアとか、ユートピア小説の系譜はずっとあります。というより、ユートピアは文学として書かれてきている。ところが、天国と同じく、ポジティヴなものはあまりおもしろくない。退屈です。しかし、おもしろくないからといって、それを否定すべきではない。余りにもネガティヴなことばかりみんながいっているから、人間、こういうことが可能なんだということをいうべきだと思う。

村上　明治になって近代国家をつくろうとしたとき、例えば義務教育をはじめたわけですが、日本人のほとんどが読み書きできるようになるまで三十年かかったらしいんです。最初親たちは、労働力を奪われるということで、子どもを学校に行かせたくなかった。学校に行かせた方が有利だ、学校に行った子の方が金を稼いでいるし、尊敬されているようだというコンセンサスが根づいた後は、義務教育が自然に根づいたということを経済史の本に書いてありました。そういうときに、政府は教育勅語やその他のスローガンで国民を教化していったということになっていますが、例えば芝居とか講談本とか、童話とか、物語の方が逆に近代化に力を発揮したんじゃないかと思うんですが。

柄谷　そうでしょうね。いまは逆に、子どもを学校にやってもあまり得しないな、というふうになっているんじゃないのかな。

村上　この前JMMで取材した関西の大手の塾のひとが、少しずつ介護にシフトしているというんです。彼らは資本主義という原則で、つまり利益を第一に、文部省や現場の教育者と違って、受験をビジネスとして考えている。親の反応を見ていると、いまは受験以外に基準がないから、とりあえず塾や学校に行かせているけれども、受験体制にかわる新しい教育基準が示されれば、この三年でドラスティックにかわるはずだと言ってました。

柄谷　いま、失業でジョブが足りないとかいうけど、そのジョブというのは資本制企業の賃労働のことでしょう。そうじゃないジョブはいっぱいある。第一、家事労働がそうです。介護もそう。それは、家族の中で、贈与－お返しという交換としてなされています。商品交換ではない。しかし、それもジョブであることに違いはない。例えば、日本の労働人口と比較すると、アメリカでは教師、看護婦、ケアの人たちの数は日本の六倍ぐらいになるらしい。つまり、そ

ます。

小学校で、一クラス十五人にすれば、教員の数がものすごく要る。失業問題などすぐに片づきれだけのジョブがあるわけです。だから、日本にも十分にあるはずなのです。例えば、日本の

村上　あっという間にかわるでしょうね。

柄谷　それに、十五人ぐらいだと不登校もいじめも減るでしょう。十五人ぐらいだったら、いじめられない。

村上　賃労働じゃない労働の対価としても考えられると思いますが、柄谷さんは地域通貨についてどうお考えですか。

柄谷　NAMの関心系の中にLETSがあって、西部忠という北大の先生が代表をやっています。彼は、いまのところ、世界的に、LETSの一番の理論家だと思います。NAMの中では、LETSでなく、その一種である、GETSというのを使おうとしています。ボランティアの活動にはLETSで払う。無償の行為は、される側に負い目を与えるからよくない。

村上　地域において、あるいはネットワークにおいて、自分が何を提供できるかを考える機会が皆無ですね。それで、自分が何を提供できるのかという問いが、まったく定着していない個人という概念に結びつくのかもしれないと思っています。インターネットという地域でもいいし、物理的に例えば横浜市青葉区というような地域でもいい。地域通貨をやりとりするときに、自分は交換において何を提供できるか、つまり自分は個人として何をもっているのかということを考えるすごくいい機会になると思うんです。

柄谷　日本の政党は、社会民主主義の右派と左派ですね。どちらも、ケアをやるのは国家だと考えている、しかし、それを根本的に疑わないと、「希望」はないですね。伝統的な社会では、ケアは、家族あるいは共同体の中でやっていた。それは、広い意味で贈与の交換関係（互酬制）です。自分が親の世話をしたから、今度は自分が子どもに世話をしてもらう、そういうのが家族や共同体の時間性です。いまはそれができない。だから、国家によって、ということになる。それが社会民主主義です。

一方、ＬＥＴＳは、互酬性の交換なのですが、他者に開かれたものです。資本主義的でないだけで、市場経済です。そこでは、家族や共同体とは関係のない他人との間に、労働の交換がなされる。これは社会民主主義と根本的に対立する考えです。ところで、通産省の一部のひとたちも、「エコマネー」を奨励していますけど、それはＬＥＴＳと違います。これは、福祉に国家予算を使わない、さらに、地域経済を国際的変動から守ろうという意図から出てきたものですね。しかし、地域通貨一般になじみができるのは悪くないので、僕は反対しません。

村上　具体的にどういうかたちかわからないけど、現在の世界金融市場には無理があるので、どこかでクライシスなりクラッシュが来ると思うんです。それが昔風の恐慌なのかどうかはわからないですが、そのときに、三〇年代の世界恐慌のとき、地域通貨をもっていた地域や共同体では貨幣が循環し、パンを買うことができて、仕事も創出できたというエピソードは、すごくいいプロパガンダになると思う。僕なんかも恐慌は怖いですからね。

柄谷　今度の『ＮＡＭ原理』にも出てくるけれども、バナナに関して、日本のグリーンコープやその他の消費協同組合がフィリピンの生産協同組合とアソシエートしているわけです。最初、大地主や国際資本にやられていた、ネグロス島の貧農たちが、日本の消費協同組合と提携して、生産協同組合をつくり、無農薬バナナをつくったわけです。それが成功して、全土に波及しています。ところが、それとともに、変なことが起こった。大農園も困っているけど、ゲリラの方も困っているそうです。だれも来ないから。

村上　ゲリラのなり手がないわけですね（笑）。

柄谷　しかし、それがいちばんいいんですよ。ゲバラにあこがれるみたいなロマン主義は要らない。それから、国家間の国際援助も要らないんです。これは直接やるわけですから、国際的な経済状況がどうなっても関係ないわけです。そういうネットワークがいっぱいできていれば。

村上　リスクを減らせますね。

柄谷　その交易にも、ＬＥＴＳを導入しようとしているようです。

村上　ドルや円が紙くずになるとか、いわゆる国際金融市場が崩壊すると、その後必ずナショナリズムや原理主義が復興すると思います。セーフティネットとしてもＮＡＭは機能するかもしれませんね。

柄谷　セーフティ以上のものです。

村上　もっと積極的ですね。

柄谷　そうです。文学者などもこういうことを知っておいた方がいいと思うね。

村上　単純に僕がNAMのために何か書くというわけじゃなくて、NAMの考え方、精神のいろんな部分にフォーカスを当てて小説を書いていくことはできると思うんです。

柄谷　そうですね。僕がNAMの運動をはじめたということで、僕が全部仕切ってやっていると思うひとが多いと思うけれども、それは違う。君は映画をやるからわかるでしょう。映画は協業じゃないですか。例えば、僕は、法律のこととかLETSのこととか、環境問題の細かいこととかはわからない。NAMは分業になっていますから、税理士、会計士その他の専門家が入って来ています。僕は、普通なら、そんなひとたちにどうやって会えばいいのかわからないのですが、NAMでは、日常的にそういう協業ができる。それは学者や批評家がやる協業じゃない。

昔、一九三〇年代に、映画製作がきっかけとなって、創作における個人とか主体が疑われた。映画はある意味でポストモダンだったから。そのことは、七〇年代以後に、もう一度出てきたのですが、映画そのものは逆に、創作主体を神秘化するようになった。その原因は、監督に映画の著作権が与えられたからですね。本来は、映画の共同製作自体が、ロマン主義的な自己実現とか創作を疑わせるものだったわけです。

村上　オリジナリティとか。

柄谷　映画がかえって近代文学になってしまった。一方、インターネットは、コピーライトの成立を非常に難しくしているわけです。いまNAMで法律のことをやっている朽木水という人は、もともと本来著作権を専門にする弁護士でしたが、インターネットの知的所有権の問題から、NAM的な問題を考えるようになった。最近は、自然科学で、学会に発表する前にパテントをとっちゃう学者が少なくない。とくに、アメリカでは。呪術と科学の違いは、本当は、知識が公開的であるかどうかにあるんです。呪術は、認識を秘密にした。だから、科学でも、認識を秘匿するならば、呪術と同じことになる。

村上　そうですね。

柄谷　くり返すと、科学が呪術と異なるのは、知識を公開するということです。つまり、知識の私有を認めないから、近代科学は本質的にコミュニズムなのです。

村上　単位とかはまさにそうですね。長さとか、重さとか、分子量とかの単位は、公開して共有しないと意味がないですものね。

柄谷　学会で発表しても一銭も得にならない。いいポストが得られるかもしれないが、企業が応用して得る利潤に比べれば、無に等しい。科学者が得るのは、たんに名誉です。しかし、それでいい、と思うんですよ。

村上　その考え方は非常にインターネット的ですね。

柄谷　インターネットでも、一方にビル・ゲイツがいるけれども、それに対抗して、無料のソフト、LINUXのようなものを公開するひとがいる。最近インターネットで見たんだけど、アメリカのコンピュータ学者で先端でやってきたひとが、このままいくと恐ろしいということで、ニュー・ラッダイトということをいい出しています。

村上　コンピュータの打ち壊し運動ですか。

柄谷　一方では、知識の私有財産化が進行していますが。

村上　それはおもにアメリカの世界戦略ですね。

柄谷　それに対して、全部、無料で公開しようという運動も起こってくるわけですね。ＮＡＭの活動もそうです。経営のノウハウでも無料で公開します。

村上　infoseek や Neoteny といった会社を興している伊藤穰一というひとを招んで、「ＩＴ革命のリアリティ」という座談会をＪＭＭでやったんです。僕が、インターネットは儲からない、いまＪＭＭは広告料でやっているけれども、まったく儲からないといったら、「間違っています」といわれた。確かにインターネットは儲からないけれども、プロフィットじゃなくて、バリューとして考えなければならない。単純に金に換算されるのではなくて、バリューがそのひとに新しい利益をもたらすんです、といわれて、正しいと思いましたね。原稿の締め切りがあるのに、まったく無料であるＪＭＭをやっているわけですが、バリューだと呟きながら、原稿を書いています。

新しい発想の価値

柄谷　むしろ、何をバリューにするかということですよ。僕と同年配のひとは、いま定年ぐらいにさしかかっているけど、いい会社や官庁にいたと思っていた連中が、いちばん情けない思いをしている。

村上　死んでますからね。いま、中高年の自殺が二万人とかいわれているけれども、あれは自殺決行後二十四時間以内に死んだひとの数らしい。三日後に死んだひとは、統計上は自殺未遂になるという。それを入れると倍ぐらいになって、死ななかったひとまで含めると、十万人とか、二十万人っていってた。少年の犯罪でも同じで、氷山の一角というけれども、大体そういう事件は一〇パーセントだと思って間違いないらしいんです。つまり中高年の自殺予備軍は二、三百万人いることになるそうです。

柄谷　確かに倒産したから食えない、というひともいるかもしれない。しかし、本当はそういうことではないんじゃないか。戦後はもっと貧しかったけど、そんなに自殺していない。いま、日本で失業しても、戦後の貧しさみたいなものはない。何とか食える。神戸の地震のとき、みんなが落ちついていたのは当たり前で、関東大震災のころとは違う。生活は何とかなるのだから。いま、ひとが死にたくなるのは、自分がもっていた価値が全部崩壊したと思うからです。金の問題じゃないでしょう。

村上　信じていた価値が崩壊したときに、例えば焼け跡と化した故郷にいると「生きなきゃ」と思うのかもしれないですけど、こういうビルに囲まれた景色のところにいて、風景は何もかわってないわけですよね。菅直人が昔、「もう一度焼け跡に立ったつもりで、これからの日本経済の復興に」とかいったけれども、それがいちばん難しいんじゃないかな、と思いましたね。

柄谷　ただ、僕は、自殺するぐらいだったら何かしたら、と思うな。

村上　歌舞伎町でバーテンやるとかサンドイッチをつくるんだったら、仕事があるらしい。雇用の専門家に聞くと、「失業率とかいってるけれど、いままで部長だったひとがサンドイッチをつくれるかという問題に尽きる」といってました。

柄谷　自殺というのは、自分という人間を殺すことでしょう。殺人です。では、自分を殺すことを認めるのであれば、なぜ他人を殺さないのかと思うんです。リストラでクビになって自殺するのであれば、なぜクビにするヤツを殺さないのか。殺すことがよくないなら、自殺もよくない。

村上　だれか自殺したときに、「自殺は罪だ」とニュースとかできちんといわないのは大問題だと思うんです。

柄谷　知り合いから聞いたんだけど、イギリス人が、日本で職を失ったひとが自殺しているという話を新聞で読んで、まったく理解できないといったそうです。その家では三代失業しているから（笑）。だから、彼らの自殺は、価値の問題です。自分がつまらぬことに価値をおいてきた、と反省すれば、いいんですよ。

村上　ずっとそのシステムにプライドを置いていて、その崩壊を目の当たりにする。そこが、焼け跡じゃないところがつらいですね。

柄谷　若いひとに、「君らはこういうことはもうやめた方がいい」といえばいいじゃないかと思うんです。

村上　僕も一回、中高年のひとからの言葉ということで、「私はだまされていた」みたいな文章を書いたんですけれども、告白でその文章を書くとものすごくリアリティがあります。東大に行きさえすれば大丈夫といわれていたのが大間違いだった、君たちだまされないようにという文章ですけど、めちゃくちゃリアリティがあるんです。

柄谷　そうですね。でも、そういう小説はあまりないんじゃないか。

村上　反動的な感じのものばかりですね。いまは変化と苦難の時代だが、昔はよかったとか、再度国民的一体感をとり戻そうとか、愛と誠意で、家族は仲よくしなきゃという文脈は力が強いですね。そういう本が売れますね。

柄谷　それはそうでしょう。売れるけれどバリューはない。

村上　バリューはないですね。

柄谷　科学者はパテントをとらなくても名誉がある、別に有名にならなくても、自分がやったということで満足している、それでいいと思うんです。自分の人生を振り返って、自分が何かをやったと思えれば、それでいいじゃないの。

村上　さっきいったモルとかグラムとかセンチというような単位は、みんなが使わないとまったく意味がない。しかし単位がないとあらゆる科学的な伝達は不可能だし、世界を認識するのも不可能です。コミュニケーションもできなくなります。単位を発見して、公開したひとはすごいと思う。みんなが使わないと意味がない。だから、まさしくバリューですね。

柄谷　例えば、ＬＩＮＵＸが普及して、たぶんウィンドウズは負けると思う。公開しようという精神が必ず勝つと思う。

村上　物語は、プロフィットではなくてバリューの方が格好いいという文脈をつくることもできるかもしれません。

柄谷　そうですね。

村上　反動的なひとは増えているわけだけど、僕はそういう動きに対しては比較的楽観的です。日本は教育勅語だけで軍国主義になったわけじゃないし、昔の全体主義・軍国主義をもう復活させようとしても、昔みたいに童話とか芝居とか映画とか講談本を利用するのは難しいでしょう。リアリティがない。これだけ情報がオープンになっているし、子どもたちに読ませる童話をナショナリスティックに書くのは、いまちょっと難しいんじゃないかと思うんです。僕はどんなものでも書く自信はあるけど、僕は書かないから。

柄谷　僕はさっき、リストラされて自殺するぐらいなら、社長を殺せといったけれども、そういうことがニュースになると、経営者は脅えると思うんだけどな。自分が死ぬ前にいちばん嫌だった上司を殺して道連れにする。

村上　それは怖いですよ。

柄谷　だけど、死ぬ気になったときには、できるはずだよ。全部自分が責任をひっかぶるかたちをとるのは間違っている。

村上　自分さえ犠牲になれば家族は安泰だという偏ったコスト&ベネフィットみたいなものが、どこかにすり込まれているんですかね。

柄谷　そうでしょうね。でも、いまは全然そうならない。

村上　赤穂浪士とは違いますからね。

柄谷　だから、自殺したヤツはたんに損だと思う。

村上　確かにそうですが。

柄谷　いや、死ぬ前に社長を道連れにする事件が二、三件でも起こってごらん、大騒ぎになりますよ。どこの会社もビビって、簡単には首にできない。責任のある経営者からやめないと。みすみす一人で死ぬことない。道連れでいい。心中です。日本人は心中が好きなんだから（笑）。

村上　確かに三件くらい起きたら、みんな考えますね。

柄谷　経営者の責任を問わないのはおかしい。

村上　こんな感じで閉塞感があって、ただ自殺して、会社の社長を殺すという選択肢もないというのは悲しいですね。

柄谷　僕は、それは本当の闘争だとは思わないけれども、自殺するくらいだったら道連れ（笑）。

村上　確かに闘争じゃないですね。

柄谷　でも、簡単に首切りできないとか、それだけで、状況は一変するよ。

村上　「とくにあいつはやめておけ」とか（笑）。

柄谷　一人の中学生が金属バットで親を殴り殺したという事件で、全国の親が戦慄を感じた。急に、バットを隠したりしてたじゃないですか。

村上　だから僕は息子と遊ぶようにしました。金属バットで殴られるの嫌だから。

柄谷　それと同じで、一つの事件でも、「このやり方があった」というふうになって、あちこち一遍に広がると思うよ。それはマスコミの影響とかよくいうけど、違う。彼らが発見するんですよ。それで同じ事件が起こるのです。影響じゃない。

村上　発見ですね。

柄谷　ろくな発見じゃないけどね（笑）。ろくな出口ではないけれど、それが一つの出口として発見されるのだろうと思う。だから、事件は連鎖的に起こる。例えば、いじめが連鎖的に起こったのは、いじめで解消すべき問題が前にあるからで、彼らはいじめを発見したのです。いじめのなかった状態も、いじめ以後に劣らず、ひどいものだったと思います。

村上　言葉というのはやっかいだと思うんです。「援助交際」という言葉がなかったらあんなに流行しなかったし、「フリーター」とか、便利な言葉はあっという間に流通する。

〔『群像』二〇〇一年一月号〕

『蟹工船』では文学は復活しない――

黒井千次
津島佑子

柄谷　こういう「文壇」的な座談会に出るのは久しぶりです。お二人とそろって会うのも、二〇〇〇年の秋以来ですか。

黒井　新宿のアスターで、「柄谷行人を励ます会」というのがあった。

柄谷　そう。僕も「励ます会」だと思って行ったのですが、ちょうど再婚したばかりだったので、いつのまにか雰囲気が披露宴みたいになった（笑）。

津島　「新郎」なんて呼ばれたりして。

柄谷　最後には、〝引き出物〟まで出た。もっとも中身は、出版されたばかりの『NAM原理』だったので、もらった人も困ったかもしれません（笑）。

あの会の頃、僕は自分の生き方を完全に変えようとしていた。再婚もそうだけれども、NAMを始めたのもその時期です。文芸評論から完全に足を洗い、アメリカに移住しようと考えていた。それで、作家のみなさんに会って別れを告げようと思ったのです。作家では他に、古井（由吉）さんと町田康さんに来てもらったはずです。町田さんは知り合って間もない人だったので、あれが、僕が「さようなら」と言うための会だったとはわからなかったかもしれない。

黒井　僕だってわからなかった（笑）。和やかないい雰囲気の会だとは思ったけれど、まさかお別れの会だとは。

「近代文学」は終わったか

津島　「近代文学の終り」といったことを言い出して、物議を醸したのはその後ですね。

柄谷　そうですね。ただ僕は、文学が終わった、といったわけじゃありませんよ。近代においては、文学が過剰に重要性を認められていた。そういう時代が終わった、といっただけです。それは事実で、僕だって長く文学にたずさわってきたんだから、そのことはたんに悲しいですよ。しかし、あなた方のように書き続けていく人には頑張って欲しい。その程度のことで、何か特別なことを主張したわけじゃありません。

黒井　なんだ。悲壮な決意とともに文学と訣別したわけじゃないのね。

柄谷　突然小説を読まなくなったとかいうことでもないですよ。前から読んでないし（笑）。新人賞の選考委員を長くやっていたから現場にいたように見えるけれども、義理でやっていただけですから。いろいろ頼まれるけど、今後は、俺のことは放っておいてくれ、といいたかったんですよ。

黒井　再び文学に興味をもつとすれば、何がきっかけになる？

柄谷　それはわからないですね。ただ、狭い意味での文学に興味をもつということはもうないんじゃないかと思う。しかし、広い意味での文学ならば、僕は今もやっていると思いますよ。僕のやっている仕事は、広い意味での文学批評だ、と。

僕が文学をやろうと思ったのは、何をやってもいい、というのが理由でした。哲学をやったら哲学のことしかできないし、社会科学をやったら社会科学のことしかできない。また、そこから「自分」の問題が消えてしまう、と思った。自分ということから出発する現象学でさえ、そうだ。それに対して、文学は自分を含めてありとあらゆることができるものだと思っていました。それは学問的カテゴリーのどこにもあてはまらないけれど、逆にどれをも含みうる。自然科学ですら含みうる。そういうものが僕にとって文学であって、狭い意味での文学だったら、とっくの昔にやめています。

僕は大学にずっと勤めてきたけれど、大学は嫌だった。必ずどこかの専門分野に属さなければならないし、窮屈で仕方がない。それに対して、文学ジャーナリズムは野蛮でよい、と思ったのですが、いざやってみると、野蛮な人は少なかった（笑）。たとえば、僕がマルクスとかカントを論じていても、それは文学だ。しかし、狭義の文学についてやっている人たちには、文学などないじゃないか、たんに制度があるだけで。

津島　柄谷さんにまくしたてられると、静かに聴いているしかないんですが（笑）……、中上（健次）さんは少なくとも野蛮だったんじゃない。

柄谷　まあ、そうですね。中上は特にうるさかったからね。ああいう人がいると、何となく文学と縁が切れないですね。死んでからもつきまとう（笑）。僕は、彼が郷里の新宮で始めた「熊野大学」の主催によるシンポジウムを、ずっと続けてきました。今年かぎりで、僕は引退しますけど。

今年のシンポジウムは、僕にとっては最後だし、久しぶりに中上の小説について論じようと思った。それで、なぜか、『鳳仙花』を読んで行ったのです。津島さん、あなたは、中上が死んだとき、『鳳仙花』だけが他の作品から孤立した存在だと書いていたけれど、それは正しいと思いましたね。

津島　『鳳仙花』は中上さんの作品の中では唯一女性を主人公にしていますからね。『枯木灘』をはじめとする男性視点の小説は、「平家物語」や「太平記」をルーツとするような、英雄叙事詩的な構造をもっているんだな、と思ったんです。女性視点の『鳳仙花』は、それら英雄叙事詩とは対極にある神話的で豊かな物語世界を開く可能性があったんじゃないかと。ただ中上さん自身にとってはかなり書きにくかったらしく、いやになったんでしょうね。結局は英雄叙事詩の方向に進んでいきました。

柄谷　中上から「お前は俺の妹みたいなもんだ」と言われて怒った話をどこかで書いていたけれど、実際、津島さんの方が姉でしょう。古語では、イモという言葉には姉の意味もありますから、イモといえばいいわけですけどね。ただ、あなたと中上には確かに、姉弟という関係があると思います。それに比べて、僕と中上の関係は兄弟ですよ。中上からすると、僕は、彼の自殺した兄にあたる。だから、中上はずっと、僕が早く死ぬんじゃないかと思っていたようですね。「死ぬようなことがあれば必ず連絡してくれ」としつこく言われた。

津島　私はまあ彼と同じ年ですし、お互いに『文芸首都』の同人だった頃から、勝手にライバル意識をもっていましたからね。

柄谷　中上が男性的な「英雄叙事詩」の世界にとどまって、『鳳仙花』のような世界を犠牲にしたという、津島さんの批評は正しいと思うんです。本当に、あなたは中上の裏面をやってきたという感じがする。それにしても、よくもまあ、この二人が出会ったものですね。中上健次に津島佑子を足せば、日本近代文学の絶頂となるんじゃないですか。

黒井　で、そこで終わると（笑）。
津島　どう反応したらいいのか困ってしまう（笑）。
柄谷　津島さんの眼から見て、今の文学はどうですか。
津島　「近代文学」の耐用年数が切れかけている、というのはその通りだと思いますよ。私自身、一昔前にはよくあった、ひりひりした自意識を扱ったような小説は、本当に読めなくなりましたね。かといって文章が素晴らしい、と言われていたような人の小説でも、今読むとあ あ、こんなにつまらなかったのか、と思うものも一杯あります。自分が小説に求めているものが変わってきているんだなあ、と実感しますね。それは私が歳をとったということだけでなく、時代が変わってきて、読者が求めるものも変化したということではないでしょうか。
私はいま、先進国と呼ばれているようなところで書かれた、いわゆる正統派の小説にはほとんど興味がもてなくなっている。そのかわり、たとえば西サモアで口誦物語を利用して書かれた作品のようなものに強く惹かれます。もちろん未完成ですし、この先それが熟成された名作として残っていくかどうかなんてわかりませんが、少なくともかつての文学にあったエネルギーはそういうところにしか感じられないんです。
ただその一方で、最近『蟹工船』がブームになり、共産党の新規入党者が一万人になった、なんて話を聞くと、時計の針がグルーッと一巡りして元に戻ってしまったような気もします。すごく混沌としていて、過渡期のような状況なんじゃないでしょうか。

『蟹工船』ブームはいつか来た道

柄谷　僕の考えでは、『蟹工船』のブームは、それこそ、近代文学が終わったということを証明しているようなものですね。また、それは、文学の復活にもならないし、政治的な実践の復活にもならないだろう、と思います。

文学史のイロハを話すのは気がひけるけど、『蟹工船』のような小説は、ある意味で、近代文学以前の文学の復活だったのです。明治十年頃には、自由民権運動のプロパガンダとしての政治小説が数多く書かれました。一方、自由民権運動および政治小説に対する批判として出てきたのが、日本近代文学です。坪内逍遙が『小説神髄』で馬琴の勧善懲悪的小説を批判していますけど、あれはむしろ、同時代の政治小説批判を含意していたと思います。さらに、自由民権運動の挫折から文学に転じた、北村透谷がいる。また、『浮雲』を書いた二葉亭四迷がいる。その意味で、近代文学は、自由民権運動および政治小説の批判として始まったといっていいと思う。

しかし、近代文学は、そういう政治的実践から離れて、ひたすら内面的になる。つぎに、そのような文学に対する批判が出てきます。というより、自由民権運動に対応するような政治的運動が出てくる。それが共産党であり、それに付随したプロレタリア文学ですね。その中でも、『蟹工船』のようなものは、まさに勧善懲悪的なプロパガンダです。そして、共産党の運動やプロレタリア文学が挫折した後に、近代文学（戦後文学）が出てきた。さらに、それに対する批判があった。共産党による批判だけではない。たとえば、中村光夫が確か「ふたたび政治小説を」という評論を書いたはずです。

こういうことがくりかえされてきた。「政治と文学」という議論は、そういうものです。その場合、どれかの立場だけが正しいということはない。どの契機も不可欠であった、それが欠けているなら、また出てくる。こういう反復の総体が「近代文学」を形成してきたと思うのです。実際、僕も、一九九〇年代に新人賞の選評で、今の若い人たちの生活はプロレタリア的なんだから、村上春樹のまねごとなどやめて、プロレタリア小説を書いたらどうだ、と書いた覚えがあります。しかし、以後、そういう小説家が出たのでしょうか。そんなことはないでしょう。

それなのに、『蟹工船』が読まれているということは、「近代文学」とは関係がないのです。劇画みたいなものとして読まれていると思う。だから、これは文学の復活にはならない。さらに、それは政治的実践の復活にはならない。そもそも、あんな「勧善懲悪」の論理で資本主義を理解できるわけがない。売れているらしいから、みんなが読むということであるなら、それ自体が資本主義的なだけです。

黒井　本当に『蟹工船』ブームなんて起きているのかな。なぜそんなに読まれるのか、どうにもわからないけれど。

柄谷　何かの商品が突発的に売れるのと同じで、体系的に読まれるわけではないでしょう。たとえば『カラマーゾフの兄弟』の新訳が売れたからといって、他のドストエフスキーの小説が読まれるわけではない。一つだけ突出して売れるのです。では、なぜ『カラマーゾフの兄弟』が売れるのか。昨年、中森明夫に会ったら、なかなかいいことをいっていました。カラマーゾフは三兄弟でしょう、あれが売れたのは、ボクシングの亀田三兄弟が話題になっていたからだ、と（笑）。

津島　そんな馬鹿な。

柄谷　さらに、翻訳者（亀山郁夫）も「亀」だ、と。原因は「亀」にある（笑）。要するに、本が売れるというのは、その程度の根拠しかないですよ。こんなことをいっていると、僕もだんだん昔に戻ってきたような気がする（笑）。こういう調子でやっていたかな。

黒井　そうだ（笑）。ところで、『蟹工船』もそうだけれど、この頃、ニートとか貧困とかいうことの関連で、プロレタリア文学という言葉を使うのに違和感をおぼえるんですよ。単に貧しい人がいたり、生活が苦しいということを書くのは、快楽的な生活を送ったり、性的に自由だったりということを書くのと何ら変わらない。今現にある生活を描いているだけです。プロレタリア文学というのはそうではなくて、共産主義的な思想に基づいた一つの主張があって生まれてきたんだけれど、その文脈を全部とっぱらっちゃって、ただ貧しい人を書けばプロレタリア文学だ、というのは恐ろしく単純な誤解だと思います。新聞記者の書く文章なんかには、たまにそういう風なものを見かけますね。

津島　まあ、ジャーナリズムの常套手段だとは思うけれど。ただ、すごく肯定的に捉えれば、今までプロレタリア文学という殻の中に収められていたからよく見えなかったけれど、読んでみれば面白いものもあるじゃないか、という非常に単純な反応もあるような気がします。私にしてもこのあいだ、長谷川四郎の小説をはじめて読んだら、すごく面白くてびっくりしたんですよ。「シベリア抑留」とか帯に書いてあると、それだけである種の紋切り型を感じ、げんなりして今まで読めなかったんです。一つのカテゴリーの中に埋め込んで「読まず嫌い」でいたものを、発見した喜びがありました。彼はもともとソ連に行きたくて亡命しようと思っていたぐらいの人だから、国境警備隊にいて抑留されたのはもっけの幸いだった。ロシア語を勉強して、ロシア人とも仲良くなる。悲惨なシベリア抑留のイメージはまったくなくて、人種的な偏見も何もないコスモポリタン的な面白いイメージが広がっていると思いました。

柄谷　長谷川四郎の他にも、石原吉郎とか内村剛介とか、シベリア体験をしてきた人は、戦後の知的な世界では異物のような存在でしたが、それぞれ、重要な認識を与えたと思いますね。

津島　『蟹工船』を面白がっている若い人も、私が長谷川四郎を発見したみたいに、自分で掘り当てた、みたいな感覚がもしかしたらあるかなあ、って。

黒井　自分で掘るのはいいけれど、誰かが掘ったものに乗っかっているのがおかしいんですよ。

柄谷　今の日本に『蟹工船』のような悲惨な労働条件があるのは許せない、とか言っているのを読んだことがあります。しかし、戦後の日本で、そういう労働条件が消えてきたのは、それが途上国に移ったからですよ。日本人は、いわば、『蟹工船』的世界を外に移し、そこで獲れないといけない。

た蟹を食べてきたようなものです。世界中の人間が互いに関係しているのに、それが見えない、さらに、見えないにもかかわらず関係しあっている、ということをとらえたのが、マルクスの『資本論』です。それは、勧善懲悪で理解できるものではない。

かつては先進国と後進国の間に格差があったのが、グローバリゼーションによって、先進国の中でも労働者間の格差が生じるようになった。今起きているのは、そういう現象だと思います。それは一国だけの問題ではない。だから、勧善懲悪という見方を越えて、資本主義を考えないといけない。

そうでないと、たとえば、中国が台頭してきたから日本人は職を失い貧しくなった、悪いのは中国だ、ということになる。現在どうなっているか知りませんが、一九九〇年代のフランスでは、アラブ移民排斥という主張において、右翼と共産党に違いがなかった。だから、格差を非難する人たちの主張は、実際には、排外主義につながる割合のほうが多いと思います。たとえば、『蟹工船』を読む人より、右翼的になっている人のほうがはるかに多い。

津島　何かを小説に書けばそれで社会が変わるといった単純な幻想をもてば、逆に危ない。だけれども小説には、ある時代を記録しておく、という役割もあるんではないでしょうか。今柄谷さんがおっしゃったような冷静な自覚をもちつつ、何かを後に伝えることができればいい。その意味では、まんざら捨てたものでもないような気もします。

グローバリゼーションと文学

柄谷　日本人は西洋近代を遅れた形で受容してきたとよく言われるけれど、たんにそれだけではない。日本人の「近代」の経験は、他の非西洋の世界にとって参考になるだけでなく、西洋世界にとっても参考になると思う。昔、『日本近代文学の起源』を書いたとき、僕はそう考えていました。たとえば、風景の発見とか言文一致がそうですが、西洋では長期にわたって生じたために、自明で自然と見なされてしまうような事柄が、日本では短期間に圧縮的に起こった。だから、それを見ることで、逆に、西洋で何が起こったかを見ることができる。もちろん、非西洋諸国で何が起こったか、あるいは起こるかも理解できる。たとえば、中国や韓国でも、言文一致の文学運動があった。西洋の影響というより日本の影響ですが、それがネーションを形成した。その意味で、近代の国民国家の形成において、近代文学が不可欠だったと思います。

ただ、一九九〇年以後、徐々に気づいたのは、もはやこういう前提が成り立たないのではないか、ということです。たとえば、日本では電話が普及してから、携帯電話が広がった。しかし、世界では、電話がろくに普及していないところでも、携帯が広がっている。テレビの放送局がなくても、ビデオがあり、新聞がなくても、インターネットがある。インターネットを通じて世界中の情報にアクセスできる。流行っている映画や音楽は、日本だけではなく、世界中で変わらなくなった。

僕らが当然通過するだろうと考える段階を、今やスキップする人たちが各地で出てきた。そこから、どんな人間が生まれてくるのか。そもそも段階を飛び越えることができるのだろうか。それが僕の疑問ですね。

たとえば、文学を読むというような段階がスキップされると、どうなるのか。この問題は、途上国だけでなく、日本のような所でも生じています。日本では、小説を書く人は多いが、読む人は少ない。かつての文学を読まずスキップした人たちが、小説を書いているわけです。それがどういうものになるかは、ほぼ予想がつきますが。

黒井　メールと同じ文体で書かれたケータイ小説なんてものも出てきた。デジタルの言文一致みたいなことが起きているんだろうか。

柄谷　新しい文ができていると思いますけどね。小説は、活版印刷だけでなく、他のメディアと関連しながら変わってきたわけですね。たとえば漱石の『こゝろ』では「先生」の長い手紙がありますが、電話がなかったころは、あれはさほど不自然ではなかったでしょうね。十八世紀イギリスの小説は、多くが書簡体でした。「第三人称客観」という視点がないので、書簡の往復という形をとっていたんですね。それにしても、『こゝろ』の先生があの手紙をケータイ・メールで書いたらどうなるだろうか（笑）。

黒井　でも、明治なら明治という一つの時代があったのは事実で、だからこそそれと対応する漱石の『こゝろ』なり、鷗外の作品が生まれたということでしょう。その価値は消えないんじゃないの。

柄谷　それはそうですが、僕が漱石の『こゝろ』を例にとったのは、漱石があそこで「明治の精神」が終わったということを書いているからです。「明治の精神」は無意味ではない、しかし、終わった、と。僕は、近代文学に関しても同じように感じているわけです。終わったからといって、つまらないというわけではありませんよ。これは面白い、そのことを知らない君たちは哀れだ、という気持ちがある。

黒井　じゃあ、近代文学と今の小説の間には、決定的な断絶があるというわけ？

柄谷　ええ。それでよい、と僕は思っているわけです。これからの文学をどうしたらいいか、ということは考えない。自分にとって大事なものがあれば、それでいい。

黒井　うーん、いくらメディアが変化したからといって、過去の人間が考えたり苦悩したりしたことが、まったく無かったものとして埋没してしまうわけではないと思うけれど……。たとえば、『こゝろ』がまったく読者に理解されなくなってしまうってことはないんじゃないの。

柄谷　いや僕もそんなことを言っているわけじゃありませんよ。ただ今後出てくるものが、たぶん「近代文学」とは違うものだろう、というだけで。

津島　クローン人間が当たり前になって、人間というものが本質的に変わってしまえば別だろうけれど、今のところは二つの眼で見て、二つの耳で聞いて、寿命はいつか尽きる、ということは同じでしょう。だとすれば、人間の発想力は案外限られているんじゃないでしょうか。実際、媒体が変わったって、その中で言われていることは非常に凡庸なままじゃないですか。

柄谷　うん、凡庸で限りなく一様になっている。それがグローバリゼーションですね。

黒井　確かに芥川賞の選考なんかで若い人の作品を読むと、いまひとつ何がやりたいのかわからない、ということがよくあります。その意味じゃ、柄谷さんの言うとおり、断絶が生じているのかもしれない。もっともたまにオーソドックスで古風なものが混じっていると、それが面白いというわけでもないんだなあ。そんな中で楊逸みたいな中国人の書いた小説が出てきて、日本人が書きそうもない描写があって、舞台も中国だったりすると、新鮮さと力を感じたりする。だから基準の揺れている状態で、どっちが正しいとかいうことは簡単に言えないような気がするけれど。

津島　『文學界』の編集部だって、そういうところで揺れ動いているんじゃないですか（笑）。

アイヌから見えた世界

黒井　まあ文学の中でも続いていく部分は続いていくんだから、柄谷さん一人だけ、「あとは勝手にやってくれ」と向こうに走っていってしまうようでは困りますね。

柄谷　いや、いつかまた考えるかもしれない（笑）。

ところで、津島さんは、アイヌの叙事詩をフランス語に訳す仕事をなさっていましたね。あれはいつ頃からですか。

津島　湾岸戦争の頃、九〇年代のはじめぐらいからですね。

柄谷　湾岸戦争のときには集会があって、あなたと会いましたね。その前年には、カリフォルニアで。八〇年代の後半から、中上健次とも、津島さんとも、日本でよりも海外で会うことが多くなりました。それも一種のグローバリゼーションの形態だと思いますけどね。視野が物理的に広がったという感じがする。津島さんがアイヌのことを考えたのは、フランスにいたからでしょ。

津島 日本文学にもっと広さ、あるいは流動性みたいなものが必要なんじゃないか、と思ったことはありますね。世界の中で日本だけが孤立して存在してきたわけじゃないし、その日本も大和王朝だけでできあがったわけじゃない。もちろん現代日本語を使って小説を書きますが、そこだけに縛られたくないという気持ちは常にありますね。ネイティブの日本語話者としての私の殻はどうしたって破れないけれど、ぎりぎりのところを歩きたいという感じです。

柄谷 僕も、アイヌといったら、日本の少数民族、日本の周辺部に生きてきた人たち、という認識でした。しかし、テスタールという人類学者が書いた『新不平等起源論』を読むと、アイヌは、基本的に狩猟採集的でありつつ、漁撈をやることで定住した、民族の一つですね。そのような民族はカリフォルニアから、シベリア、中国、サハリン、北海道にまで広範に分布しています。だから、アイヌを、一度日本から切り離して、世界人類史の中で見ないといけないと思いました。

津島 アイヌ叙事詩を翻訳した時、フランス人向けの序文を書かなくてはならなかったんです。日本対アイヌみたいな狭い構図で説明しても、フランス人にはちっとも理解できない。ヨーロッパ人の新大陸発見から始めて、世界中で先住民族、少数民族の言葉が消されていった大きな世界史的な流れの中に位置づけないといけない。その時、日本中心で見ていては見えないままのものが一杯あるし、それを見えるようにしないとまずいな、と痛感しましたね。

柄谷 外国では、アイヌのことは案外知られているんですね。それから、日本では「縄文人」

ということをよくいいますけど、アイヌは縄文人とどう違うんですか？

津島　アイヌはユーラシア大陸の遊牧文化と直接つながっている要素が大きいので、日本で言う縄文人という言葉は使えないですね。むしろ中央アジアの世界に近い。

柄谷　そういうことと関係することですが、実は、最近ヘロドトスの『歴史』を読み終えた。どうしてこんなに重要な本を読んでおかなかったのか、と後悔しています。この本は、歴史書というより、今いうところの人類学ですね。ヘロドトスは、同時代の、いわば縄文人のような人々についても報告しているわけです。

ギリシアでは、アリストテレスをふくめて一般にギリシア人以外を野蛮人（バルバロイ）として見ていますが、エーゲ海の対岸のイオニア出身であるヘロドトスには、アテネ人のような国家意識がない。ペルシアの中にも、ペルシア人のことも非常に公平に書いています。また、アマゾネスのように、さまざまな慣習や制度をもつ部族があることをきちんと記録しているんですね。自民族中心主義がまったくない。こういう態度をとることは、現在でも難しいのだから、すごいな、と思う。

黒井　何がきっかけで、ヘロドトスを読むようになったの？

柄谷　僕は世界史の問題を、マルクスとは少し違った観点から再考しているのですが、その過程で、ヘロドトスに関心をもつようになったのです。たとえば、ギリシアのことでも、僕はこれまで悲劇を読んだし、哲学も読んだ。しかし、それが具体的にどのような社会であったのかを考えたことがなかったのです。そこを抜きにして、プラトンやアリストテレスの言っていることだけを読んでも、本当の意味では理解したことにはならない。歴史の勉強を始めたら、当時の人が言っていることが違う意味で見えてきた。それから、社会科学者や歴史学者の本は、ある程度読むと、退屈でつまらなくなるんですよ。その点、ヘロドトスはいいなあ、と思いましたね。

津島　柄谷さんがヘロドトスを読んでいると聞いて安心しました。それだったら、いつでも文学に戻ってこられますよ（笑）。私は恥ずかしながらきちんとした形では読んでいないんですが、たまたまスキタイ人とか中央アジアに興味があって、その関連の資料を読んでいると、ヘロドトスの名前がしばしば出てきますね。ギリシア側の貴重な記録として、引用されているんですね。そういうものを読むと、シベリアから中央アジア、果てはアイヌまでつなぐような大きな人類の流れがあることがよくわかりますね。ソ連崩壊後、各国の考古学者が発掘調査に自由に入れるようになって急速に研究が進んだらしい。それによればバイカル湖周辺が、スキタイ人のふるさとだというのがわかってきた。そういうのを読んでいると、とても面白いですね。

柄谷　ソ連時代も、学問の世界は案外面白かったんじゃないでしょうか。何しろ彼らは西側の文献を全部読んでいるけれど、西側はロシア語の文献を読んでいない。だから、その時代の文献を読めれば、有利だろうなと思う。佐藤優なんかは、それを読んでいると思います。

津島　それこそシベリアの少数民族とか、アイヌについてもソ連ができてすぐに極東に調査隊を派遣していますね。科学アカデミーがずいぶん報告書を発表しているようです。でも残念ながら、私はロシア語が読めません。

老年をめぐって

柄谷　話は変わりますが、黒井さん、少し前に『老いるということ』（講談社現代新書）という本を出されたでしょう。僕は、あれは文芸評論だと思いましたね。今、老年論というのはたくさんあるけれど、ほとんど、社会学的な、あるいは心理学的な、データに基づいたと称する議論です。「自分」を通した考察というものがない。また、それに関する過去のテクストを参照することもない。黒井さんのものにはそれがある。文学者しかこういうことは言えないと思いました。

黒井　急に褒められると、びっくりしてしまう。

柄谷　老年論として重視すべき本だ、と言いたいが、きっと世間には無視されるだろう（笑）。それは一般的に、文学者の発言が重視されないからですよ。しかし、僕は、正直、これはいい本だと思いました。

御本の中で、平均寿命が延びて、日本人は、平均的には、二十年前後もの老後を過ごさなければならなくなった、と書かれていましたけど、いまや老人が老人を介護する時代だからねえ。これは恐るべき事態ですね。人類史にない経験だからね。

僕自身、六十歳を過ぎたらこうなるだろう、という一定の観念があったんですが、自分がそうなってみると、どうもそれはあてはまらない。みんなこういう戸惑いを感じているんだろうな、と思います。黒井さんが引用されているテクストもみんな面白くて、伊藤信吉が老年に書いた詩はとてもいいですねえ。

黒井 〈老人は飽きっぽいというが。／まったく以て／老年という奴に／飽き飽きした。〉とかね。

柄谷 老年期は果てしなく続く。若い時には時がたてば、いろいろ変化があるけれど、老年はいつまで経っても老年だから、確かに飽き飽きするでしょうね。寝たきりになっても、死ぬわけじゃない、そのまま十年以上寝たきりということがよくある。

黒井 まあ僕自身は老年の問題が大きな社会的テーマとして浮上したから、というより、自分が歳をとってきたから、老いについて書くのが自然だろう、という感じだったんですけれどもね。

津島 書き手はそういうものなんじゃないですか。私だって好きで女に生まれたわけじゃないけれど、やっぱり女性性の問題には向き合わなければいけない。それと同じで、ハッと気がつけば、あれもう還暦？　とか（笑）。老いについてもおのずと考えなければならなくなってくる。

柄谷 文学をやっている人は定年がありませんからね。老いを自覚する機会に乏しいかもしれない。僕自身は、一昨年大学の専任職を完全に辞めた後、少し変わりましたね。大学に勤めている頃は、夏の終わりごろになると、休みが終わると思って何となく気が滅入っていた。特に、ツクツク法師の声が聞こえると。これは小学生の頃からずっと同じ（笑）。今年は、その感じが全くなくなりましたね。これが引退者の感覚かと思う。

黒井さんの小説『羽根と翼』も、引退者の話でしょう。引退すると、だいたい学生に戻るんじゃないですかね。つまり、労働力商品として自分を売る前の段階と、それが終わった段階は似てくるのだと思う。だから学生のときに読んだ本を引っ張り出してくるとか、そういう風になる。『羽根と翼』の中に、学生運動に加わっていた主人公の仲間たちが、会社生活から引退すると同時に、一斉に『共産党宣言』を読み出す、というエピソードが出てきます。あれは実話なんですか？　黒井さんは東大経済学部の出身だし、学生運動にも関わっていたでしょう。

黒井　いや、『共産党宣言』の新訳が出て結構読まれている、というのをどこかの記事で読んだのが元ですね。ただかつての仲間とときどき会ったりする時、「あれから何年経ったんだ」「ソ連崩壊と共にマルクス主義は完全に過去のものになったんだろうか」などといった話をしていたのは事実です。

柄谷　『共産党宣言』の新訳を、『共産主義者宣言』というタイトルに変えて出したのは、僕なんですよ。まさか、黒井さんの仲間が読んでいるとは思わなかった（笑）。『羽根と翼』という小説は、九〇年代以降の情勢の中で、五十年近く前のことが蘇ってくるという話です。考えてみれば、黒井さんには『時間』という代表作があるけれど、いわば「時間」のことをいつも書いているという感じがする。

僕は、二〇〇〇年の新宿アスターでの会の時に、自分の生き方を全面的に変えようとしたといいましたけど、あれも同じようなことかもしれませんね。実際、学生の時にやろうとしていたことに戻ったわけだから。

それは別にしても、僕は短期的には、だいたい七年刻みで人生のサイクルを考えているんですよ。二〇〇〇年から見て、七年が経ったから、また新たなサイクルに入ろうとしている。実際、僕は昨年から東京に戻ってきた。意図せずして、自然に、そういう区切りになっていますね。

黒井 七年刻みで人生を区切るなんて感覚は、僕にはないなあ。感心しちゃうよ。

津島 昔は書く仕事については三年周期で考えていたけれど。最近はだんだん伸びてきて五年周期ぐらいになってきているかもしれない。

柄谷 ほらご覧、だんだん七年に近づいてきている（笑）。僕は昔、本を文庫にするように誘われたとき、原則を作った。それは単行本を出してから七年間は文庫にしない、ということです。七年といえば、時代が変わっていて、その本が出された状況とか、読者をあてにできない。その時点でも文庫にする意味があるなら、そうしてください、と。そうじゃないと、文庫にしてもどうせ絶版になるだけです。

黒井 それはそうかもしれないね。

柄谷 ただ、最初はそういっていたけど、一つ例外を作ったために、七年ではなく、五年ということになった（笑）。しかし、今は時代の流れが速いから五年前でも大昔のような気がする。

ところで、『羽根と翼』のモデルになっているような人たちは、その後どうですか？ それが出たのも二〇〇〇年だったから、七年以上経っていますね。

黒井　みんな老いて病んでいる、ということだけは非常にはっきりしていますね。クラスやゼミなどいくつかある集まりに出たり、友人の葬式で久しぶりに会った時に話すと、ある部分はかつての気持ちがそっくり残っているんだけれども、反対にはるか昔に過ぎてしまったことして処理できる部分もある。両方を抱えたまま生きているという感じがするなあ。

柄谷　そうですか。

黒井　で、その昔のことがそっくり残っている部分だけをつなげて話をしても、回顧談にしかならなくて、あんまり面白くないんですよ。かといって今現在のこととなると、病気と孫の話というのが（笑）、大部分を占めてしまう。本当は現在と過去を両方抱えたまま一日一日をそのまま生きていく、その時間を変に整理してしまわずに捕まえることが大事なんだろうと思うんだけれども。

柄谷　余談ですが、黒井さんは誰のゼミに入っていましたか？

黒井　横山正彦さん。重農主義のケネーが専攻で、マルクス主義経済学の原論ゼミだった。

柄谷　僕は、横山教授の授業に一回も出たことがないのに、試験で優をもらったことがある。だから、いい印象があるのです（笑）。答案に、宇野（引蔵）批判を書いた。当時は宇野派全盛の時代だったけれど、彼はそこから外れたところにいたから。それはさておき、学生時代の同窓会的なものがいまだに続いているわけですね。

黒井　毎回、去年来ていた誰それが死んでしまったとか、病気で外出できないとかいう話から始まるようになっていますけれど。

柄谷　黒井さんの小説を読んで、会社のOB会というのがあると知ってちょっとびっくりした。会社勤めをしたことがないから、そういうのがよくわからないんですよ。

黒井　僕らの頃は同期で入った連中と地方工場にまわされ最初は寮生活で、それこそ同じ釜の飯を食うから親交が生まれるわけです。お互い壮年期は忙しいからあんまり会わないんだけれど、定年になるとまた自然に集まろうという感じになりますね。大卒の同期が四人いて、一年にいっぺん集まっています。中でも一番壮健だった奴が最近胃の全摘手術をしたんで今年は集まれそうにない、という話をしたばかりです。これで僕も含めて四人全員がどっか手術をしていて、丁寧な奴はもう二度やっている。でも元気なんです。そういう集まりはありますけれども。それは私的な集まりだけど、もっと偉くなった人だけのやや公式のOB会もあるらしい。

柄谷　そういう会社の共同体は、近年潰れてしまったんじゃないですかね。一九六〇年以降の日本で共同体と言った場合、それは村や町ということではなく、会社を中心としたものだったと思います。とりわけ男はそうだったはずです。それが九〇年代の終わりぐらいからリストラがあり、銀行・大会社で上層部の人間たちが逮捕される事件が続いた。そうなると、もはや共同体は維持できない。本気でその共同体の中で生きてきた人たちは、精神的にも危機を迎えたんじゃないか。そういう人が書いた小説は、ないんですかね。

黒井　さあ、聞いたことはありませんが……。そういう人たちは自分のことで精一杯で、小説なんて書いている余裕がないんじゃないでしょうか。

柄谷　じゃあ、小説家がそういう人たちのことを考えないと。会社にいたことのある黒井さんなんて、向いているんじゃないですか。

黒井　非常に興味はありますよ。ただ僕は一世代前の人間ですからね。

アメリカ体験と「再適応」

柄谷　僕はある人と一時期親しくつきあうことはありますけれども、それが長く続いたことはありませんね。必ず別れていく。自分が変わってしまうと、何となくやっていけなくなるんですよ。

黒井　喧嘩して別れていく感じですか。

柄谷　いや、喧嘩ではなく、何となく話が通じなくなるんですね。たとえば七〇年代半ばに二年ぐらいアメリカに行って日本に戻ってきた時、以前親しかった人と普通に話せなくなったことがある。それで、外国から帰ってきた人とばかり話していた。別に意気投合するわけじゃない。何となく話がしやすいからです。津島さん、そういう経験ないですか。

津島　ありますね。帰朝者シンドロームというやつ。再適応ができなくなってしまう。私も九一年から九二年にかけて、たった一年だけれどもフランスで生活していました。帰る時に、何人ものフランス人から、「人間は適応より再適応の方が難しい。大変な思いをするだろうけれども、頑張ってね」ということを言われました。

柄谷　適応のためには努力するけれど、再適応は努力する気がしないからですよ。

津島　そうですね。意気込みが違いますから。だけれども日本人はほとんどそういう経験をしたことがないから、古巣に帰ってきて困難を抱えているとは誰も想像しない。ヨーロッパの場合、色んなところから人が移動してきて、社会も常に変わっている。人が新しい環境の中に移るとはどういうことか、みんな常識としてある程度知っている。固定しがちな日本との差は大きい、と感じましたね。

柄谷　あんまり言いたくはないんだけれど、僕自身、ずっと再適応ができていないんじゃないか、という気がします。表面的な人付き合いは、前よりよくなった、と自分では思っている（笑）。だけど、根本的には話が通じないという思いが強まっています。たとえば、僕が何か変なことをやっているように見えたら、その問題だと考えてもらいたい（笑）。今僕がやっている仕事にしても、それをやる必然性は日本の中から来ているわけではない。かといって、外から来るわけではない。そのあたりは、ちょっと言いようのないところがある。下手に言うと誤解されるだけですから。

黒井　空間的な外国と日本の距離に加え、歳とった自分と若い頃の自分との時間的な差異があるから、他人に説明するのは余計ややこしくなるということ？

柄谷　まあそういうこともありますが、いうならば、「現実」が二つあるんですね。日本の中にいると完全に充実した現実があって、自分がそこでこれまでやってきたことには意味があったと思える。ところが外国に行くと、そこにも現実がある。すると、日本でやっていたことが何の意味もなかったように見えてくる。ちっとも仕事をしてなかったじゃないかと後悔する。そして、新たな現実の中で考えようとする。ところが、日本に戻ると、またそれが疎遠なことのように思われる。そうやって行ったり来たりを、三十年も繰り返していると、どっちもうまく行かないんですね。
その意味で、最初にアメリカに行って戻ってきた時に感じた亀裂は埋まるどころか、前よりも大きくなっているような気がします。しかし、今や、どちらにも適応・再適応する気はありません。というか、するべきではない。それが、自分がものを考えたり、書いたりする上での条件なんだと思うようになった。しかし、まあ、振る舞いだけは穏やかにしていこうと（笑）。
黒井　ただどちら側にいても、日本語を使うという点は変わらないわけでしょう。
柄谷　そうですね。講演草稿は英語で書きますけど、出版するとなると、日本語で書きます。いい翻訳者がいますから。重要なのは、書かれた内容であって、どの言語かではない。
津島さん、以前インドで作家会議に出席したでしょう。
津島　ええ。二〇〇一年でした。
柄谷　僕の知り合いで以前は商社に勤めていた人が、その会議を聞いていたそうです。インド側の作家、知識人が盛んに世界情勢について意見を述べたのに対し、日本側で普通に応答していたのは津島佑子と島田雅彦、伊藤比呂美だけだったと言っていました。英語ができる、できないという問題じゃない。通訳を通せばいいわけですから。そもそも、日本の作家には、小説以外に、普遍的な話題がないんじゃないですか。だからインドは暑いですね、というようなことしかいえない（笑）。しかし、インドの作家――インドにかぎらないけど――は、社会的・政治的な問題について語るのは当たり前だと思っている。日本では、そういうことをいうと、非文学的だというような雰囲気があるでしょ。

津島　インドでのことはもうちょっと弁護しておきたい気持はありますが、自分の意見を対外的に述べる訓練が日本では不足しているのは否定できない。今の時代を生きるもの書きとして、９・11があり、ソ連は解体したけれどグルジアはあんなことになっている、といった状況に対して、当然何らかの反応はすると思うんですよ。海外の情報だって、衛星放送などでリアルタイムで見られるわけですからね。

柄谷　ただ情報として知っているのと、自分が一つの態度をもつことは別ですからね。今日本には、情報はあっても、意見をもつ人は少ないと思う。意見といってもね、この前、秋葉原の通り魔殺人についてご意見を、といわれたのですが、こんなものを意見というべきじゃないですよ（笑）。

ただ、聞いてみると、文学者は発言していない。それは、たぶん、彼らがあえて黙ったのではなく、意見を求められなかったからでしょうね。昔だったら、小説家や劇作家が意見を求められたでしょう。それで思い出したのですが、一九六〇年代にエドワード・オルビーの『動物園物語』という芝居を観ました。登場人物は、ニューヨークの動物園の前のベンチに座った二人の人物だけ。一人の男が、もう一人の人物をさんざん挑発し怒らせて、自分をナイフで刺させる。すると、男は「ありがとう」と言いながら、死んでいく。人とつながることができるなら、刺し殺されてもいい、という極限的な疎外状況が描かれていた。僕は、こういうのが文学だと思う。

この前の秋葉原の通り魔殺人でも、この『動物園物語』なんかを参照したらいいのではないか。あの犯人は、ナイフを買いに行った店の店員に親切にされたのがうれしかったらしく、二度引き返してまで、店員となにげない会話を交わしている。それでケータイのサイトに、「人間と話すのっていいね」とか書き込んだりしているそうです。あの人物は他人を殺しているけれど、いわば殺されに行っているわけでしょう。こういうことを理解するのに、昔だったら劇や小説を通したと思う。というより、作家の方が先に事件を予言するような作品を書いていたと思う。しかし、今や、コメントを求められることさえない。

文学の役割とは

津島　ええ、たいてい社会学者や心理学者がコメントするようになりましたね。『動物園物語』で思い出しましたけれど、私も七〇年代のはじめはよく演劇を観ていました。ワインガルテンの『夏』とか、忘れがたいものがいくつかありますね。最近のことはあまりよくわかりませんが、少数の人たちが採算を度外視して演劇を支えている、という印象がありますね。演劇や音楽といった生身の肉体を使って見せるものはコピーができませんから、観客もどうしても限られる。商業的にはむしろ、いくらでもコピーができる小説の方が恵まれているかもしれませんね。

柄谷　読みたい人がいなければコピーされないけどね（笑）。

津島　ただ小説を書きたい若い人はすごく多いわけでしょう。ケータイ小説にせよ何にせよ、数だけはすごく多い。

柄谷　それは文学とは関係がなく、単に物語がはびこっているだけでしょう。かつてウラジミール・プロップというソ連の学者が、昔話を構造主義的に分析したことがある。人間が考えるパターンは有限ですからね。そのことに自覚的でないと、必ず、類型になってしまいます。『ドン・キホーテ』は物語を読みすぎた人物を風刺するものですが、それが最初の小説であった。つまり、小説は物語批判として始まったわけです。だから、物語批判がなければ、定型的物語に戻るに決まっている。

大塚英志なんかはそのことについて非常に自覚的ですね。むしろ、プロップから出発して、物語を計画的に作ろうとしてきた。しかし、ケータイ小説の人たちは無自覚だから、定型的物語にしかなりません。それは確実です。

津島　もしかすると一発当ててやろう、といった投資ゲームみたいな感覚でやっているのかもしれませんね。

柄谷　あらゆる分野で、長い時間性というか、パースペクティブが失われているんじゃないですか。大学もそうですね。すぐに量的にはかれるような成果を出そうとする。七〇年代のアメリカで始まった傾向ですが、業績は秤で計る、と言っていた。今だったらデータのバイト数かもしれない（笑）。あるいは引用回数とか。博士論文もすぐに成果が出そうなことばかりやるようになっている。

とはいうものの、アメリカには案外「象牙の塔」が強固にあるんですね。それが資本主義的な圧力に抵抗しています。日本の大学でも、九〇年代後半からアメリカのやり方を模倣するようになりました。しかし、日本には「象牙の塔」なんてあったためしがない。象牙の塔への批判しかなかった。だから、日本でアメリカの真似をすると、ひどいことになる。

津島　学問の世界はもっと幅があるものだと思っていたんですけれどもね。二年半ぐらい前に、ツヴェタン・トドロフのインタビュー集が出ましたね（『越境者の思想』法政大学出版局）。彼はブルガリア出身で、言語学者として日本では知られている。ところが読んでみると、非常に文学的なんで驚きました。

柄谷　彼はもともと、文学批評の人ですね。

津島　文学といっても非常に広く、緩やかなもので、もちろん哲学的な要素も含んでいる。非常にいい感じを受けました。

柄谷　アメリカでもヨーロッパでも、諸学問の根底にヒューマニティーズ（人文学）がある。いいかえれば、文学がある。それは広い意味での「文学」ですね。たとえば、アメリカでマルクスを読んでいるのは、哲学でも経済学でもなくて、文学部なんですよ。その意味で、アメリカの大学の「象牙の塔」は文学にあると思う。

津島　柄谷さんも、黒井さんも経済学部の出身ですよね。そこがどこかプラスに働いているように思えます。日本の文学部はすごく細分化されているから、幅が狭くなってしまう。経済学のイロハぐらいはきっと学部で学ばれて（笑）、しかもその後色んな経験を踏んでらっしゃるというのは、文学においての幅を広くしているんじゃないかと、これはゴマすりなんかじゃなく、何の勉強もしていない私の身からすると羨ましく思いますね。

黒井　学問そのものは勉強していなかったから全然駄目だけれど、経済学部で一緒だった人間たちとのその後のかかわりあいは、文学部にいた人たちとはずいぶん違うだろうなあ、と思うことはありますね。

柄谷　僕は『資本論』に関して試験を受けましたからね。どこから出題されるかわからないから、『資本論』の構造全体を暗記するんです。そんな訓練を受けた文学批評家は、ソ連にだっていない（笑）。

黒井　僕らの時代からマルクス主義経済学は、狭い意味での経済学というより、世の中とどう向き合うかという思想の側面が大きかったからね。ゼミの恩師の横山正彦教授が、しきりに「経済学は人間の学である」という言い方をしていたのを、今でもよく覚えている。その意味では、文学的なんだよね。

柄谷　アダム・スミスにとって、経済学は倫理学の一部でした。いいかえると、人文学の一部だった。そういう伝統が近年まで残っていたと思います。僕は、狭義の文学についてとやかくいう気はまったくありませんが、広い意味での文学、人文学が無くなっていくことに対しては抵抗したいと思っている。ではどうするのか、といえば、自分の仕事を継続することだ、と思っています。

黒井　いや、その通り。どんどんやってください。

〔『文學界』二〇〇八年十一月号〕

対話者一覧

三浦雅士（みうら・まさし）一九四六年〜
文芸、舞踊評論家、編集者。『ユリイカ』『現代思想』編集長を経て執筆を開始。舞踊への関心も深く『ダンスマガジン』編集長も務めた。著書に『身体の零度』『青春の終焉』など。

島田雅彦（しまだ・まさひこ）一九六一年〜
小説家。東京外国語大学在学中の一九八三年、文芸誌に「優しいサヨクのための嬉遊曲」を発表しデビュー。著書に『彼岸先生』『君が異端だった頃』『パンとサーカス』など。

大西巨人（おおにし・きょじん）一九一六年〜二〇一四年
小説家、評論家。九州帝大中退後、新聞記者を経て応召。戦後『近代文学』や新日本文学会などに参加。四半世紀をかけ完成させた『神聖喜劇』で知られる。他に『五里霧』など。

高橋源一郎（たかはし・げんいちろう）一九五一年〜

小説家。横浜国立大学中退後、肉体労働の傍ら書きあげた「さようなら、ギャングたち」が群像新人長篇小説賞優秀作に。著書に『優雅で感傷的な日本野球』『日本文学盛衰史』など。

川村二郎（かわむら・じろう）一九二八年〜二〇〇八年
文芸評論家、ドイツ文学者。同時代作品に留まらない多彩な評論執筆の傍ら、ムージルやブロッホなどの著作を翻訳した。著書に『語り物の宇宙』『アレゴリーの織物』など。

富岡多恵子（とみおか・たえこ）一九三五年〜
小説家、詩人。若い頃より詩人として活躍するが、後に小説に転ずる。小説では『波うつ土地』『ひべるにあ島紀行』、評論では『中勘助の恋』『西鶴の感情』などの著作がある。

後藤明生（ごとう・めいせい）一九三二年〜一九九九年
小説家。出版社勤務の傍ら小説執筆を始める。古井由吉、黒井千次らとともに「内向の世代」の一人とされる。著書に『挾み撃ち』『吉野大夫』『首塚の上のアドバルーン』など。

山城むつみ（やましろ・むつみ）一九六〇年〜
文芸評論家。「小林批評のクリティカル・ポイント」で群像新人文学賞受賞。著書に『文学のプログラム』『ドストエフスキー』『連続する問題』『小林秀雄とその戦争の時』など。

村上龍（むらかみ・りゅう）一九五二年〜
小説家。武蔵野美術大学在学中に「限りなく透明に近いブルー」で群像新人文学賞、芥川賞受賞。著書に『コインロッカー・ベイビーズ』『希望の国のエクソダス』『半島を出よ』など。

黒井千次（くろい・せんじ）一九三二年〜
小説家。自動車メーカー勤務の傍ら創作活動に入る。「内向の世代」の一人として知られる。著書に『時間』『五月巡歴』『群棲』『羽根と翼』『一日　夢の柵』『老いるということ』など。

津島佑子（つしま・ゆうこ）一九四七年〜二〇一六年
小説家。太宰治の次女として生まれる。白百合女子大学在学中から同人誌に参加し小説執筆を始める。著書に『草の臥所』『光の領分』『火の山―山猿記』『黄金の夢の歌』など。

本書は、『ダイアローグⅣ』（一九九一年十二月、第三文明社刊）、『ダイアローグⅤ』（一九九八年七月、第三文明社刊）、『新潮』二〇〇〇年三月号、『ＮＡＭ生成』（二〇〇一年四月、ＮＡＭ刊）、『文學界』二〇〇八年十一月号を底本といたしました。

Kodansha Bungei bunko

柄谷行人対話篇《からたにこうじんたいわへん》 III
1989-2008
柄谷行人《からたにこうじん》

2023年 3 月10日第 1 刷発行

発行者……………… 鈴木章一
発行所……………… 株式会社 講談社
〒112-8001 東京都文京区音羽2・12・21
電話 編集 (03) 5395・3513
販売 (03) 5395・5817
業務 (03) 5395・3615

デザイン……………… 水戸部 功
印刷……………… 株式会社KPSプロダクツ
製本……………… 株式会社国宝社
本文データ制作…… 講談社デジタル製作

ISBN978-4-06-530507-2

柄谷行人
柄谷行人対話篇Ⅲ 1989－2008
東西冷戦の終焉、そして湾岸戦争を通過した後の資本にどう対抗したらよいのか？根源的な問いに真摯に向き合ってきた批評家が文学者とかわした対話十篇を収録。
978-4-06-530507-2 かB20

フローベール 蓮實重彦 訳
三つの物語／十一月
解説＝蓮實重彦
生前発表した最後の作品集「三つの物語」と、若き日の恋愛を描き『感情教育』の母胎となった「十一月」。『ボヴァリー夫人』と並び称される名作を第一人者の訳で。
978-4-06-529421-5 フD1